プライド　警官の宿命

濱 嘉之

講談社

目次

警視庁の階級と職名

階　級	内部ランク	職　名
警視総監		警視総監
警視監		副総監、本部部長
警視長		参事官、方面本部長
警視正		本部課長、署長、隊長
警視	所属長級	本部課長、署長、本部理事官
	管理官級	副署長、本部管理官、署課長
警部	管理職	署課長
	一般	本部係長、署課長代理
警部補		本部主任、署上席係長、署係長
巡査部長		署主任
巡査長※		
巡査		

左側に縦書きで「キャリア」「ノンキャリア」の区分が示されている（キャリア：警視総監～警部補、ノンキャリア：警視長～警部補）

警察庁の階級と職名

階　級	職　名
階級なし	警察庁長官
警視監	警察庁次長、官房長、局長、各局企画課長
警視長	課長
警視正	理事官
警視	課長補佐
警部	
警部補	

※巡査長は警察法に定められた正式な階級ではなく、職歴6年以上で勤務成績が優良なもの、または巡査部長試験に合格したが定員オーバーにより昇格できない場合に充てられる。

◉主要登場人物

高杉隆一……田園調布警察署　多摩川台駐在所・高杉健造の息子。高校卒業後、警視庁へ入庁

本城清四郎…田園調布警察署　中谷駐在所・本城誠三郎の息子。私大卒業後、警視庁へ入庁

大石和彦……田園調布警察署　小池駐在所・大石榮の息子。東大卒業後、キャリアとして警察庁へ入庁

上原智章……警察学校での隆一の世話係

警視庁組織図

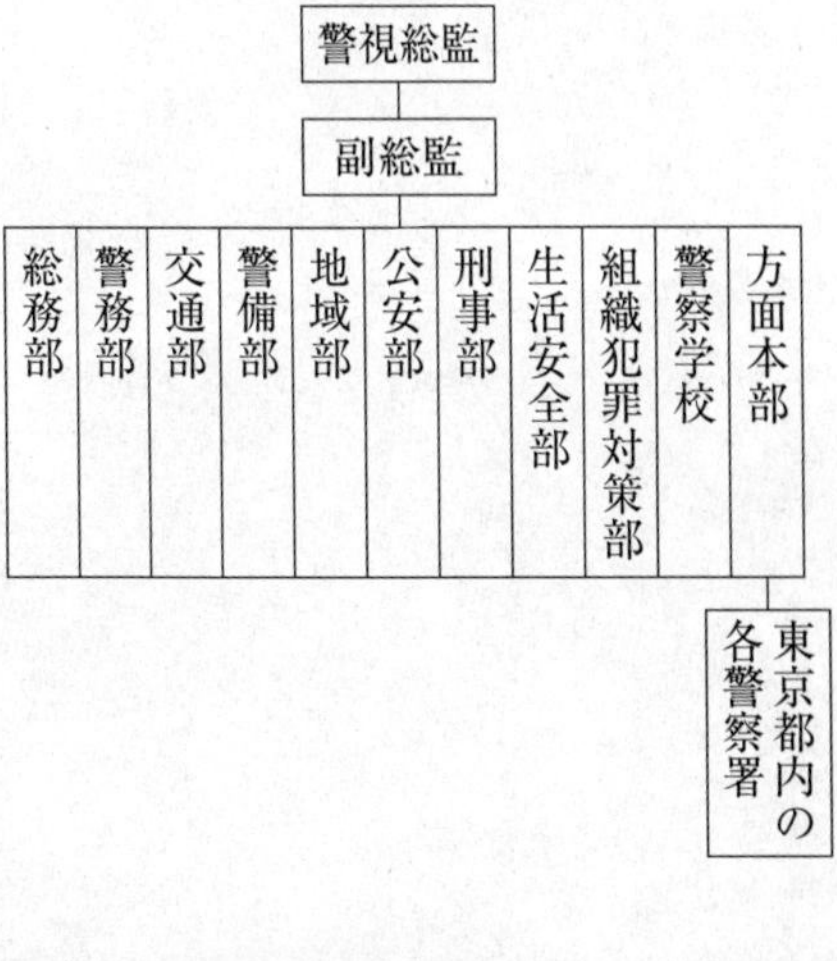

プライド　警官の宿命

プロローグ

「そら、もう少しだ。声を出せ、歩調を合わせろ」

一緒に走りながら、「世話係」と呼ばれる、警察学校の数期先輩の指導担当が声を掛けた。間もなく正門が見えてくる。午前五時から走り始めて、一時間半、ようやくゴールが近づいてきた。

四クラス、二百人の新入生と各クラスに二人付いた指導担当、そして担当教官と担当助教も一緒だ。この一週間に受けた様々な訓練の総決算がこの哲学堂《てつがくどう》マラソンだった。哲学堂は明治後期から大正にかけて哲学者として活動した井上円了《いのうええんりょう》が、ソクラテス、カント、孔子、釈迦を祀った「四聖堂」だ。これがある場所が「哲学堂公園」で、現在は国の名勝に指定されている。中野《なかの》の警視庁警察学校から哲学堂公園を往復する約五キロメートルを、クラス全員一緒にある程度の間隔を保ちながら、それでも前後列を乱さずに走らなければならない。これを警察学校では哲学堂マラソンと呼んでいた。わずか五キロの距離であるが、休みがない一週間の締めにしては実にきつい時間だった。正門を入ると、駆け足の足踏みのままスタート時と同じ三列縦隊の隊列に整えさせられる。

「いち、いち、いちに。いち、いち、いちに。左、左、左右」

指導担当の先輩が歩調を合わせるために声を掛ける。新入生もこれに合わせて、歩調を揃えながら「ソーレ」の声を出す。

「もっと声を出せ」

指導担当の先輩が驚くほど大きな声を出す。ゴールを前にして駆け足での足踏みは実に辛い。何人かは涙声になりながら懸命に声を出している。数十秒の足踏みの後、

「駆け足、進め」

の号令で、今度は新入生の先頭に立った者が歩調の号令を掛け始めた。

「いち、いち、いちに。いち、いち、いちに」

「ソーレ」

「いち、いち、いちに。いち、いち、いちに」

「ソーレ」

二百人全体の声が建物に響く。そして、マラソンの隊列が校舎の中心にある川路《かわじ》広

場に入った瞬間、全校生徒が拍手で出迎えた。新入生の誰もが思わず涙声になっている。それほど感動を覚えるのだ。

川路広場で隊列を組んだまま、整列隊形に入る。十数秒間のその場での足踏みが続いたあと、

「ぜんたーい、止まれ」

の声で隊列が止まるとすぐに、

「左向け、左」

の指示が出て、新入生は条件反射のように、自ら整列を始める。教導が整列号令を掛ける。

「四番後、五番後、七番前、よーし」

整列が完了すると、再び大きな拍手が川路広場に響いた。主任教官が指揮台に登壇すると、筆頭クラスの長が号令を掛ける。

「点検官に注目、直れ」

「仮入校中の最後の行事であるマラソン訓練で誰一人脱落することなく、整列完了できたことに対し、君たちの一週間にわたる訓練の成果が出たものと敬意を表する。以上」

三度、割れるような拍手が川路広場に響いた。

「右向け、右。駆け足、進め」

四クラス全員が再び隊列を揃えたまま、川路広場から退出する。この時も全校生による拍手が続いていた。


一旦、学生寮の八人部屋の居室に戻って体中の汗をタオルで拭き、ジャージに着替えると、高杉隆一《たかすぎりゅういち》は同級生、滝浪俊作《たきなみしゅんさく》がいる居室のドアをノックした。

「滝浪、僕だ」

「高杉か……入れよ」

まだ出会って一週間しか経たない、新たな仲間だが、このわずかな期間でも友情というものが芽生えていることに隆一自身も驚いていた。

滝浪が隆一の顔を見るなり言った。

「きつかったなあ」

「ああ。二日目に二十キロ以上走らされていたからな。それも完全装備とかいう、戦国時代の侍のような格好をさせられてさ」

「明日の入校式を前にして、最後の最後がこれとは思わなかったが、妙な達成感というか、あの先輩方の拍手の渦に、なんだかジーンときてしまった。あんなことは今まで一度も経験したことがなかったからな」

「僕も同感だ。これが警察の絆……というものなのかもしれないな。とはいえ、まだ正式な警察官にもなっていないんだけどな」

「この仮入校の一週間だけでなく、これからの一年間は『条件付採用』という立場だしな。その中でも、この一週間は『仮採用』という第一次振り落とし期間だったそうだ」

「確かに、うちのクラスでも四人辞めたからな」

滝浪の父親も隆一同様警視庁の警察官だった。この数年、警視庁に採用された者の三割強が、いわゆる「警官の子弟」だそうで、その父親も、階級は交番の巡査長から、警視長の警察学校長まで幅が広かった。滝浪の父親は警視庁刑事部捜査第一課の警部らしく、滝浪は隆一よりも警察の内部事情に詳しかった。

「明日の入校式で警視庁警察官に任命されるんだろう？」

隆一が訊ねると滝浪が笑って答えた。

「正式には警視庁巡査を拝命するというらしいが、警察学校入校中にどれだけ辞めていくのかわからないらしい。特に僕たち高卒は厳しいらしいぜ」

「そうなのか……僕たちの世話係の上原《うえはら》さんは大卒のエリートらしいな」

「ああ、国立大学を出ているらしい」

「国立か……凄いな……。でも、僕たちに対して全然威張ったりしないよな。おまけにカッコいいしな」

上原智章《ともあき》は身長百七十八センチメートルで、隆一より二センチ背が高かったが、肩幅があり、足が長かった。また顔も、名前は忘れたがよくドラマの主役になる大人の俳優に似ていた。

「偉くなる人……というのはそういうものなんだろうな」

滝浪の言葉に頷きながらも、国立大学出身の警察官のイメージが全く湧かない隆一だった。そして、この上原との出会いが今後の警察人生を大きく変えることになるとは、この時隆一は思ってもいなかった。

その日は、翌日の入校式に向けた様々な手続きが行われた。髪が長い者は強制的に校内にある床屋で髪を切らされた。ここでの髪型は「警察学校スーパーカット」と呼ばれるらしく、強烈な刈り上げスタイルだった。制服やネクタイ、入校式に使用する礼肩章の装着方法が指導され、校内服、その他の備品が支給された。

翌日、警視庁第一二五五期生として警視庁巡査を拝命して、隆一らの警察学校生活が本格的に始まった。隆一は世話係の上原の推薦もあって、三人のクラス委員の一人である前期勤務割副場長に任命された。さらに全員が寮の新たな八人部屋に振り分けられる。一年間の学校生活の前半半年を同じメンバーと居室と呼ばれる二段ベッドが四つ並んだ部屋で過ごすのだ。警察学校の生活で最初の仲間意識が生まれるのは寮の居室で同室の八人だった。日々の行動は入浴時間以外は、この八人と一緒に行われる。

警察学校ではクラスを教場と呼び、担当指導官を教官、サブ指導官を助教と呼んでいる。クラス名は教官の名字を取って、隆一の場合「第一二五五期　古屋《ふるや》教場」となり、これが警視庁を退職するまでついてくることになる。隆一の担当教官となった古屋明宏《あきひろ》警部補は三十二歳の若手で、初めて教官としてクラスを受け持っていた。助教の森岡米和《もりおかよねかず》巡査部長は学校内の助教としては最古参で年齢は三十一歳だった。森岡助教は学生の指導と共に、教官に対しても指導に近い補助をしなければならない立場になっていた。

教場運営は原則として学生の自治によって行われるが、警察学校という職業訓練学校で、しかも警察という、典型的な階級社会である以上、上司からの命令には絶対服従が義務付けられていた。

隆一は古屋教場の副場長となり、場長と会計担当副場長との三人で前期三役として、初めの半年間、クラスの運営を担うことになった。

隆一は父親の影響もあり、小学一年生から剣道を始めており、高校時代に三段を取得していた。これは、柔道か剣道を正課としている警察官にとっては非常に有利だった。他方、場長は柔道二段だった。

警察学校の生活は実に厳しく、相応の体力があるつもりだった隆一にとっても、肉体訓練の日々と言っても決して過言ではなかった。その中でも、最も厳しいのが教練と柔道、剣道である。

中でも教練は、警察においては、団体行動を敏活適正にするとともに、盛んな士気と厳正な紀律を養う目的で行われており、警察学校を卒業しても就勤時には通常点検として、警棒・手錠・拳銃の抜き差しをスムーズに行う所作を訓練している。さらに部隊訓練は、細かい所作から、大きな部隊展開まで、動きをピッタリ合わせて行動する訓練を重ねる。これは、治安出動や銃器使用事件等に際して、警察部隊全員の命に関わる重要な基本動作で、大盾が一センチずれただけで、そこに銃弾が飛び込むこともあるのだ。最近でこそ少なくなったが、かつての極左暴力集団との対決では多くの殉職者も出しているため、教練は現在もなお、自分自身のみならず、一般市民の命を守るための最も厳しい訓練となっている。

剣道も、剣道経験者の隆一でさえ辛いと思うのだから、高校を卒業するまで未経験だった者にとっては苦痛でしかないだろうと思っていた。しかし、それ以上に厳しいのは柔道で、警察柔道には体重別がない。無差別級の武道なのだ。警察では、体重六十キログラムほどの者が百キログラム近い者と正面から闘わなければならない。これは身体が小さいからといって、大きな犯人と闘わなくてもいいわけではないという、警察官の宿命を背負っているからだった。柔道の練習が終わった時には、初心者のクラスメートは絞り上げられたボロ雑巾のようなありさまだった。現在の体重別のスポーツ柔道になってしまった、オリンピック候補の柔道家たちの中で軽量級に属する人は、警察を避けて、大学職員や企業に進むのが通常化するようになった。

半年が過ぎた頃、隆一らが警察学校に入校した際に世話係として指導してくれた第一二五〇期が八ヵ月間の初任科教養期間を終えて第一線に卒業配置となった。

大方の予想どおり、指導担当の上原先輩は成績トップの警視総監賞を授与されて本《もと》富士《ふじ》警察署に配置となった。卒業式当日、いつもはクールな上原先輩でさえ顔をくしやくしゃにして涙を流していた。

「上原さんだってきつかったんだな……」

隆一が滝浪に言うと、滝浪も頷きながら答えた。

「初めて会った頃よりも十キロは痩せているみたいに見えるからな」

元々精悍さがあった上原先輩だったが、確かに頬がややこけたように感じられた。

「僕たちだって、入校時から平均五キロは減っていると、体育係の黒川《くろかわ》が言ってたぜ」

黒川は高二の時の春高バレーでベストエイトに入ったチームのセッターで、体育検定一級のスーパースポーツマンだった。

「黒川だって三キロ痩せたと言ってるんだから、仕方ないよな……教練と柔剣道や体育が重なった日には、飯が咽喉をとおらないからな……。走りながらお湯と塩を舐めさせるなんて、普通じゃないよ」

「昔の軍隊のままのような気がする。自衛隊上がりの高橋《たかはし》が自衛隊学校よりもきついというくらいだぜ。助教は、一年間馬鹿になったつもりで我慢すれば、あとは楽になる……というけどな……」

　それから半年、前期勤務割副場長から剣道係となり学級対抗で準優勝して、隆一たち第一二五五期は第一線に配置された。隆一はトップを取ることはできなかったが、優等賞の学校長賞を授与されての卒業配置だった。隆一が配属されたのは第三方面の世田谷《せたがや》警察署である。世田谷署には隆一の他に同期三人の計四人が着任した。卒配（卒業配置）者の生活拠点は署に隣接する単身者用の警備待機寮で、寮員は全部で五十八名おり、その最年長者は二十八歳だった。

　寮で隆一を指導してくれた警ら課（現在の地域課）第一係の加藤《かとう》巡査は、上原と仲が良かったらしく、初任科の世話係期ということで、よく面倒を見てくれていた。そして隆一が卒配して一ヵ月後、上原が隆一が入っている寮を訪ねてきて、隆一の顔を見るなり笑顔で言った。

「おう、高杉。よく頑張ったそうじゃないか。来年になったら、夜学に行けよ」

「夜学……ですか？」

「そう、大学の二部だ。世田谷署の近くには二部がある大学が幾つかある。今年中は、現任補習科もあるから、大学に行くのは無理だが、来年になったらすぐ受験するんだ。世田谷署に配置になったのは、成績優秀者に対する配慮でもあるんだ」

「そうなんですか……社会人になったら、もう勉強はしなくていいと思っていたんですが……」

「バカ。社会人になってからの勉強が一番大事なんだ。警察にも大卒、高卒があるが、大卒で入って、五年間で昇任試験に合格しない奴は、高卒よりも悪いと言われている。大卒は実務一年、高卒は実務四年を過ぎれば巡査部長試験の受験資格ができるだろう？　そこで一発で合格してみろ。先輩期の大卒を追い越すんだぜ。警察という社会の面白さは下剋上《げこくじょう》なんだよ」

「下剋上……ですか……。なんだか戦国時代の侍のようですね」

「そう。社会人の世界は戦国なんだよ。身分の低い者が高い者を政治的・軍事的に倒して、本来の順序を逆転させるみたいなものだ。会社を辞めて新しい仕事を興す『起業家』も、古巣を追い越すような業績を上げれば、これもまた、ある意味で下剋上なんだよ。それがたった一回の試験に合格するだけで、組織内でできるんだ。こんな世界、日本では警察以外にないんだよ」

「実際に、そういう人はいるんですか？」

「たくさんいる。大卒を自慢していた巡査が、七年後もヒラで、高卒の係長と逆転なんてこともあるんだ。僕の親父も君の親父さんと同じで、現在でも警視庁警部補だが、警部補までは何とか早くなっていた方がいいようだ」

「私は上原さんのように優秀じゃありません。大卒の上原さんなら来年には受験にも受かって巡査部長になっているでしょうが……私の頭じゃ……」

「半年したら君も現任補習科がある。僕は今月それが終わったばかりだが、学校長賞を取った中に高卒期が三人いたんだ。大卒が卒配して半年もしないうちに高卒に負けているんだぜ。高卒だって、その気になっていれば大学に入る能力があった者だってたくさんいるんだよ」

現任補習科とは、警察学校を卒業して第一線に配置されて、概ね三ヵ月から半年の間に、再び二ヵ月間警察学校に入って実務に直結した教育を受ける、本格的職業訓練コースである。

「ほんとうですか？」

「ああ。僕は君の能力の高さが一週間でわかったんだよ。君の担当教官も採用試験の成績を知っているから、君を勤務割副場長にしたんだ。場長よりも勤務割副場長の方がいろんな責任を負わなければならないからな」

「そうだったんですか……ところで上原さんは、現任補習科でも警視総監賞を取ったのですか？」

「ああ。現補も一番だった。現補でトップを取ったら、その現補の学生が所属する署長、つまり、僕の場合には本富士署長が卒業式の来賓で祝辞を読むのが習わしになっているからな。ステージの上で警視総監と並んで座り、直に言葉を交わすことができたらしくて、それから署長の機嫌が一気によくなったようなんだ。現補の卒業式前日、キャリアの署長が署長室で自らニコニコしながら礼肩章の金具の部分をピカールで磨いていたそうだ」

礼肩章とは警察の場合、警察礼服を着用する際に右肩から右胸にかけて着けるモールのことで、警視以上の署長がこの姿で挨拶をすることは、この機会以外にはまずないと言ってよかった。

またピカールは、警察学校では入校式、卒業式等の重要な儀式や警視庁幹部が来校する際には、警察学校を挙げて校内清掃をするが、金属製のドアノブ等をピカピカに磨くために使用する研磨剤の名称だった。

「そうでしたか……。私は上原さんを尊敬します。ところでキャリア……ってなんですか？」

「ああそうか……キャリアというのは警視庁警察官を拝命したのではなく、上級官庁の警察庁に国家公務員上級試験を合格して採用された人たちのことだ。警視庁のトップで、日本警察の最高の階級である警視総監も、そのキャリアの代表だ」

「本富士署の署長はキャリアなんですか？」

「管内に東大の本郷キャンパスがあるからな、伝統的に本富士と目黒《めぐろ》の署長はキャリアだな」

「キャリアじゃない……僕たちのような警察官は何と呼ぶのですか？」

「ノンキャリア、略してノンキャリだ。うちの署長はまだ二十九歳だぜ」

「二十九歳で署長になれるのですか？」

「そう。キャリアは毎年二十数人、警察庁に採用されるんだが、その九割が東大卒だ。俗にいう官僚という人たちだな」

「副署長はノンキャリなんですか？」

「もちろん。副さんは五十歳ちょっと前かな。でも、すぐに署長になれる人だ。まあ、そんなことはまだ関係ないとして、ノンキャリはノンキャリの中で生きていくしかない。ただし、さっきも言ったように、ノンキャリには昇任試験という武器がある」

「下剋上……ですか？」

「そうだ。高杉もこれからしばらくは勤務だけでなく寮生活も大変かと思うが、我慢するところは我慢しろ。僕も寮生活では高卒の先輩にチクチクやられることがあるが、そんな奴は一年後には階級で逆転してから、無視してやるつもりだ。それまではジッと我慢の二文字だ」

「上原さんをいじめる人もいるんですね」

「まだ世間を知らないガキだと思って我慢している。君は決してそんなことをしないと思っているが、先輩後輩よりも、人として最も大事なことは長幼の序だ。ただし、現場に出てわかることだが、箸にも棒にもかからない年配者がいるのも事実だ。しかし、そんな人でも、同階級であるうちはジッと我慢して言うことを聞いておかなくてはいけない。長幼の序は同列内では最大の掟だ」

「同列内……ですか？」

「警察に勤務しているうちは、一に階級だ。しかし、いくら自分が上位の階級にあったとしても、長幼の序の意識さえ持っていれば、指導をしなければならない状況になっても敵は作らない」

「なるほど……」

隆一は握手をして上原を見送った。

寮生活が始まって一ヵ月、ようやく隆一は上原が言った忠告が身に染みるようになってきた。

寮の部屋は、部屋長が卒配七年目の二十五歳、次席が卒配三年目ながら大卒の二十五歳、そして隆一の三人部屋だった。八畳一間の部屋でベッドもなければ勉強机もなかった。この部屋は上の二人がよくできた人で、同期で一緒に卒配した他の三人に比べると極めて恵まれた環境だった。

しかし、三人が同時に一緒に揃うことは滅多になく、部屋長は刑事課の強行犯捜査の刑事だったため、寮に帰ってこない日も度々だった。

四日の内、二日は次席の先輩と一緒になったが、次席は部外のガールフレンドがいたため、隆一はなかなか相手にしてもらえなかった。

この状況を知っていた他の部屋の先輩から、度々お呼びが掛かった。それも、極めて酒癖が悪い先輩だった。時として寝入ったばかりのところを、枕を蹴られて起こされ、

「おら、高杉、牛丼買ってこい」

と、小間使いにされるのだ。

隆一は未成年者であるため、原則として飲酒はしないが、独身寮内は治外法権と勘違いしている、時代錯誤の先輩も何人かいる。

「酒は飲めません」

と、断っても、

「俺の酒が飲めねえのか」

と、できの悪いチンピラまがいのことを平気で言ってくる。

「申し訳ありません。成人するまでは酒、タバコをやらないのが、現職警察官の親との約束ですから許してください」

この殺し文句は酒癖の悪い先輩にも何とか使えた。しかし、同期の仲間の内二人は無理矢理飲まされたという話を聞いていた。

ある日の朝稽古で同期生が柔道の助教から「お前、酒の匂いがする」と言われて、こっぴどくボロ雑巾のように投げ飛ばされ、絞められて落とされた挙句に稽古後に教養係長に呼び出されて始末書を取られた事案が発生した。緊急寮員会議が招集され、酒を飲んだ経緯を追及されたが、同期生は口を割らなかった。

隆一は寮員会議後、部屋長に事実関係を告げて相談すると、部屋長は、

「聞かなかったことにしておこう。ただし、以後、再び同じようなことがあった時には俺が責任を持って処理する。お前は他には黙っていろ」

その後、数ヵ月間、隆一は夜中の買い物にはしょっちゅう行かされたが、幸い、酒

の無理強いはなかった。しかし、同期生は相変わらずやられていたようだった。

そして事件が起こった。同期生が急性アルコール中毒で救急搬送されたのだった。

命は何とか取り留めたが、宿直責任者が署長を呼んで夜中の緊急寮員会議が招集された。

「まだいじめは続いていたんだな。寮内だったから秘密は守れたが、外でやったら即新聞沙汰だ。そうなると署長まで首が飛ぶからな。世田谷署全体が恥をかくことになるところだった」

部屋長が表情を変えずに言った。この件はすぐに箝口令が敷かれたが、隆一はその措置に不満を覚えていた。

署内で高卒の卒業配置の新人は実務的にはほとんど期待されていない。それは警ら課の警察官として最も大事な業務である職務質問と巡回連絡という、一般人との会話がまだうまくできないからだ。

警視庁警察署の警ら課警察官の中でも交番勤務員は四交代制で、日勤は午前八時半から署の中庭で装備品の点検と拳銃の弾込めを行い、署内の訓授場と呼ばれる講堂で、署長の訓授を受け、内勤各課からの指示、警ら課長からの指示も受けて各交番に出向する。パトカー乗務員は、管内の警戒警備の間隙をなくすために半数は出勤と同時に他の係と交代し、半数は訓授を受けた後に交代する。

隆一の勤務地は世田谷署管内でも本署から約四キロメートルと西に最も遠い成城《せいじょう》警察署との境に位置する桜丘《さくらがおか》交番だった。交番長の國島《くにしま》巡査部長は他の係の勤務員との交代を迅速に行うためパトカーで本署から交番に向かうが、隆一は指導巡査の望月《もちづき》巡査長と一緒に駒留《こまどめ》通りを経由して、ほぼ平坦なルートを選んで自転車で二十分ほどかけて往復した。世田谷署管内の詳細な地理には不案内な隆一だが、都内出身のため大まかな方向感覚は持っていたので、簡単な地理案内は一人でもできた。

また、交番勤務は隆一にとっては楽しかった。それは、子どもの頃から父親の仕事を、日常的によく見ていたし、父親が不在の時は母親が駐在の代理をして、地理案内や拾得物の受理も手伝っていたからだ。しかし、隆一は交通違反の取り締まりはできたが、巡回連絡は形ばかりのもので、職質検挙はできないままだった。

ある日勤勤務の午後、指導巡査の望月が立番勤務中、背後から隆一に言った。

「おい高杉、あの自転車の男にバンカケしてこい」

バンカケとは職務質問のことで、「こんばんは」と声を掛けるところから、その隠語ができたと言われている。

何度か指導巡査と一緒に職質をしたことはあったが、単独でさせられるのは初めてだった。職質の相手は初老に近い男性だった。

小田急《おだきゅう》線千歳船橋《ちとせふなばし》駅方向から交番前の千歳《ちとせ》通りを進んできた自転車の男を確認して、道路を渡って呼び止めた。

「お急ぎのところ申し訳ありません」

「なんだ、本当に急いでいるんだ。見てわかるだろう」

「そうとは思うのですが、その自転車、鍵が壊れているようなのでお声掛けしました」

「誰かに壊されたんだよ」

「そうですか……しかし、一応、所有者の確認をしたいのですが……」

「急いでいると言っているだろう。客が待っているんだ」

「どちらまで行かれるのですか？」

「玉電の三茶《さんちゃ》の駅だよ」

「たまでん？」

「玉電も知らないのか？　そんなんでよくサツカンやってられるな。急いでいるから行くぞ」

　現在の東急世田谷線は前身である玉川電気鉄道が東京横浜電鉄に合併されて玉川線となったため、現在でも玉川電気鉄道の略称で玉川線の愛称であった「玉電」と呼ばれることがある。

　男は後方の安全を確認すると、隆一の肩を軽くポンと叩いて自転車を急発進した。隆一は唖然とした顔つきでその場に残された。それを見ていた指導巡査が交番の自転車でその男の後を追った。隆一もその後を駆け足で追ったが、十秒も経たないうちに見失ってしまった。

　十分後、署活系無線から指導巡査の声が届いた。

「桜丘、望月から世田谷PS（警察署）」

「望月班長、どうぞ」

「自転車防犯登録並びに、個人総合一件願います」

　指導巡査の望月先輩があの男に追いついて職務質問を続けていたことが隆一にもわかった。間もなく、本署から自転車の所有者と男の前歴の回答があった。

「望月了解。マル窃の疑いあり、PC（パトカー）の派遣を願いたい。場所、世田谷通りオークランド前。どうぞ」

無線を聞いて隆一は驚いた。望月指導巡査は交番から約二キロメートルを追尾して男を確保していたのだった。

「高杉、現場まで走って行って、望月の自転車を預かってこい」

交番長の國島巡査部長の指示で高杉はすぐに確保場所まで駆けていった。応援のPCが到着する前に隆一が望月指導巡査の前に到着すると、指導巡査が笑って言った。

「走ってきたのか……。PCが到着したら、俺とマル被の自転車をPSまで運んでくれ」

「了解」

PCが到着し、マル被と指導巡査を同乗させて出発すると、隆一は情けない気持ちのまま、指導巡査が乗っていた自転車に跨り、証拠品自転車のハンドルの中央部を右手で持って、本署に向かってペダルをこぎ始めた。

本署に着くと、証拠品の押収手続きを行うために刑事部屋に向かった。すると、刑事部屋の盗犯捜査係がいつもより賑やかになっていた。その中に指導巡査の望月を探すと、別の取調室で刑事から指導を受けながら捜査書類を作成しているところだった。指導巡査でもまだ指導を受けなければならない捜査書類の奥深さを感じていると、朝稽古で一緒のデカ長が隆一を認めて言った。

「おい、高杉、でかした。お前も手伝え」

「僕は逃げられただけですけど……」

「最初にバンカケしたのはお前だろう？」

「バンは掛けましたが、逃げられて、それを先輩が追いかけて捕まえたんです」

「それでも結果オーライでいいんだよ。緊急逮捕だから、書類が多いんだ。お前も共同逮捕者の一人なんだから、書類の一つくらい書け。最初にバンカケした経緯の捜査報告書も必要だからな。それにしても望月はたいしたもんだ。あのマル被は元競輪選手で、自転車で逃げきれなかったのは今回が初めてだったそうだ。奴が背負っていたバッグの中からは、今日、ノビで盗んできた盗品の他に、そこの机の上にある侵入道具も入っていたんだ」

ノビとは「忍び込み」の略称で、侵入盗の手口の一つである。空き巣と異なり、住人が在宅する中で行われるため、家人に発見された時に居直り強盗に発展しやすく、危険度が高い手口である。

「そうだったのですか……」

隆一は共同逮捕者と言われただけでなく、あっさりと逃がしてしまった自分があまりにもみじめで赤面していた。しかし、すぐに捜査の現実に気付き、捜査報告書、任意提出書、押収品目録、緊急逮捕手続書等の作成を刑事の指導の下、次々と作成することになった。

他の勤務員が当番係と交代して本署に上がってきたが、望月と隆一と地域担当係長は刑事部屋で居残りだった。当日分の捜査資料を仕上げたのは午後七時近かった。その理由は、マル被が余罪について話し始めたからだった。

本件が起訴になった段階で望月に警視総監賞の賞誉二級、隆一には賞誉三級が授与された。しかし、署内では隆一の総監賞受賞に陰口を叩く者もおり、特に寮の先輩の中には「『乗りボシ』のくせしやがって」と露骨に口にする者さえいた。このため、隆一は朝の訓授の際に署長から総監賞を手渡された時以降、賞状筒に入れたままで、初めて授与された総監賞を自ら二度と見ることはなかった。「乗りボシ」というのは、検挙案件に直接かかわっていないにもかかわらず、たまたま、その場にいて、事務的な手助けをした者が共同逮捕者として逮捕手続書等の捜査書類に名前を併記することをいう。

臥薪嘗胆を期した隆一だったが、その後も職質検挙をすることはできなかった。

一人前の警察官と周囲が評価してくれるのは、最初の職質検挙、もしくは巡回連絡によって不審者を発見するか、檀家と呼ばれる協力者を自ら作ることができてからで、この時、ようやく「独り立ち」が認められる。

警察署において高卒者に求められるのが、柔剣道とマラソンの対抗試合の選手に選ばれることだ。特に柔剣道は夏と冬の二回、警視庁内で大きな大会が開催される。夏の大会は「署課隊」と呼ばれ、警察署、本部各課、機動隊などの執行隊や、警察署の規模ごとに行われる。警視庁の各所属長にとっても、事務実績もさることながら、この署課隊を制することが最大の目標という者も多い。その最大の理由は優勝旗を持って、警視総監、副総監を始めとした警視庁本部の各部長に挨拶に行くことができるからである。

隆一は卒配時に剣道三段だったことから、即刻、特別訓練のメンバーに入れられた。メンバーに入ったからといって選手になれるわけではない。最初は小間使いだ。しかし、この通称特錬員になることには、署内の幹部だけでなく、警ら課以外の各課の係員と知り合いになれる特典があった。また、隆一は剣道の先生にも恵まれた。警視庁の各警察署には署の規模の大小にかかわらず柔道と剣道の先生がそれぞれ「助教」と呼ばれる地位にいた。世田谷署の剣道助教は、高杉が中学生時代に自主的に訓練していた、高杉の父親の勤務先である田園調布《でんえんちょうふ》警察署の剣道助教だった羽田《はた》巡査部長だった。

「おお、隆一、高校でどれだけ強くなったか見てやろう」

最初の朝稽古で、隆一は名指しで稽古を受けた。

竹刀の切先が触れ合う距離で探り合いが行われる。数秒後、羽田助教の竹刀が隆一の小手を狙ってきたが、隆一がこれをかわして面を打ちに出た。羽田助教はこれをギリギリのところでかわして、再び元の距離に戻ると、羽田助教が面ごしに言った。

「隆一、やるじゃないか」

初めの三十秒間はどちらも有効打が出なかったが、隆一が面を打ちにいった瞬間、羽田助教の面が隆一の左頭頂部に「パーン」という音を立てて見事に決まった。強烈な痛みが頭頂部からつま先まで電気が流れるかのように走った。

「二本目」

羽田助教が正眼に構え直して言うと、今度は積極的に間合いを詰めてきた。隆一はこの距離を嫌って一旦、後方に飛び下がるや、着地と同時に羽田助教の小手を狙った。「パン」と小気味いい音が道場内に響き、隆一の小手が決まった。

「一本、一本勝負」

羽田助教がニヤリと笑いながら言うと、再び間合いを詰めてきた。隆一は今度は下がることなく、自ら距離を縮めて鍔《つば》迫り合いの形になった。お互いの顔が四十センチメートルの近さになる。二人とも呼吸は静かで、互いの目と目の戦いになる。視線を外した方が負けだ。羽田助教が驚くほどの力でもって右の小手で隆一の小手を抑え込むと同時に、右足を前に進めた。隆一の上体がグラリとよろめいた瞬間、羽田助教の身体は流れるように左後方に移動しながら、信じられないようなスピードで隆一の右頭頂部に竹刀を振り下ろした。「パーン」。見事な音と同時に、隆一は全身から力が抜けるような衝撃を受けた。「目から火が出る」とはまさにこの瞬間の表現にふさわしかった。隆一が頭を二、三度振るのを見て羽田助教は蹲踞《そんきょ》の姿勢になって言った。

「勝負あり。隆一、もう少し腕力を付けなきゃいかんな。小手先剣道になっちゃいかん」

互いに礼をして隆一が後方に下がると、先輩の副寮長が隆一の肩を叩きながら言った。

「あの小手はよかった。羽田先生がマジになったのを久しぶりに見たぜ。お前、いい剣道するなあ」

「ありがとうございます。ただ、まだ頭がクラクラしています」

「そりゃそうだろう。少し休んどけ。俺があの面を喰らったら、きっと立っていられないだろう」

その後、隆一は三人の先輩方と稽古をしたが、決して防戦一方になることはなかった。高杉隆一、十九歳の春のことだった。


夏の特錬に入った。隆一は三段の枠で正選手に入ることができず、厳しい稽古と下働きの毎日だったが、署内の人間関係は確実に高まっていた。

夏休みの時期に入って、隆一は警視庁巡査を拝命してから初めて実家の多摩川台《たまがわだい》駐在所に帰った。警察学校にも夏休みと正月休みがあったが、父親の健造《けんぞう》との約束で実家には戻らず、母の実家がある、同じ大田《おおた》区の蒲田《かまた》の家に行っていた。

一年四ヵ月ぶりに戻った実家は、相変わらず忙しそうだった。世田谷署管内にも唯一、桜木駐在所があるが、同じ住宅地の中にあるにもかかわらず多摩川台駐在は地域住民との関係が深いだけに、様々な相談事が多かった。

来客の住民を見送った母親の久仁子《くにこ》が息子の顔を見るなり、駐在所の見張り所の中で涙を浮かべて隆一の手を握って言った。

「元気だった？　会いたかったよ。見違えるように逞しくなって……」

「想像を絶する鍛えられ方をしたからね……父さんの頃はもっと厳しかったんだろうと思うと、尊敬の念が出てきたよ。父さんは巡回中？」

「今日は本署で会議なの。署長さんとの会食があるようだから、午後には帰ってくるわ」

「月一の定例会議だね」

駐在所と居住空間の間の防火扉に鍵をかけて、久仁子が隆一を家に入れて言った。

「背も伸びたんじゃない？」

「今、百七十九センチだから、三センチは伸びたかな」

「学校では優等賞を取ったそうね。お父さんが署長さんから伝えられてよろこんでいたわ」

「高卒同士だからね。でも来月からの現任補習科講習は大卒と一緒だから、ビリの方かもしれない」

「それは仕方ないわ。でも一緒に試験を受けるなんて不公平よね」

「でも、一般の人から見れば制服を着ている以上大卒も高卒もないからね」

隆一が笑って答えたのを見て、久仁子が再び涙を浮かべて言った。

「立派なことを言うようになったのね。大学に行かなくてよかったのか、お父さんとも何度も話したのよ」

「父さんも母さんも大卒だからね。でも、僕はまだ目標が見つからなかったし、成績もそんなに良くなかったから、わけのわからない大学に行っても仕方ないと思ったんだ。でも、もしかしたら来年から夜学に行くことになるかもしれない」

「えっ、どうしたの。警察辞めなくていいの？」

「夜学で十分だよ。一年仕事をすれば入学金くらい貯まるからね」

「父さんは、大学は人生の猶予期間だから、高校を卒業して四年間は面倒を見ると言っていたじゃない」

「うん、それは知ってる。まあ、その時になったら、学費の半分でも払ってもらうかもしれない。大学は本代が高いらしいからね」

午後、父親の健造が帰ってきた。

「隆一、一年経つとこうも成長するもんなんだな。今夜は軽く一杯やるか」

健造が猪口《ちよこ》を口に当てる仕草をしながら笑って言った。父親はタバコは絶対否定だったが、酒に関しては隆一が高校三年生の頃から、母親ともども、たまに晩酌に付き合っていた。

「酒の飲み方を知らないと、世間に出て大恥をかくからな。社会人の男の事故は酒・金・女と相場は決まっている。その最初が酒だ。そして、その事故ほどみっともないものはない。それよりも酒の美味《うま》さを知っておくのも決して悪いことじゃない。酒の味を覚えて、これを作る人のことを考えることができるようになれば、酒の事故もしなくなる」

これが父親の口癖だった。

父親がこの駐在所勤務になってかれこれ十五年になる。父親がどういう理由で駐在を希望したのか、隆一はまだ聞いたことがなかったが、この田園調布という場所が気に入っていたのかもしれない。警察官を退官するまで働いても、この場所に家を建てることなどできるはずもない。日本でも有数の豊かな人たちが集まる場所である。

現在ではすっかり地域に溶け込んだ高杉駐在は地域の多くの行事に参加して、幅広い分野に人脈も広げており、この数年は再三、区議選に出馬要請されるほどだった。さらに盆暮れには多くの品が「余り物」と称されながら駐在所に届けられ、その中には、一般の警察官では滅多に口にすることもできない高価かつ貴重な酒や食品もあった。これらの品は一応、本署の警務課に報告をするのだが、署長、副署長、警務課長が日頃、署の協力者から話を聞いているだけに、本署への上納は免れていた。これが交番ならば四つの係の勤務員で分配することになるのだろうが、駐在はその地域に一人だけだった。

この夏も二ダース入った缶ビールの箱が山のように届いていた。

「相変わらず、凄い届け物だね」

「特錬が始まれば差し入れするさ。そう言えば、お前も特錬員だろう？　選手になれたのか？」

「三段は層が厚いんだ。僕なんかまだまだだよ。ただ、助教が、田園調布にいた羽田先生なんだ」

「羽田ちゃんか……将来の剣道首席師範だな」

「そんなに強いの？」

「本部特錬員だし、全日本選手権で三位にもなった人物だ」

「そうだったんだ……」

「来年あたり本部教養課の指導官室に進むだろうな。ところで、清四郎《せいしろう》と和彦《かずひこ》とは連絡を取り合っているのか？」

「いや、高校に入ってからは全然だよ。父さん同士は相変わらず仲がいいんでしょう？」

「ああ、いい仲間だ。清四郎は日大の二年生、和彦はせっかく合格していた早稲田の政経を蹴って、結局、予備校に行かずに一浪して東大法学部に入った」

「和彦が東大？　すっげーな」

「和彦はよく勉強していたらしい。清四郎は遊び惚《ほう》けていると、親父が泣いてた」

本城《ほんじょう》清四郎と大石《おおいし》和彦は隆一と同級生で、三人共、田園調布警察署にある駐在の息子だった。小学校、中学校とも校区が違っていたが、警察署が主催している少年剣道で一緒に稽古した仲だった。親同士が親戚以上の付き合いをしており、小学生時代は三家族一緒に旅行やキャンプにもよく出かけていた。高校は大石和彦と隆一がそれぞれ別の都立高校で、本城清四郎は日大の付属高校からエスカレーターで大学に入り、息子たちは自然と疎遠になっていた。

「そうか……僕が来年から夜学に入ったとして、清四郎は二年、和彦は一年先に大卒になるわけだ……」

「まあ、自分で選んだ道だ。夜学に行きたいのなら、できるだけの援助はするぞ」

「ありがとう。できるところまでは自分でやるつもりだ。第一線に出てまだ四ヵ月しか経っていないし、職質検挙もないけど、やっぱり僕は警視庁警察官に向いていると思っているんだ」

「そうか……警察という社会は向学心さえあれば、自分で自分の道を切り開くことができる。誠実に生きることだ」

「父さんのようにね……」

そう言って隆一が笑うと、父親の健造も嬉しそうに笑った。

四日間の里帰りを終えて寮に戻って出勤すると、九月半ばからの現任補習科への入校通知が届いていた。

隆一は、これを初任科時代の世話係だった上原智章に連絡すると、上原が現補時代に取った授業ノートが送られてきた。表紙には「部外秘」と赤字で書かれていた。現補では上原のノートが実に役に立った。各科目の教官が授業中に話す内容の重要ポイントが全て網羅され、赤色アンダーラインが引かれていたからだ。その中には○の中に「確」と書かれたものがあり、そのほとんどが試験に出た。結果的に隆一は上位の成績で優等賞を取り卒業した。

隆一が上原にノートを返しに行った時、上原が実務一年目にして公安講習に派遣されることになった旨を聞いた。

「公安……ですか？」

「ああ、署長命だから仕方がない。講習中に巡査部長試験があるのが問題なんだけどな……」

と、笑ったが、その笑顔は余裕に満ちていた。翌年四月、上原は公安講習でもトップで卒業して警視総監賞を取り、公安講習中に実施された巡査部長試験でも一般三部という、大卒一回目だけが受験できるコースでトップ合格をした。

「ああいう人もいるもんなんだな……」

隆一は上原から夜学に行くよう勧められて半年を過ぎて、ようやく本気で大学入試に取り組み始めた。隆一は子どもの頃から負けず嫌いではあったが、さほどの努力をすることなくだいたいのことは「こなして」きた。しかし、上原が努力をして次々に成果を挙げているのを目の当たりにした時、ふと隆一は幼馴染の大石和彦のことを思い出していた。和彦が東大に入った話を聞いた時、ただ「凄い」とだけ思ったが、和彦は自宅浪人をしながらの受験だった。上原と同じく、和彦も努力をしていたのだ。

子どもの頃の和彦を自分と比べてみると、和彦も隆一同様に厳しい父親に育てられながらも、生まれ持ったおおらかさでその厳しさを素直に受け入れた和彦と、それを受け流していた自分の違いがあったような気がした。そして、その差に大きなものがあるように感じられた。

まず、上原を見習おう。隆一の大学進学の決意が、その後の人生の転機となった。

そして、隆一は駒澤《こまざわ》大学法学部法律学科フレックスBに合格した。この学科は夜間学部には珍しいフレックスシステム（昼夜開講制）が導入されており、昼間部の授業でも単位を取得できる珍しいシステムだった。隆一は署幹部の応援もあり、この年は大学授業優先という特例を受けていた。翌年、人事異動で機動隊への入隊が決まったが、現補成績と夜学通学が警備部警備第一課に評価され、大学に近い警視庁警備部第三機動隊勤務となった。

結局、隆一は世田谷署で一軒の檀家も自分で作ることはできなかった。

「実務能力ゼロ」

隆一が卒配一年で自分自身を評価した結果だった。

この頃の機動隊はかつての紛争や、重要警備もほとんどないため、警視庁機動隊全十個隊を挙げて学業優先の方針が打ち出されていた。昇任試験対策はもちろん、夜学に通う「苦学生」は組織として、とことん面倒を見てくれた。機動隊三年目に入った時、隆一は中隊勤務から、機動隊の内勤に当たる警備係に抜擢されていた。これと同時に実務四年を終えたことから巡査部長試験の受験資格を得た。昇任試験の勉強方法もまた上原が指導してくれていた。これは上原が既に警部補試験に合格して目黒警察署の係長になっており、重要警備がある場合等に、島部を除く、全警察署の若手から招集される特別機動隊の最年少小隊長として、第三機動隊に来ていたからだった。

「絶対に受かれ。過去十年間の巡査部長試験問題を繰り返し、何度もやって、全て満点が取れるまでとにかくやれ。間違ったところは、その原因まで追究して勉強しろ」

上原から習った勉強法と、大学で勉強している内容の一部がほぼ一緒だったことも幸いし、その年の巡査部長試験に高卒初挑戦で合格した。これには第三機動隊長だけでなく、キャリアの警備部長、警備第一課長の二人も大いに喜び、機動隊友の会の会合で、隆一の快挙を伝えたほどだった。

警視庁の昇任試験は巡査部長、警部補、警部の三回である。さらに、警察官の数と、警視、警部、警部補らの数も警察法施行令によって決まっており、警視庁の場合、警視は一〇〇〇分の二七、警部は一〇〇〇分の五九、巡査部長を含む警部補が一〇〇〇分の五九八となっている。この結果、巡査は組織の三〇パーセントしかいないことになる。このピラミッド型ではない、算盤玉のようなヒエラルキー構造の崩れが警察不祥事の大きな原因になっていると、常々囁かれている。

巡査部長、警部補の昇任試験に合格した者は成績順に幹部養成学校である、関東管区警察学校に入学する。

隆一は、その年の第一回目のコースに進んだ。高卒ではあったが、夜学で真面目に授業を受けていたため、大学を卒業して時間が経った者よりも、はるかに授業の理解度も高く、体力もはるかに上回っていた。しかも、剣道は四段になっており、最年少ということで学校の様々な行事に関しても腰も軽かった。このため、教官からの受けもよかった。関東管区警察学校初級幹部科刑事課程を隆一は上位で卒業し、優等賞を受賞した。

隆一、二十四歳の夏、警察官の初級幹部である巡査部長として、世田谷署に隣接する同じ第三方面の玉川《たまがわ》警察署に昇任配置となった。これは夜間大学卒業を支援する警視庁警務部人事第二課の配意だった。

第一章　高杉隆一

高杉隆一が警察官を志したのは、父の影響が大きかった。小学校入学から警察署内の道場で開かれている少年剣道教室に参加したことが始まりである。ここで、先生を始めとして多くの警察官から褒められることが、隆一には大きな自信となっていた。中学卒業後、高校の剣道部に入っても、基本に忠実な真っ直ぐな剣道を心掛けた。このため、試合ではなかなか生かされることはなかったが、伸びしろを残したままの正統派剣道を続けることになった。

この少年剣道教室の指導方針の一つである「褒める育て方」こそ、高杉家の教育方針に他ならなかった。

高校二年生の時、進路指導担当教師から、現時点の能力で進学可能な大学をいくつかピックアップされたが、隆一にとっては魅力のないところばかりだった。しかも、大学に行って何を学ぶのか……についても考えていなかった。両親は「大学は人生の猶予期間」と進学を勧めていたが、隆一自身は親からの早い独立、自立を考えるようになっていた。そこで就職については、後継者不足の伝統工芸や、衰退が著しい一次産業も考えたが、自立できるまでの修業や、自然を相手にする苦労を想像すると、決断に躊躇《ちゅうちょ》した。

気分転換に警察署の道場に向かうと、稽古の後、剣道の先生が「隆一、警視庁警察官にならないか」と思いがけないことを言った。子どもの頃から、公私ともに警察官に囲まれていながら、自分自身の進路に「警察」という選択肢がなかったことに隆一はその時やっと気付き、愕然とした。道場に上がってくる警察官の姿を見ていると、高校生ながら彼らの姿に「頼もしさ」を感じるようになっていた。

「警察か……」

数週間後、再び進路指導担当教師に、就職先として警察官を相談すると、

「そういえば、お父さんは警察官だったな。お前なら向いているかもしれない。今の真っ直ぐな気持ちを失わなければ、市民に慕われるいい警察官になるかもな……」

と、言われた。

翌日、進路指導担当教師は手持ちの資料の中から、都立高校から警視庁に就職した先輩のデータを調べてくれて、隆一に言った。

「一番いいのは、お父さんに相談することだが、結構多くの都立高校生が、毎年警視庁に入っていることがわかった。ただ、うちの学校からはお前が初めてだ」

「母校の先輩がいない……ということは僕が初代か……それもいいな」

その日の夕食後、隆一は両親に相談をした。

「お前がそれでいいのなら、私たちは反対しない。ただ、大学というところでは高校まででは学ぶことができない世の中を知る経験ができるんだ。世の中を何も知らない警察官では、一般の人たちと会話もできないだろう？」

「そうか……」

「もし、大学に行かず本気で警視庁警察官になりたいのなら、高校卒業前に一度、自分の目でアメリカを見てこい」

「アメリカ？」

思ってもいない父親の言葉に、隆一が驚いた声を出した。

「二週間、西海岸のロサンゼルスと東海岸のニューヨークを見てくれば、自ずと世の中を見る目も変わってくるだろう」

「二週間で意識が変わるの？　それよりも、父さんはアメリカに行ったことがあるの？」

「言ってなかったかな。アメリカには三回、最初は学生時代、次に母さんとの新婚旅行、三度目は剣道指導者として、全剣連と警視庁合同で訪米したんだ」

「そうだったのか……。僕も行ってみたい気はするけど……僕でも何かわかることがあるかな……」

「おそらくな。ロスとニューヨークには、古くからお付き合いしている方がいるから相談してみる。お前が私と同じ道を選んでくれたこと、そして自立へのささやかな餞別だ」

高校卒業式の翌日、隆一はロサンゼルスに飛んだ。迎えてくれたファミリーはサンディエゴ、サンフランシスコ、ヨセミテ、ディズニーランドと様々なところへ隆一を連れて行ってくれた。その土地で出会う人は皆、優しかった。

「こんな国と戦争をしたんですね」

「世界を知らない人がトップにいて、国民のほとんどもこれを知らない。当時の日本はまだ発展途上以前の国家だったわけですよ」

「そうですね……そして、アメリカに助けられて今の日本があるのですからね」

「それも、アメリカの戦略ですよ」

この言葉を隆一は忘れなかった。

ニューヨークに飛ぶと、景色も人も様変わりした。人種の坩堝《るつぼ》でありながら人種差別が当たり前だった。ボストン、ワシントンD．C．、ニューヘイブン、アメリカを創った人たちの住処、ハーヴァード大学、MIT、イェール大学も見学して、スミソニアン博物館など多くの博物館、美術館にも足を運んだ。

「良くも悪くも、アメリカの本質が東海岸にはあるのです。いつか、南部にも行く機会があれば、また新たなアメリカを見ることができるでしょう。アメリカはあなたのような真っ直ぐな人を快く受け入れる国でもあります」

帰国後、確かに隆一の考え方が、少しではあるが変わったような気がしていた。

そして隆一は警視庁警察学校の門をくぐったのだった。

巡査部長昇任後、最初の連休で隆一が自宅兼父親の勤務場所である田園調布警察の多摩川台駐在所に帰ると、父親の健造から驚く情報を得た。

「隆一、清四郎が大学を卒業して警察官になったぞ。警視庁巡査を拝命して去年の暮れから三鷹《みたか》署にいるそうだ。東大に行っていた和彦は国家公務員上級職試験に合格して、今年から警察庁キャリアだそうだ」

「清四郎が警察官？　和彦がキャリア？　それから父さん、上級職という試験は今はもうなくて、国家Ⅰ種と呼ぶんだよ。うちの幹部の中には昭和三十八年で終わった『三級職』なんて言葉を使っている人もいるけど、これからは気を付けた方がいいよ」

「国家Ⅰ種か……なるほど、今後気をつけよう。それにしても、結局、幼馴染の三人が皆警察の道を歩み始めた……ということだな」

嬉しそうに言う父親の顔を笑顔で眺めていると、父が思い出したかのように言った。

「ところで、お前は管区でも優等賞を取ったらしいな。署長が驚いていたぞ。人二《ジンニ》ではお前のことを『高卒の星』と呼んでいるらしい」

通称「人二（ジンニ）」は警務部人事第二課のことで、警部補以下の警察官の配置計画、警察官及びこれに相当する警察行政職員の講習、研修等の他、昇任試験に関する事務を取り扱う部署である。警部以上の事務等を取り扱うのは「人一（ヒトイチ）」こと警務部人事第一課で、この所属長である人事第一課長は警務部参事官を兼務する警視長のキャリアポストであり、警視庁の全所属長の中で最高位である。

「高卒の星か……、いつまでも高卒が付きまとうのか……」

「しかし、夜学は卒業できるんだろう？」

「ああ、四年で来春に卒業できそうだ。友達も昼間部、夜学両方にできたよ。結構、警察官に興味を持った友達もいて、巡査部長の名刺を見せたら、びっくりしていた」

「そうだろうな……私も、父親ながら驚いたくらいだからな。それも、一般一部の初回で合格したんだからな」

「上原さんという、いい先輩に出会ったことが一番だな。現補で優等を取ったのが、僕の人生の大転機だったからね」

「現補か……そうだな、現補では同じ年に拝命した大卒と高卒が同じ授業と試験を受けるんだからな。高卒に負けた大卒のプライドも大きいものだからな……私も経験しているけどな」

「でも、父さんは警部補までは割と早かったって、和彦のお父さんから聞いたことがあるよ」

「まあな……。和彦の親父だって本部の訟務課でバリバリやっていた時期もあったんだが……」

「訟務課？　知らない部署だな」

「警察官の取り締まりや、警察官個人の事故についての、民事訟務事案、行政訟務事案、刑事訟務事案に関する業務を行うところだ」

「法律問題か……」

「そう、警視庁警察官にとっては最後の砦になる部署なんだが、極稀にどう考えても救いようのない事案を起こした警察官の被疑事案もあるだろう。そういう扱いもしなければならないんだ」

「そうか……和彦のお父さんは、それが嫌になったのかな？」

「同期同教場の仲間が事件を引き起こしたんだ。榮《さかえ》さんにとっては、何とか助けてやりたいという思いがあったようだったんだが、上司が一刀両断、本人を懲戒免職にしたうえで、刑事事件での情状酌量を狙ったそうだ。結果的に懲戒免職という社会的制裁を受けているということを理由に執行猶予がついた判決で終わったようなんだが、一家離散してしまったそうだ。榮さんは、処分を受けた同期生の、お前たちとあまり変わらない歳の子どものことを考えて苦しかったそうだ」

「なるほど……大変だったんだな……」

隆一は父親が自分の話題から巧く相手をすり替えたことを感じ取っていたが、あえてそのことに触れずに、話を変えた。

「ところで、父さん。僕は今回の管区学校で刑事課程を選択してしまったんだけど、警備の方がよかったのかな。成績の総合評価では圧倒的に警備課程が優秀だったたんだ」

「そうか、今は専科教養と一般課程が一緒になってしまっているんだったな。私の頃は一般課程を終えて、その後、成績優秀者だけが刑事と警備に分かれて専科教養を受けたんだ。だから、私も巡査部長で二回、警部補で三回、関東管区に入校したものだったよ」

「そうだったらしいね。指導教官も『もう少し教養を厳しくしなければ職人が育たない』と言っていた」

「そういうご時世になってしまったんだろうな。本署の刑事課各係や公安も、何となく素人っぽくなってきたような気がする」

「父さんから見てもそう感じるんだ……」

「ああ。特に公安は、国内に明らかな敵が減ってきたからな。機動隊も暇だったろう」

「確かに警備訓練はきついけど、実際に何のためにジュラルミンの大盾を持って走らなければならないのか、全く理解できないからね」

「だろうな。だから、若い警部補の中には『キラキラ星』が増えてくるんだな」

「ああ、そのこと……うちの課長も時々口にしている。機動隊と所轄の警らを行き来するだけで、実務を覚えない幹部が多いってね。機動隊は今や昇任試験の予備校のようなところになってしまっているからね」

「しかし、必ず近い将来、日本国内でも外国人による国際テロが起こるのは火を見るよりも明らかだからな。訓練を怠ってはならないんだ」

「でも、ジュラルミンの盾じゃあ、第二次世界大戦の時の竹槍訓練と同じ様な感覚になってしまうよ」

「それは、日本警察にとって、日頃の巡回連絡や職務質問という、最高の武器を十分に行使していないから言われてしまうんだ。これができるのは世界でも日本だけなんだ。お前も、幹部になったのだから、この二つだけは部下に徹底させなければならない。そうでなければ、自分の係員の受持区にテロリストが潜んでいたことが判明したと同時に、お前まで処分の対象になるんだからな」

「それは、警らだけでなく、刑事や警備の授業でも言われたよ」

「そういうことだ。お前自身もそうだが、いくら年上でも部下を育てて、守る意味からも、巡回連絡だけは徹底して細かくやっておくことが大事だ」

「その点、父さんは、ここの駐在の管轄に関してはパーフェクトでしょう?」

「そんなことはない。いくら田園調布と言っても、親から引き継いだ戸建てをそのまま維持するのは大変なんだ。現に賃貸マンションも増えているからな。そうなると、管理会社との交渉も大事なんだ。管理人がいない場合には自分で管理会社に行かなければならない。個人情報と治安の維持のバランスの中で、大震災があった場合等の緊急連絡は管理会社ではできない旨を真摯に伝える必要がある。しっかりした管理会社は協力的だが、中には反社会的勢力がやっているところもあるからな。そうかといって、住民にそれを伝えるわけにもいかないから、足しげく通って納得してもらうのが一番なんだが、最後は本署の公安に事実報告するしかない。その場合には、所定の方式の注意報告書を作成して提出しておけば、公安も『記憶にない』という逃げ方ができなくなるからな」

「公安も信用していないの？」

「公安だからみな優秀とは限らないだろう。報告というのは内容もそうだが、報告をした……という事実関係を明らかにしておくのが大事なんだ。これは霞《かすみ》が関《せき》の役所の中でも同じなんだ。時の権力者や上司に関する事実を隠蔽する体質は何処も同じだからね。だから、注意報告を上げた時は備忘録にこれを記載しておくことも、最後には自分を守ることになる。犯罪捜査規範第十三条に備忘録の項目があるのはそのためだ」

犯罪捜査規範は昭和三十二年に制定された国家公安委員会規則で、警察官が犯罪の捜査を行う際に守るべき心構え、捜査実務の方法、手続き等が定められている。警察官が犯罪捜査・取締活動を行う際には同規範と警察法、刑事訴訟法、その他の法令及び規則を厳守しなければならない。

「犯罪捜査規範か……確かに部長試験の時には一応勉強したけど……」

「これは警職法と同様に暗記するくらい勉強しておいた方がいい。警部補試験や警部試験の実務論文にも、この項目を入れるかどうかで差がつくらしい」

「そうなんだ……もういちど見直しておくよ……そうか……備忘録……作っていなかったな……。父さんは保存しているの？」

「卒配の頃のものから現在まで、全て保存している」

「見たいなあ」

「まだ時効になっていない事案もあるから、第三者には見せてはならないのだが、お前だからいいだろう。書斎の押し入れの段ボールに入っている」

隆一は早速、駐在所に直結している自宅の一階奥にある父の書斎に向かった。相変わらずきちんと整理整頓されている。押し入れの下段に同じ大きさの宅配便の段ボール箱がきちんと六個置かれている。段ボールの右上端には内容物を記載する部分が設けられている。おそらく、宅配業者が引越センターを兼ねているからであろう。六つの箱の中から隆一は一番新しいであろう箱を取り出して中を見た。中には同じメーカーの大学ノートがびっしりと並んでいる。几帳面な父のことであるから、順序が狂うと大変だと思い、隆一は手前の端から十冊を取り出して中を見た。

「平成元年。今年か……僕がマル機（機動隊）の最後の年、正月早々の一月七日に昭和天皇が崩御された時だ……。あの日はちょうど、神宮外苑《じんぐうがいえん》にいたな……」

隆一はその年の初めを振り返りながら、当時、父が記した備忘録を見ていた。

「昭和六十四年一月七日、天皇崩御。昭和終わる」

この時、隆一は第三機動隊の警備係員で、年頭部隊出動訓練のために神宮外苑に出動していて整列完了状態だった。本来ならば分列行進を行う予定だったが、突如全員集合させられて、天皇崩御の報が伝えられ、そのまま、全員が極左暴力集団対策のために都内に配置されたのだった。隆一は隊本部に戻り、警備第一課から送られてくる当面の警備計画に対応した第三機動隊各中隊の配置と、特機招集に伴う宿泊場所の確保等で忙殺されたことを思い出していた。

「平成元年三月一日、オウム真理教が宗教法人規則認証申請書を東京都に提出。極めて悪しき団体で問題あり」

という記載があった。

隆一は、その備忘録を持って父親に訊ねた。

「これはどういうことなの？」

「ああ、そのことか……実は在家信者が私に話してくれた内容をそのまま注意報告したのだが、公安も半信半疑で、一応、本部報告をしてくれたようだが、まだ海のものとも山のものともわからないな。ただし、話をしてくれた在家信者は東京大学の助教授をしていた人で、虚言ではないと思ったんだ」

隆一は父親の警察官としての情報収集の幅の広さを改めて認識していた。

父の健造が話題を変えた。

「ところで、清四郎と和彦に連絡を取ってみるか？」

「うーん。そうだな……和彦は警察庁のどこにいるのかわからないし、清四郎はまだ卒配二年目だからな……一般三部では合格していないんだろう？」

「親父はそう言っていたな」

「ちょっと様子を見てからにするよ。和彦はスタートから警部補だしな」

「一般的にキャリアは殿上人のようなものだからな」

「殿上人？　そんなことはないよ。警備部長や警備第一課長もキャリアだけど、うちの署長や副署長なんかよりもはるかに物分かりがいいし、僕たちの話も聞いてくれるからね」

「そうか……お前はもうキャリアと直接話をしたことがあるのか？」

「管区学校を出た時に賞を貰ったからね。マル機の高卒では初めてだったらしいし、夜学に通っていることをとても評価してくれていたんだ。『いい部下を育ててくれ』とも『次の警部補試験でも一発合格をして、実務を学んでもらいたい』とも言われた」

「そうか……それは励みになったな」

「うん。全ては初任科の時に上原先輩に出会ったことからだよ」

「そういう人は大事にすることだな。今、その人はどうしているんだ？」

「もう警部補になって、警察庁に出向している。スーパーマンなんだよ」

「そうか、目標になるな」

「とんでもない。上原さんは筑波《つくば》大学を卒業しているんだよ」

「大卒ならお前よりも四、五歳年上なんだろう。お前だって四、五年後はどうなっているかわからんぞ。それが警察組織の面白いところだ。お前が警察官を拝命した時の警察学校長はノンキャリで現職中に警視監まで上り詰めた、全国警察でも唯一と言われた人なんだぞ。巡査から警視監。夢のような話だとは思わないか？」

「あの学校長は、そんなに出世したんだ……」

「そう。今後、警視監はまずないとしても、警視長にまで上り詰めるチャンスがあるのは、おそらく警視庁だからだ。何しろ、日本の警察官のおよそ五分の一が警視庁にいるんだからな。それだけポストも多い。叩き上げで上り詰めることができる最高位の警視長の階級のポストだけでも五つあるんだ。小さな県のトップの県警本部長の階級は警視長で、叩き上げではなることができないのだから、自ずとわかるだろう」

「そうか……どんなに頑張っても、本部長と対等の階級になることはできないとなれば、小県の県警ではどんなに頑張っても警視正どまり……ということか……。警視庁なら、警視正の署長だけでもゴロゴロいるもんなあ……」

「第一方面だけでも五人いるんだ。どうだ。警視庁の面白さがわかってきたか？」

「まだ僕には遠い世界の話だけど……警視庁を選んでよかったと思うよ」

隆一はなんとなくではあったが、人生で初めて自分の将来に夢を見つけたような気がしていた。

翌年、隆一は駒沢大学を四年間で卒業、その三年後の正月早々に行われた警部補試験に見事に合格した。しかも、二桁上位の成績だった。警部補試験を真剣に目指す者は正月返上で勉強する。同様に九月に実施される警部試験では、夏休み返上で勉強をしなければ到底合格はできないのが現実である。

しかし、実務面では相変わらず職質検挙の実績はなかった。

「勉強だけじゃ部下はついてこないぞ」

玉川署の担当係長から、決して嫌味ではなかったのだが当番勤務が終了するたびに言われていた。隆一が真面目に仕事に取り組んでいるのを係長自身も理解してくれているのだが、実績という、数字に表れるだけに、人事考課表の成績は昇任試験合格者の中では最低ラインであったことも署長から伝えられていた。

隆一はその年の四月、関東管区警察学校の中級幹部科刑事課程に入校し、実際に警部補として働くための学習にいそしんだ。巡査部長と警部補では基本法以外での実務面で学ぶ内容ががらりと変わっていた。巡査部長が部下と共に仕事をするのに対して、警部補はその上の立場から指導教養しなければならない。さらには、人事管理の面が強くなり、部下の私生活まで把握しておかなければならない実態を、厳しくたたき込まれた。警察官が起こす事件性のある不祥事は巡査、巡査部長が多く起こし、警部補以上でこれを起こす者は酒、金、異性に原因のある者が多いというデータに基づいていた。

四月から七月上旬までの二度目の関東管区警察学校入校で、隆一にとって最も運がよかったのは、剣道クラブに入って、大学の剣道部を経験した同期生や、剣道の指導員を目指す、国内でもトップクラスの剣道家と訓練ができたことだった。隆一は小学生から剣道を始め、都立高校剣道部で三段を取得した。隆一の剣道は、負けない剣道ではあったが勝てる剣道ではなかった。このため、世田谷、三機、玉川でも特錬員にはなってはいたが、選手として大会に出場することはできなかった。今回剣道クラブで三ヵ月間厳しく練習したのは、これまで味わったことがない、まさに目から鱗が落ちるような剣道だった。これまでの「逃げ」の剣道から「攻め」の剣道の楽しさ、面白さを初めて知った気がした隆一は、積極的に上段者との稽古に臨んだ。卒業前の剣道クラブ内の試合で二勝した隆一を見て、師範が言った。

「高杉君、すっかり自信を付けたな。基本がしっかりしていたからだろうが、いつでも四段を目指していい剣になった。たまにいるんだよ。君みたいな生徒が」

七月、中級幹部科を卒業し、隆一は第一方面で「花の銀座《ぎんざ》」を管轄する築地《つきじ》警察署に昇任配置した。隆一、二十六歳の夏のことだった。

昇任配置の当日は、玉川署の署長室で会食を行った後、訓授場で在署員に離任の挨拶をする。この挨拶の中で隆一は自ら敢えて、玉川署在任中に一度も職質検挙がなかったことを述べて、それを「忸怩《じくじ》たる思い」「慙愧《ざんき》に堪えない」と表現した。これを受けて、署長は「その思いを忘れないことが一番だ。ただ、高杉警部補が仕事に真面目に取り組んだことは誰もが知っている。いつか華が開くことになるだろう」と送辞を述べた。

築地署に到着すると、元捜査一課長の黒澤《くろさわ》署長が署長室で隆一を出迎えるなり真顔で言った。

「若い警部補が来るのは久しぶりだ。警部補はプレイングマネージャーの資質がなければ部下はついてこない。実務経験に関しては先任の署長から話は聞いている。しかし、ここに来たからには『一から出直し』では困る。君は君の手法で係長として部下を引っ張ってもらいたい。追って警ら課長からも指示があるだろうが、君が就く係は警ら課内でも『噂の二係』と呼ばれている実績低調者の集まりだ。しかし、仕事をしないのではなく、仕事の仕方を知らない者が多いんだ。特に若い者も多い。若手を若い力で育ててくれ」

「はい。全力を尽くします」

その後警ら課長である長嶺《ながみね》警視が署長室に入ってきて隆一に言った。

「今回、築地署への警部補の昇任配置で警ら課に入るのは高杉係長だけなんだ。本来ならブロックの係長に任命するところなんだが、管内を四つに分割したブロックの係長枠も埋まっている状態だ。高杉係長には申し訳ないが、遊軍係長として、ＰＣ勤務を中心として若手をまとめてもらいたい。立場上上位に当たる先任の統括係長は仕事ができる男だ」

「承知しました」

「それから、特機小隊長と剣道特錬にも参加してもらうことになっている。単身寮は署長の計らいでなんとか部屋を確保しておいた。年上の巡査の寮員もいるが、それも巧くやってもらいたい。なにしろ、特例が重なっているからな」

本来、警部補以上は、所轄の単身寮には入らないのが原則だったが、銀座周辺でアパートを借りる収入もないことから、特別に個室を与えられて明石町《あかしちょう》にある築地署の単身寮に入った。築地警察署管内は決して広くはないが、管内が銀座地区、築地地区、明石地区、入船《いりふね》・湊《みなと》地区の四つに大別され、それぞれ個性ある地域なのが特徴だった。

隆一の警察人生を大きく変えたのがこの築地署だった。

本来ならば警部補は警ら課の係長として、上席が統括係長、その他がブロック係長となり、複数の交番を統括する任務を任せられるのであったが、隆一が担当になった警ら第二係は、警ら課内での実績が最低の「噂の二係」で、ブロックも埋まっていたことから、四台あるパトカーの上席乗務員を兼務して、管内把握と職務質問技能向上を命ぜられた。署長以下の上級幹部にとっても、この年の警視庁最年少警部補、隆一の「お手並み拝見」的な配置でもあった。

「実務実績ゼロ」

隆一は若くして警部補にはなったものの、玉川署でもたいした実績を上げることはできず、職質検挙は相変わらずの「ゼロ」。受け持ちに檀家を作ることさえできなかったことに、どこか自虐的な思いもあったのは事実だった。

ところが、自信というものは怖いものだった。着任と同時に剣道特錬に入れられた隆一は、強い三段としてすぐに頭角を現した。築地署は署内の剣道だけでなく、銀座地区にあるデパートの剣道部や築地市場の剣道部とも毎週合同訓練を行っていた。さらに中央区の剣道大会や東京都の大会にも積極的に参加する歴史があった。夏の署課隊では築地署は署長も警視正で署の規模が大きいため、A署と呼ばれる大規模署が集められるグループに入り、そこで優勝した。隆一は中堅で全勝し、それも全て二本勝ち、しかも一本も取られることなく優勝に大きく貢献した。これは引き分け試合があった場合に、本数勝負になるため、二本取って、一本も取られない勝ち方は団体戦にとっては極めて有利だった。このため、隆一は決勝に残ったチームの者しか得ることができない全勝賞を取得し、四段の推薦が決まった。

九月半ば、署員が順次取得する夏休み休暇が終わり、署独自の職務質問月間が始まると、隆一は動き出した。

警部補になると交番勤務は原則としてないため、受け持ち区というものがなくなる。結果的に、もう巡回連絡をする必要はないのである。隆一は、警ら係としての最大の武器の一つを、何の成果もなく失っていた。このため、隆一は着任して二ヵ月間で管内の実態把握を自分の足で回るだけでなく、さらに独自で企業情報や地域の特殊性を図書館に行って調べ、パソコンでデータ化を進めていた。特錬のおかげで知り合った、警ら課以外の刑事、警備、保安、交通の各係にも積極的に挨拶に行き、内勤が持っているマル秘情報も得ることができた。この中で大きかったのが管内にある暴力団事務所と暴力団員が使用している車両のナンバーを知ることができたことである。

警備の公安係は普段はなかなか教えてくれない右翼情報を教えてくれた。さらに保安は風俗営業を担当する部署であるため、夜の銀座の実態を知ることができた。

これも、上原から、「築地という一等署に行ったからには、君しかできない独自の仕事をやってみるといい。若い警部補というのはとかく注目されている。周りに埋もれていてはダメだ」と言われたことと共に、父親からも、「一にも二にも実態把握だ。築地にしかない独特の世界や問題点がある。そこに行ったらすぐに始めることだ」とのアドバイスを受けていたからだった。

ただ、同じ係には初任科の同期生がまだ巡査でいた。

「高杉、お手柔らかに頼むぜ」

「ああ、ただ、あと二年で転勤だろう。そろそろ将来の目標を見つけろよ」

警視庁の場合、巡査と巡査部長は十年間、警部補は五年間が同一所属の勤務制限期間だった。

「俺はお前みたいに頭よくないからな」

「何言ってんだ。高校はお前の方がはるかにランクが上だったじゃないか。所詮、警察官は初級公務員だ。要はやる気なんだと思う。僕も今回、やっと剣道で自信ができた。チャンスは自分で摑むもんだろう」

「だけどよー、職質月間と言ったって、ここは築地だぜ。チャリンコも走っていないし、不審者なんて滅多にいないじゃん」

「まあな。僕だって卒配以来、まだ一度も職質検挙をしたことがないんだ。しかし、PCで回っていると、結構、自転車も通っているし、ヤクザもんも多いぜ」

「ヤクザに一人でバンカケできるかよ」

「それなら複数でやればいいんだな……」

「付いてきてくれる幹部がいないよ」

「そうか……」

隆一はブロック担当の先任係長と話し合いながら、当番勤務の際に若手の巡査部長と巡査でチームを組ませてPCを帯同させた職質を管内四ヵ所で時間差で行うことを提案した。午後十一時から午前零時までは明石地区、午前一時までは銀座地区、午前二時までは入船・湊地区、午前二時から五時までは築地地区で行い、チームに参加しない年長者は交番で見張り勤務をしながら交番前を通る者を一時間に三回以上職務質問して、必ずリモコン席に照会を行うことにした。

リモコン席というのは警察署内の通信指令室のことである。ここでいうリモコンの語源はリモートコントロール(remote control)で、遠隔操作を意味する。つまり、機器を離れた場所から操作する技術のことを人に喩えた言い方である。リモコン席から動かされている警ら課の警察官にとっては、「リモコン」という呼び名には多少の不快感があったのは否めない。

年長者は休憩ができないことに不満を漏らしていたが、職質月間の一ヵ月に七回あるうちの五回の当番勤務に限定し、月に二度の連休を与えることを条件にこれを実施した。

同期生は巡査ながら、卒配八年の班長で若手からの人望もあった。その同期生が積極的に動き始めると、若手もこれにつられた。同期生も立場上は隆一を「係長」と呼んでいたが、二人で話す時は「高杉」だった。同期生というのはそういうものであることは十分わかっていたし、これと同じように隆一が警察学校当時の担当助教は未だに巡査部長のままで、すでに下剋上の状態にあったが、「助教は助教」であった。

職質月間に入った最初の当番の日、隆一は若手の巡査部長と一緒にPC勤務をして、午後十一時頃に銀座の並木通りのポーター対策を行っていた。ポーターとは銀座のクラブ等に車で訪れた客の車を、外堀通りや並木通りに勝手に駐車スペースを確保して駐車させて客から車のキーを預かり、駐車違反になりそうになると、適度に車両を移動させて取り締まりを免れる役目を担う者のことである。ポーターは店舗に雇われている店専属の者もいるが、収入のほとんどは車を預かった客からのチップで、バブル期には月に数百万稼ぐポーターもゴロゴロいたという。当然ながら、店専属でないポーターは反社会的勢力に属している。

これまで夜の銀座でPCによる違法駐車取り締まりは、その他の交通の邪魔になるらしく、行われていなかったのだが、隆一は露骨な取り締まりを始めた。外堀通りの二重駐車は日常的だった。このため、歩道側の駐車車両はすぐには移動することができない。ここに目を付けた隆一は六人の若手と一緒に、一斉に駐車違反標章が入ったチェーン式のホルダーを取り付け始めた。

これに気付いたポーターが血相を変えてやってきた。

「お前ら何やってんだよ」

「見りゃわかるだろう。明らかな駐車違反の取り締まりだ。何か文句あるのか？　それともこの車の運転手なら運転免許証を出せ」

若い制服警察官に対しても高圧的な態度で応対するように徹底的に高杉は指導をしていた。やがて数人のポーターが集まってきて、警察官の面前でホルダーを外し始めた。

「誰の許可を得て標章を外してんだ」

「うるせえ。お巡りが偉そうに言ってんじゃねえ」

すぐに若手警察官が無線で近くで待機しているPCに連絡を入れると数十秒で赤色灯を点灯してサイレンを鳴らしたPCが現着し、助手席から隆一が降りて取り締まり中の警察官に訊ねた。

「何があった？」

「この男が勝手に違反標章を取り外そうとしているので注意していたところです」

「会話は録音しているね」

「はい。写真撮影もしています」

予めの指示通りの取り締まりをしていることを改めて確認した隆一が高級外車の左側運転席のサイドミラーに取り付けた標章カバーを手にしているポーターに向かって言った。

「ここに書いてある内容を確認したんだろうな。当該車両の運転者は取り外すことなく近くの交番等警察機関に出頭せよと記されている。この標章の控えは築地警察署が管理しているし、写真撮影も行っている。お前は何の権利があって、標章を取り外そうとしているんだ」

「何、若造が、ここは何年も前から慣例で駐車が許されているんだ」

「そんな話は東京都公安委員会から聞いていないし、文書が出されていないことも確認している」

「昨日までよくて、どうして今日だけ悪いんだ」

「昨日のことは知らないな。違法は違法。こんなこと、隣の丸《まる》の内《うち》警察でも、中央警察でも許可していないことは確認済みだ。お前の身分を確認する。身分証明書を出せ」

「それは任意だろう?」

「今、まさにお前は道路交通法の違反行為を行おうとしている現行犯人だ。任意ではなく強制だと思え」

「ふざけんなよ」

ポーターは頭に血が上ってしまったようで、思わず隆一の胸倉を摑んでしまった。

その瞬間、隆一が動いた。

「公務執行妨害の現行犯人として逮捕する」

この言葉が終わる瞬間、隆一は胸倉を摑まれた手首に左手を掛けると、小手返しの技と共に、右足で相手の左足首を蹴った。ポーターの身体が一瞬宙に浮き、そのまま胸から歩道に打ち付けられた。ポーターは声を出す間もなく、あっという間に両手錠を腰の後ろで掛けられた。

威勢のいい仲間が、あっという間に制服警察官に逮捕されてしまった瞬間を目の当たりにした他のポーターたちは、顔色を変えて蜘蛛の子を散らすように逃げ去った。

隆一は顔色一つ変えることなく、落ち着いた声で最初に声を掛けた警察官に、逮捕したポーターをPCに乗せて本署に向かうように指示を出して、他の部下にはあるだけの駐車違反標章を取り付けさせて、一旦本署に戻った。

「さあ、面白くなったぞ。バブル期は世の中が狂ってしまっていたんだが、もう、そんな時代じゃない。交通執行がどんな顔をして来るかが楽しみだが、先ほどのポーターは人身御供だな。公務執行妨害罪に関しては僕がウンと言わない限り送致前釈放はないからな。二日は留置場だ」

隆一が相勤員の巡査部長に笑いながら言ったのを見て、隆一よりも年上の巡査部長は驚いたような顔つきで訊ねた。

「キャップはどこで、そんな度胸を付けたんですか？」

「僕の父も警視庁警察官ですからね。子どもの頃からよく見ていましたよ」

「そうだったんですか……。私も築地に来たのは二年前ですけど、あの外堀通りや並木通りの駐車は異常だと思っていたんです」

「どこかに膿が溜まっているのでしょうが、そんな時代は終わったことを知らしめないと、天下の銀座が汚されてしまいます」

「確かにそうですよね……」

「さて、逮捕手続きにでも入りますか。野郎は刑事部屋の取調室でしょう？」

「そうです。今日の宿直責任者はマル暴担当刑事課長代理ですよ」

「大久保《おおくぼ》代理ですね。すでに打ち合わせは終わっているから大丈夫です。大久保代理が今頃、しっかり気合を入れてくれていると思いますよ。これから出頭してくる連中が出てくると思いますから、本署で待機しておいて下さい」

「箱に戻らなくていいんですか？」

箱とは交番の意味である。

「逮捕者が出ていますから、出頭してくる連中も参考人供述を取らなければなりません。駐車場代をけちるような連中は、全員本署に呼びつける方がいいんです」

笑いながら警ら課の部屋を出て行く隆一の姿を、駐車違反の取り締まりをした若手警察官も感服した顔つきで眺めていた。

二時間後、ポーターの弁護人を名乗る弁護士が本署にやって来たが、取り調べ中を理由に三時間待たせて、ポーターを一旦留置した後に接見室で面会させた。

接見を終えた弁護士に、大久保代理が全て写真に撮られているから、争うならいつでも受けて立つ旨を伝えたところ、弁護士も二度頷いて帰って行ったという。

翌朝、捜査第一課出身の黒澤署長に交通課長が青い顔をして報告に行ったようだったが、署長は交通課長を一喝して帰したという噂が流れていた。

四日後、同じ時間に再び高杉がPCで外堀通りと並木通りを通ると、ポーターたちは視線を逸らしながら、停めていた車の移動を始めた。

この日の午後十一時頃、一方通行の並木通りを逆走してくる自転車を発見した隆一は、運転をしていた年長の巡査部長に車を停めさせて車を降りると職務質問を始めた。ポーターたちが胡散臭そうに隆一を眺めているのがわかった。自転車に乗っていたのは三十代前半に見える、身長百七十五センチメートル位の落ち着きのない男だった。自転車は一目で高級そうなマウンテンバイクだった。

「お兄さん。自転車も一応軽車両なんだから、車道は一方通行を無視しちゃだめだよ。歩道をゆっくり慎重に進めばよかったんだよ。悪いけど運転免許証持ってる？」

「あ、一応あるんですけど、今持っていないです」

「どこに置いてるの？」

「宿に置いています」

「宿？　どこに泊まっているの？」

「あ、あの、新川の方です」

「こんな時間にどこに行くの？」

「新橋で友達が飲んでるので、ちょっと合流しようかな……と思って」

「ところで、この自転車は君のもの？」

「いや、これから会う友達のものです。昨日借りたんで、返しに行くところです」

「ふーん。友達の名前は？」

「あ、えーっと……」

この時、隆一はこれまで何度も職務質問をした中で初めて、「こいつおかしい」と感じていた。

「君の名前を教えて貰える？」

「あ、本宮幸雄《もとみやゆきお》です」

「生年月日は？」

「昭和三十一年五月五日です」

「何年《なにどし》？」

「中年《さる》です」

「本籍は？」

「埼玉です」

頷きながら隆一はもう一度訊ねた。

「この自転車の持ち主の名前は？」

「あ、あの……斉藤健一《さいとうけんいち》です」

「彼は何処に住んでいるの？」

「元々は埼玉なんですが、今は芝浦《しばうら》です」

そこで隆一は自転車の防犯登録を確認して、本署のリモコンに照会した。所有者の名前が違っていた。

「本宮さん、自転車の持ち主の名前が違うんだけど、これから、その斉藤さんと会うんだよね。何という店で会うの？」

「あ、あの……」

男の様子を見て、隆一が言った。

「本宮さん。本当のことを言ってくれないかな。ちょっと、背中のリュックの中を見せてもらえる？」

「えっ、どうしてですか？」

「何か身分を証明できるものがあればいいんだけど、今のままじゃ、じゃあ気を付けて行ってね……とは言えない状況なのはわかるよね。それともこの先の交番まで一緒に行ってくれる？」

「交番……ですか……」

「リュックの中を見せてよ」

隆一が男の肩を軽くポンと叩いた時、男は一瞬頷いて、

「すいませんでした」

と言った。隆一はもう一押しと思って訊ねた。

「何がすいませんなの？　リュックの中の話？　それとも自転車の話？」

「自転車です」

「そうか……名前と生年月日は嘘じゃないね」

「はい、間違いありません」

この答えにも隆一は疑問を感じた。警察官に「嘘じゃないね」と訊ねられて「嘘じゃありません」ではなく「間違いありません」と答えるのは、逮捕後に弁解録取書を

作る際に刑事が使う常套句を聞いているからだ。「こいつ、前があるな……」。隆一は再び本署のリモコンに男の総合照会を行った。

「築地から高杉係長宛、別件でヒットあり。注意の上、本署に搬送願いたい」

「高杉了解」

無線を傍受していた運転担当の巡査部長が車から降りて、男の逃走防止のため、男が背負っているリュックに手をかけて言った。

「キャップ、空いている車を応援に呼びますから、後部席に乗せましょう」

巡査部長は現在地を伝えて数寄屋橋《すきやばし》交番から自転車搬送の補助要員の勤務員を呼ぶと、男を後部座席に乗せ、その横に隆一を乗せた。PCの運転席の後ろ側の扉は内側から開かないようになっているため、容疑者は運転席の後ろに乗せることになっている。間もなく数寄屋橋交番の勤務員が自転車で駆けつけてきた。

「本署から証拠品搬送用の車が来るまで、ここで待機して、一緒に乗ってきてくれ」

隆一が交番勤務員に言うと、係員は隆一に気を付けして敬礼をした。この光景を見ていた数人のポーターは啞然とした顔つきでその場に立ちすくんでいた。

本署に男を搬送すると、宿直責任者の刑事課長が笑顔で隆一を出迎えた。

「キャップ、B号ヒットみたいだよ」

「本当ですか？」

「これから専務員が取り調べるけど、強盗もやっているようだから、大物を釣り上げたんじゃないかな」

B号ヒットとは指名手配犯人にヒットしたことになる。相勤員の巡査部長の顔も紅潮していた。

「キャップ。B号ヒットなんですか？」

「まだわからないけどね。刑事課長がそう言っているんだけど。これからだよ」

強行犯捜査係長の厳しい取り調べと所持品検査、指紋照合の結果、福島県警から強盗と自動車盗で指名手配をされていた被疑者であることが判明した。

この一報は午前〇時過ぎにもかかわらず署長公舎に速報された。

指名手配犯人を検挙した場合には、犯罪捜査共助規則に基づき被疑者の身柄調整が行われる。これは手配犯罪と別件の逮捕犯罪の軽重によって、指名手配被疑者を手配先に引き渡すか否かの判断である。直ちに警視庁刑事部捜査共助課の当直が福島県警との協議に入った。その間、築地警察では隆一が認知した自転車窃盗の他に重要事件を犯していないかどうかの取り調べや、所持品検査を行ったが、窃盗以外の証拠品は出てこなかった。さらに被疑者の止宿先である、山谷《さんや》の簡易宿泊施設を捜索した結果も新たな証拠品は出てこなかった。

「四十八時間以内に身柄の引き渡しか……」

刑事課長が呟いた時、黒澤署長が刑事部屋に現れて言った。

「指名手配犯検挙か……私が着任して初めての事案だな……おまけに高杉係長か。二当番連続でいいニュースだ。福島まで二泊三日で行って来い。明日は即日、刑事部長賞と第一方面本部長賞、署長賞の授与だな。帰ってきたら総監賞だ」

極めて上機嫌の署長は、署長室に刑事課長を呼んで二人で飲み始めてしまった。

二日後、新幹線の福島駅で福島県警の捜査員に被疑者を引き渡し、文書を交換すると捜査共助課の課員は県警本部に向かったが、隆一は夕方からの懇親会まで自由時間を与えられた。

「なるほど……これがご褒美か……」

考えてみれば隆一にとっては、これは働き始めてから初めての一人旅のようなものだった。

「署長賞が一万円か……。ラッキーだったな」

駅の観光案内所で隆一は駅から私鉄で二十五分の場所に飯坂《いいざか》温泉があることを発見

し、早速行ってみることにした。飯坂温泉は奥羽《おうう》地方有数の古湯であり、ヤマトタケル伝説にも登場するほどで、二世紀頃からの歴史を有している。

飯坂町を流れる摺上川《すりかみがわ》を挟んで六十棟以上の旅館が立ち並んでいる。共同浴場は九つ存在した。その中でも鯖湖湯《さばこゆ》は飯坂温泉発祥の湯とされ、松尾芭蕉《まつおばしよう》も浸ったとされる、日本最古の木造共同浴場だった。

「百円か……安いな……」

泉質は単純温泉であったが、お湯が実に柔らかく感じられた。これがその後隆一を大の温泉好きにしたスタートだった。のんびり温泉街を歩いて、空腹だった隆一は飯坂温泉駅近くの食堂に入った。十綱《とつな》食堂という名前だったが店の暖簾にはかつ丼としか書いていない。壁に掛かった木のメニューにも親子丼とかつ丼しかなかった。ただ、かつ丼はソースかつ丼、煮込みかつ丼の二種類があった。隆一はソースかつ丼というものを食べたことがなかった。

「ホシを送ってきて、温泉に入ってかつ丼か……なかなか刑事ドラマのようなシチュエーションだな」

隆一はなぜか嬉しい気分になって店のおばさんにソースかつ丼を頼んだ。

テーブルに運ばれたどんぶりには蓋が載せられ、蓋の高台には漬物皿が載っているのを見て、隆一は懐かしさを感じた。被せられた蓋を外す瞬間がたまらない。現れる丼の姿を想像するワクワク感が何とも言えない。

ソースかつは明るい茶色で、かつの下のキャベツには食べ慣れた中濃ソースがかかっていた。

かつを口に運ぶ。衣は薄く、カリッとしていて甘辛ソースにくどさはなかった。キャベツとご飯との相性もピッタリだった。「こんな美味いものをこれまで知らなかったのか……」。あっという間に平らげてしまった隆一は、さらに煮込みかつ丼と名された、普通のかつ丼であろう方も頼んだ。おばさんがニコニコしながら、やはり蓋つきのどんぶりを運んできた。

普通のかつ丼の方は濃厚な味わいだったが、まさに後を引く美味さが最後まで続いた。

「あの時バンカケしてよかった……」

しみじみと感じた隆一は、指定されていた午後六時に県警本部に到着した。

会食で県警本部の補佐に飯坂温泉の話をすると、

「それは実に運がいい。鯖湖湯は今年いっぱいで改築するんですよ。日本最古の木造共同浴場に入れてよかったです。さらに十綱食堂は昭和二十六年創業で、かつ丼の超有名店です。高杉さんは何か持っていますね……」

と、感心された。

出張の土産は、署長と刑事課、警ら二係に買って行った。結局は赤字の出張だったが、隆一は満足していた。

職務質問月間が終わり、噂の二係がダントツの一位という結果を残した。翌月最初の訓授で、団体賞が警ら第二係の統括係長に手渡された。個人賞は隆一とPCに同乗していた巡査部長が受賞した。隆一が受賞を固辞したためだった。訓授が終わり、就勤しようとしていた隆一を黒澤署長が呼び止めて言った。

「今夜付き合え」

その夜、隆一は署長車に同乗して、築地署管内にある料亭に連れて行かれた。到着すると、すでに副署長と刑事課長が先着して、店の門を入った入り口の前で女将と一緒に出迎えてくれた。

「おや本当に、お若い、歌舞伎役者みたいなお方ですね」

女将が言うと、署長が笑いながら、

「私の息子にしてもいいと思っているくらいの男なんだ」

と、再び笑って言った。

高校時代から隆一は「お公家さん」とか「麻呂《まろ》」と呼ばれることが多かった。これは品がいいというわけではなく、どこか頼りなく見えたのが実際だったのだろうと自分では思っていた。しかし、警察官になって鍛えられてからは、交番に立っていても、巡回連絡をしていても、年配の女性からは「あらいい男」「歌舞伎役者みたい」と言われるようになっていた。警察学校の訓練で激やせして、顔つきが引き締まったことも、その要因だったのだろうと、隆一も思い始めていたが、実際に同世代の異性に言われたことは一度もなかった。

立派な料亭で、渡り廊下の下には大きな錦鯉が泳いでいる。

離れの、控えの間がついた個室の上席を副署長から勧められたが、それだけは固辞して、刑事課長と共に下座に座った。

「これが料亭というものですか……」

室内を見回しながら隆一が言うと、刑事課長も同様に目を動かして、

「実は私も初めてなんだ」

と、笑った。すると署長が笑顔で、

「これが築地署長の特権だな。築地よりもランクが上なのは、麴町《こうじまち》、新宿《しんじゆく》、池袋《いけぶくろ》、渋《しぶ》

谷《や》、麻布《あざぶ》、丸の内等々とあるが、本当の料亭があるのは築地と赤坂《あかさか》と隣の愛宕《あたご》くらいのものだ。ただ、赤坂は政治家が多くて、マスコミに見張られているようなものだから、おいそれと行くわけにはいかんが、築地署長だけは歴史的にそれが許されているんだ」

「以前は『築地の署長をやると家が建つ』とまで言われていましたからね」

刑事課長の言葉に副署長が頷きながら答えた。

「バブルの頃まではそうだったな。まさに異常事態だったが、武道始《ぶどうはじめ》の祝い金だけでも、数千万集まった頃があったそうだから、まんざら嘘でもないんだろう」

武道始式は警察署が主催する管内有力者を集めた最大の催しで、柔道、剣道の試合、逮捕術、合気道の演武、さらに痴漢対策等を男女警察官が、まるで新喜劇のように、コミカルに行うところもあった。これを一番の楽しみにしている管内有力者もいて、演技を行う警察官も、いつでも喜劇役者になることができるような上手さがあった。築地警察署の場合、管内の四地域にそれぞれ日本有数の大企業等があり、銀座商店会からだけでも莫大な「お祝い」と称する、領収書の必要がないご芳志を慣例として賜っていた。

「来年の武道始の主役は、今のところ高杉係長で決まりだな。署課隊の全勝賞は警視総監賞と同じだからな。高杉係長の場合、指名手配と併せて連続二本の総監賞を手にしているからな。まさに文武両道を地でいっているようなものだ」

再び署長が満面の笑みを見せたところで、女将が仲居と一緒に膳と酒を運んできた。

女将が署長と目配せをして、最初に隆一のグラスにビールを注いだ。四人のグラスにビールが注がれたのを見届けて副署長が発声した。

「高杉係長、見事な働きだった。このひと月半、署内の空気が一変した。これからも思い切った仕事をしてくれることを祈念して、ではご唱和を、乾杯」

女将は隆一の横を離れず、空いたグラスにビールを足して言った。

「係長さんということは、警部補さん？　また、ずいぶんお若いのね」

「ああ、現時点で警視庁最年少警部補だ。勉強もできる。剣道も強い。仕事もできる。近来稀に見る逸材だが、ＦＦのハンドルなんだ」

「ＦＦのハンドル？　どういう意味ですか？」

「一言で言うと、遊びがない……ということだな」

ＦＦとは、自動車の前輪駆動（Front engine Front drive）の略語で、駆動輪（エンジンの動力が伝わるタイヤ）と操舵輪（ハンドル操作で動くタイヤ）が同一であるため、ＦＦ車はほかの駆動方式に比べて前方が重く、どうしてもハンドルが重くなりがちで小回りが利きづらい特徴がある。

「それは警察用語ですか？」

「いや、自動車好きなら常識として知っていることだ」

署長は冗談交じりに言ったことだったが、隆一は自分の最大の弱点を突かれたような気持ちになっていた。しかし、女将は笑みを湛えたまま言った。

「署長がそこまで言うのは、相当なお方なのでしょうね」

隆一の顔を見てニコリと笑った。その笑顔を見て、隆一はどういうわけか、真っ赤になった。色香というものを初めて目前にしたためだったのだろう。これを見て署長が大笑いして言った。

「おい、高杉、そっちの方はからっきしだったか？」

署長が呼び捨てにするのは珍しいことだったが、隆一にとって、むしろホッとするような心地よさがあった。先ほどのFF発言を含めて、何とはなしに父親から言われているような気持ちになったからだった。

「からっきし……というわけではありませんが……」

隆一の姿を見て女将がクスリと笑って署長に言った。

「署長さん、可哀想ですよ。でも、もてないはずはありませんでしょう。私なんかすぐに惚れてしまいますよ」

隆一はちらりと女将に目をやると、視線がぶつかった。隆一はさらに赤くなった。

「可愛い人」

これを見た署長が声を出して笑いながら言った。

「女将、本気で惚れるなよ。いくら将来有望と言っても、まだまだ世間を知らないんだからな」

隆一はなすすべもなく、グラスのビールを一気に飲み干した。すると副署長が言った。

「高杉係長は酒も強いらしいな。剣道助教が『飲ませ甲斐がない』と言っていたぞ」

「これは遺伝だと思います。両親ともよく飲みますから」

「頼もしいな。酒、金の失敗はなさそうだ。あとは女だけだな」

そう言って副署長まで笑い出した。

「勘弁してください」

ついに隆一は頭を下げた。その後しばらくの間、女将は隆一の隣にいたが、料理が運ばれてきて、ようやく上席の署長と副署長の間に移った。刑事課長が隆一に小声で言った。

「なかなかできない経験だ。高杉係長のおかげで私までご相伴に与ったからな。これからは刑事部屋もどんどん利用してくれよ」

「ありがとうございます。明日の当番勤務でヤクザもんをバンカケする予定ですので、またお世話になるかと思います」

「どこの組だ？」

「廣田組《ひろたぐみ》の幹部です」

「わかった。明日、出勤したらすぐに報告に来てくれ」

「承知しました」

「もしかしたら、また一緒に飲めるかもしれないな」

刑事課長が笑って、隆一に猪口を手渡して日本酒を勧めた。隆一は「頂戴します」と勧められるまま猪口で三杯飲み、課長の猪口に注ごうとすると、課長は隆一の猪口を取って言った。

「これで返盃だ」

「失礼しました」

隆一は改めて刑事課長に盃を返しながら「ありがとうございました」と言って左手

を添えながら右手で返した。

「ほう。返盃の作法も知っていたか……」

「父に鍛えられました」

「なるほど……お父さんは何をなさっているんだ？」

「父も警視庁警察官です」

「なに？　現職か？」

「はい。田園調布で駐在をしています」

「駐在さんか……」

刑事課長が首を傾げていると、この会話が耳に入っていた署長が言った。

「高杉健造、元捜査一課の敏腕刑事だったんだ。血は争えんとはこのことだ」

これを聞いた隆一が驚いた顔をして署長を見ると、署長が言った。

「高杉係長の人事記録は全て見ている。あの高杉刑事の息子と知って、なるほどと思ったよ。築地に配置になることをお父さんに言って、私の話を聞かなかったか？」

「はい。私は父の勤務経歴等は詳しく知りませんし、父も話してくれたことがありません」

「ほう……そうだったか……。すると駐在になった経緯も聞いておらんのだな？」

「はい。僕が物心ついた頃から、父は駐在でした」

「そうか……警部補の駐在を二十年以上やっておるのだからな……田園調布の署長も手放せない存在になっているんだろう。ま、本人が話していないことを私が話してはいかんだろう。機会があれば親父さんに聞いてみればいい。刑事の生きざまがわかるかもしれん」

　その話はそこで終わり、話の矛先が刑事課長に向いた。

「ところで刑事課長、最近、実績がさっぱりじゃないか」

「申し訳ありません」

「連続侵入盗や百貨店、専門店での万引きも続いている。マル暴検挙もなければ、二課ネタもないのか？」

「盗犯に関しては特別チームを組んで鋭意捜査中です。マル暴は近々のうちに……。ただ二課ネタは選挙違反もサンズイの情報もありません」

　二課ネタとは刑事部捜査第二課が主管する知能犯情報の収集及び管理に関するものであり、その中でも選挙違反、贈収賄等重要知能犯事件、企業等に係る詐欺、背任及び横領に係る犯罪等の情報をいう。

「サンズイなら私の所に管内の監査法人から相談が来ているぞ。情報班は何をしているんだ」

サンズイは「汚職」の隠語である。これは「汚」がサンズイから始まるからだ。

「そうでしたか……」

「せっかく高杉係長のような刑事志望の若手警部補が来ているのに、行かせる部署がなければ飼い殺しになってしまうだろう」

「申し訳ありません」

「ところで高杉係長は刑事警察のどの分野をやりたいんだ？」

再び話題の対象が隆一に戻った。

「できれば知能犯捜査をやってみたいと思います」

「そうなんだろうな……ただし、知能犯捜査をやるには幅広い法律を熟知する以前に、幅広い人脈を構築しておくことが大事だぞ」

「人脈ですか……警察以外では先輩から引き継いだ檀家さんくらいしかいないですね」

「警部補になったら部外者と積極的に会って、知識を広げることだ。昇任試験の勉強もいいが、広い常識と深い良識を身に付けることだ。そのためには、まず本を読むことだ。まず、ピーター・ドラッカーの『マネジメント――課題・責任・実践』と『今日なにをなすべきか――明日のビジネス・リーダー』、中国の兵法書『孫子』は必須だ。そしてマクニールの『世界史』の四つだな」

「兵法は持っていますが、ピーター……」

「ドラッカー、『マネジメント』の発明者だ」

「マネジメントというのは、発明されたものなのですか？」

「マネジメントとは、経営学の一分野で経営管理論という学問として成立したもので『新しい挑戦こそが、プロフェッショナルの成功に貢献する』という考え方を世に広めたらしい」

「世界史は大学受験の時に社会で選択した科目で好きな分野ですから、早速読んでみます」

隆一は上着の内ポケットからメモ帳とペンを取り出してドラッカーとマクニールの名前をメモした。これを見た署長が副署長に言った。

「副署長は公安出身だが、高杉係長は公安的にはどう思う？」

「最近、噂の二係から外ナンバーの報告が多いんです。しかも、先日のポーター狩りをやった時の手法といい、これまでの二係にはなかった仕事をやっている点で、公安的なセンスは持っていると思います」

「公安はよくセンスという言葉を使うからな」

「情報は人、仕事はセンスと言います。ドラッカーは『マネジメントは人』と言っていますが、自分自身を如何に成長させるかが大事で、それを組織として求めるのが公安だと思っています」

「なるほど……さすがに副署長は学者と言われるだけのことはあるな。説得力がある。実績を上げさせるための方策はどうだ？」

「現場の警察官は実績が全てです。実績なき者は、いくら勉強ができても組織の役に立っているとは言えません。それを如何に個々に自覚させるかが幹部の仕事だと思います。個々の能力を見極め『人が成果を上げるのは強みによってのみ』の意識を職員に持たせることかと思います」

「またしてもドラッカーの言葉か……『リーダーに求められるのは人格である』『リーダーシップとは正しい意思決定の事である』というのもあったな」

「相当熟読されていらっしゃるのですね。『予期せぬ成功に注意し……』という言葉もあります。これは高杉係長に伝えた方がよかったでしょうか」

副署長の言葉に隆一が答えた。

「まだ何の成功もしておりません。ただ偶然に恵まれただけです」

「それはチャンスというものだよ。それをものにするかどうかは高杉係長の姿勢にかかっている。今の気持ちを忘れずにいることだな」

すると署長が副署長に思いがけないことを言った。

「冬の特錬が終わったら、高杉係長を知能犯捜査に入れてみるか。今さら刑事専科講習に行かせても時間の無駄だろう。下手をすれば、来春には異動になってしまうかもしれない」

「そうですね。実務経験を積ませてみるのもいいかもしれませんね」

その後は食事が進んで料亭の会はお開きになった。署長を見送ろうと玄関に出ると、署長専用車はなくタクシーが停まっていた。すると、署長が「高杉係長、一軒付き合え」と隆一を先に車に押し込んで副署長に言った。

「高杉の今日の門限は私預かりと宿直責任者に連絡しておいてくれ」

「承知いたしました。行ってらっしゃいませ」

副署長と刑事課長、女将に見送られて隆一は署長と共に夜の銀座に向かった。

御門《ごもん》通りに面したビルの二階に行くと、外見だけでも、いかにも高級そうなクラブが数軒並んでいた。

「私が自分で行くのはこの店だけなんだ。本部の課長以上になると、いろいろな付き合いが出てくるものだ。先ほど、君の飲み方を見ていて親父さんの教育が行き届いていることを確信した。こういうところは、若いうちから知っておいて、決して損はしない。ただし、深みにはまらないことだ。警部クラスになってこういう店を覚えて、身を持ち崩した連中をよく見てきたからな」

「そんな人が実際にいるのですか？」

「多いな。特に保安、マル暴を担当して、赤坂、麻布に行った代理クラスが失敗している。まあ、この店では君のような若い客はまずいないだろうから、喜ぶのはママくらいのものだろうが、先ほどの女将が言っていたように、よく見れば歌舞伎役者に見えないこともないな。今度、歌舞伎座にも連れて行ってやろう。歌舞伎を見たことはあるか？」

「いえ、ありません」

「歌舞伎も知っておいて損はない。それに、ゴルフと囲碁も覚えておくといいな」

「ゴルフは機動隊で警備係だった時に副隊長と中隊長のお供で、ミニコースに何度か参りました」

「ほう、警備係を誘った中隊長もたいしたもんだな。その時の副隊長は今、どこにいる？」

「捜査二課の管理官です」

「なるほど……そういうルートを持っていたか……それなら、この秋に署のゴルフ大会を行う予定だから、練習をしておけよ。全係対抗の大コンペだ」

「警ら課の当番の係はどうなるのですか？」

「係の代表だ。当然代休処理だな」

署長が笑いながら、一軒の店の扉を引いた。

「これは、黒澤様。いらっしゃいませ」

黒服が恭しく挨拶をしてホールに案内した。調度品と並んでいる酒の種類を見ただけで隆一でも一流とわかる設えだった。

グランドピアノも置かれ、隆一らは奥のソファーに通された。間もなく、着物を着た美しく、しかも気品のある女性が挨拶に来た。

「黒澤さん。お珍しい。それに、素敵なお供をお連れで」

「これはうちの若手のエースだ」

「えっ、もしかしてご同業の方？」

「そうだが、何に見えた？」

「てっきり歌舞伎関係の方かと思いました」

「ほう。ママもそう見えたか？」

「も……って、他にどなたが？」

「つい今しがた、吉の井の女将が、この顔を見るなりそう言ったな」

「歌舞伎通の女将さんがいうのなら間違いないでしょう。そうですか……」

ママが隆一の顔をしみじみと眺めて、笑顔で言った。

「失礼しました。典子《のりこ》と申します。今年の最年少のお客様かもしれないと思って、つい眺めてしまいました。それにしても品のあるお方ですね。黒澤さんのご同業には全く見えませんわ」

隆一は返す言葉が見つからず、ぺこりと頭を下げて、「よろしくお願いいたします」と言うと、署長が笑って言った。

「何をよろしくお願いいたしますなんだ？　今日は社会勉強と思って楽しんでくれ」

黒服が署長のキープボトルと氷のセットを運んできた。間もなく二人のホステスが席に着いた。酒の種類はマッカランの十八年だった。

署長は水割りだったが隆一はオンザロックをお願いした。

「ほう。酒もわかる方か？」

「同じ酒を父が好きで、家に常備してあります」

「何？　常備？」

「はい。皆、頂きものですが、父が好きということで、よく頂きます」

　これを聞いたママが訊ねた。

「あら、やっぱりお坊ちゃまなのね」

「いえ……」

　と、答えかけた時、署長がこれを制して、

「彼の父上は私も以前世話になった方でな。確かに、つけ届けが多い家であることは間違いないだろうな」

　と、笑ってその場を繕った。今度、分け前を頂きに行くかな」

　ったりと付いて親しげに話を始めた。ホステスの一人は署長の馴染みらしく、署長の横にぴったりと付いて親しげに話を始めた。隆一の隣には隆一より少し年下と思われる、やはり美しい女性が着いた。署長がママと女性に好きな酒を頼むよう言って、これが届いてから五人で乾杯をした。

「今日は何かのお祝い？」

「そうだな、今、組織改革中で、彼はその突撃隊長というか、まあ、抜刀隊のような存在でな、二連発で大成果を挙げたので、その祝いだな」

「そうでしたの……頼もしい方なのね」

「ああ、銀座界隈でも顔が売れ始めているので、裏道を通って来たほどだ」

「まあ」

ママは何かを察したらしく、それ以上のことを訊ねなかったが、またしても正面から隆一の顔を見た。視線が合うと、隆一は先ほどの女将とはまた違った色香を感じたものの、笑顔でこれをやり過ごすことができた。逆にママの方が照れたような顔つきをしていた。

「隆ちゃんは、年上にもてるのか？」

署長が変わった呼び方をしたため、隆一はこういう場所では何者かわからない方がいいのかと咄嗟に判断した。

「支店長ほどではありません」

「何を言っている。私は若い子にもてるんだよ」

署長は機嫌よく笑った。

一時間ほどたわいのない話をして、店を出ると、署長はママに二度頷いて階段に向かった。階段を下りたところで署長が言った。

「本当はここまで見送るのが銀座なんだが、周りの目もあるし、私が行っている店がわかってしまうだろう。だから、ママには店の中で別れるように言っているんだ。それにしても、お前さんは案外、話も面白いんだな。あの初体験話は本当か？」

「そのままです」

「あれには、さすがのママも涙を流しながら笑っていたし、私も久しぶりに腹を抱えて笑った。高校の剣道部の部室で、先輩女性に袴を穿いたまま、臭い小手の臭いが残ったまま襲われたんだからな……明日から、お前さんの顔を見るたびに噴き出してしまいそうだ」

「人の不幸をそんなに笑わないで下さいよ。まあ、綺麗な人だったんですから」

「それにしても、お前さんの話の巧さに、笑いが止まらなかったんだ。それも、才能の一つなんだろうな」

「いえ、高校時代の漢文の先生があまりに面白い授業をされる方で、時々、その真似をしているだけです」

「ほう、聞いてみたいもんだな」

「カセットテープ五本、持っています。父もそれを聞いて大笑いしていましたし、檀家さんのところでも真似していたようです」

「そうか……今度、聞かせてくれ。さて、もう一杯だけバーで飲んで帰るか」

「バーですか？」

「そう。女はおらんぞ」

「ノープロブレムです」

「ほう。洒落た返事をするな。面白い奴だ」

御門通りから中央通りを渡って三つ目の路地を左折したビルの地下にそのバーがあった。オーナーのバーテンダーとは古い付き合いらしく、署長の顔を見るなり訊ねた。

「どちらになさいますか？」

「マティーニで頼みます。高杉君もそれでいいか？」

「はい、大丈夫です」

「本当に強いな」

「いえ、まだ緊張しているんです。盆と正月が一緒に来て、しかも署長と一緒なんですから」

「ふーん。前の店ではそんな素振りは全くなかったけどな」

「あれでも一所懸命だったんです。せっかくの高級クラブですし、この先、何年後に来ることができるのかわかりませんから、楽しい場がいいかな……と思いました」

「なるほど……それなら、今年の年末のボーナスを一晩で使ってみろ」

「はい？」

「金の使い方を覚えるのも勉強だ。どうせ、お前さんのことだ、しっかり貯めているんだろう？」

「使い道がありませんでしたし、署と寮の往復でしたし、夜学に四年行っていましたから、使う場所も、必要もなかったんです」

「その背広はどうしたんだ。いいもんを着ているじゃないか？」

「これは大学の卒業祝いに母が買ってくれました。学費は父が出してくれると言ってくれたのですが、本代を出してもらっただけだったものですから、気を遣ってくれたみたいです」

「そうか……学費は自分で出したのか……このご時世、なかなか見上げたものだな……親父さんにしてみれば、一人息子がまさか高卒で警察官になるとは思ってもいなかっただろう」

「はい。母は反対していましたが、今となっては本当に喜んでくれています」

「あとは嫁さんか……。うちにもいい子がいるだろう。交通の岡田《おかだ》や、警ら総務の佐《さ》藤《とう》なんか、育ちも顔もいいじゃないか？」

「そうですね……ただ、僕にとっては。お二人ともちょっと遠い存在のように感じてしまいます」

「そうなのか？」

間もなく氷を山にして冷やしているカクテルグラスと、ミキシンググラスに入ったマティーニが運ばれてきた。隆一はオーナーのバーテンダーが作る姿をチラチラと眺めながら、このバーテンダーは一流なのだろうと感じていた。

「オリーブはいかがしますか？」

「今日は入れてくれ」

隆一も署長に従った。形だけの乾杯をして口からカクテルグラスに運んだ。

「美味しいですね」

「ほう。この味もわかるのか？」

「ゴードンジンとマルティーニの基本的な組み合わせですから、美味しくて当然なのですが、適度にドライになっていて嬉しいです」

「お前は酒のプロか？」

署長が呆れた顔つきで言った。

「いえ、母がカクテル好きで、父がたまに振ったり、混ぜたりしています」

「そうか……いい酒を飲んでいるんだな……久しぶりに親父さんに会いたくなったな」

署長は実に美味そうにマティーニを飲んでいた。「こういう飲み方も格好いいな……」。隆一は、この署長ともっと一緒に仕事をしたくなっていた。

マティーニを一杯ずつ飲んで、署長がタクシーで寮まで送ってくれた。午前〇時を少し回っていた。寮直室で宿直責任者のマル暴担当刑事課長代理の大久保警部が隆一の帰りを待っていた。

警視庁の警部と警視は二段階に分かれている。警部は管理職警部と一般の警部、警視は所属長級と管理官級の二段である。

警部試験に合格して警察署に昇任配置されると、課長代理、通称「代理」と呼ばれるポストに就き、そこから本部に引き上げられると「係長」と呼ばれるポストに就く。そこで管理職試験に合格して、今度は警察署の課長として管理職警部になり、そこで概ね半年から一年後に警視に昇任する。警視課長の中から、本部に引き抜かれて「管理官」というポストに就く。管理官から横滑りではなく所轄に異動すると副署長になる。そして、副署長から本部に引き上げられたポストが「理事官」である。この理事官を経て、署長、本部の課長という「所属長」ポストになるのが通例である。

マル暴担当刑事課長代理の大久保警部は剣道特錬で一緒だったため、気心が知れていたし、隆一が全勝賞を取ったことで、余計に可愛がってくれていたのだった。

「高杉係長、思ったより早かったな」

「遅くなって申し訳ありません。話が長引いてしまいました」

「その割に酔っていないな」

「酒の量はそんなに多くありませんでしたから」

「そうか……いい気持ちで帰ってきたところに申し訳ないんだが、課長から連絡があって、明日の話を聞きに来たんだ」

隆一は「なるほど……」と納得しながらも、大久保代理に仕事上の焦りがあることも気付いていた。

「データは既に出来上がっています。明日は捜査の端緒になるのかどうかわかりませんが、シャブの前歴が三回ある廣田組の幹部の動向が怪しいので、女のヤサを出てきたところでバンカケしようと考えています」

「廣田組の何という野郎だ？」

「松永孝夫《まつながたかお》という野郎です」

「松永？　ナンバーフォーだぞ」

ターゲットが松永と知って、大久保代理は思わず身を乗り出していた。

「そうなんですか？　そんな野郎がシャブで三回も捕まっているのですか？」

「廣田組の拠点である銀座にも関西ヤクザのトップ岡広組《おかひろぐみ》の組長がお忍びでやってくる時代だからな。松永のような野郎が対抗する組の大幹部になっているから関東のヤクザも甘く見られてしまうんだな。それで、何時頃に、何人体制でやるつもりなんだ？」

「これまでの分析から、午後五時頃に私以下、十二人で実行する予定です。ただし、野郎が一人でなかった場合には中止します」

「なるほど……いい判断だ。もしよければ、刑事課と合同でやらないか？」

「よろしいのですか？」

　そう言いながら、隆一もどこかホッとしたような心強さを感じていた。刑事課の中でもマル暴担当には、どちらがヤクザなのかわからないような雰囲気と、柔道特錬の大将もいたからだった。

「明日、当番勤務で申し訳ないんだが、朝一番で刑事部屋に計画書を持って来てくれないか」

「わかりました。元々は代理に見せて頂いたデータを編集したものですから」

「編集？」

「学生時代……と言っても、つい最近まで学生だったのですが……パソコンを覚えまして、案外役に立つんです」

「パソコンか……警察もそういう時代になるのかな」

「数年前に国産の小型ノートパソコンが売り出されましたし、二年前にはマイクロソフト社がWindows 3.0を発売したことで、理系や経済学部の金持ち学生を中心にパソコンが広まっていますからね」

「高杉係長も、そのノートパソコンというのを持っているの？」

「いえ、僕は貧乏学生だったので、秋葉で買った中古のデスクトップしか持っていませんが、そのうちパソコンも安くなると思いますよ」

「パソコンか……俺には遠い話だな。まだワープロも打てない刑事も多いからね」

「これからの進化は早いと思いますよ」

「そうか……さすがに大卒のエリートだな」

「えっ？　僕は高卒の第一二五五期ですよ」

「ええっ？　係長、今、貧乏学生って言っていなかったっけ？」

「はい。卒配二年目から夜学に行って、卒業したんです。ただ、僕が行った学部には夜間には珍しい昼夜開講というフレックスシステムがあったので、昼の授業を受けても単位が取れるシステムだったんです。ですから、ちゃんと昼間の四年間を通った大学生ではないんです。ただ、昼間部の学生と知り合ったおかげで、パソコンに目覚めることができたので、よかったと思っています」

「そうだったの？　もともとの地頭がいいんだろうね。それを聞くと余計感心してしまうよ。しかし、ポーター狩りや今回のヤクザもんのデータ化といい、これも、今まで誰もやらなかった……というよりもやろうという意志さえ持たなかったことをやったわけだ。たいしたものだと刑事課長も評価していたよ」

「ありがとうございます。これも、警察学校時代の世話係の先輩から、『せっかく築地という一等署で勤務できるのだから独自の仕事をやってみろ』というアドバイスを受けたんです」

「なるほどな……いい先輩がいたんだな。初任科で一緒だった先輩だろう？　実務何年だ？」

「九年だと思います。国立大学を出て、試験という試験、全部一番だったんです」

「ほう……そういう人物もいるんだな……」

　課長代理が啞然とした顔つきでゆっくりと頷きながら、腕組みをしていた。これを見て隆一がさらに言った。

「しかも、この先輩は上原さんとおっしゃるのですが、人物的にも素晴らしい方で、未だに僕にもアドバイスをしてくれるんです」

「なるほどな……上原か……覚えておこう。ところで、明日、いや、もう今日の朝だが、申し訳ないが、俺も宿直明けなんで、朝会の前に来てくれるとありがたいんだが」

「わかりました。これまでのデータも併せてお持ちします」

「すまんな。楽しみにしてるぞ」

　大久保代理は、剣道部の祝勝会で見せていたような笑顔で寮直室を出て行った。

　その朝、隆一は機動隊警備係で身に付けた警備計画作成要領に従って、通信系から、指揮系統、捜査員配置図等を記した事件取り締まり要領と、捜査対象である松永孝夫の行動確認報告書をプリントアウトして、七時半に刑事部屋に入った。

　刑事部屋では既に半数以上が出勤しており、個々の事務を行っていた。大久保代理は宿直主任から宿直報告を受けていた。午前八時十分に、宿直責任者として副署長に、八時三十分には署長に宿直報告しなければならないからだ。

大久保代理は大卒の四十四歳で、本部は刑事部捜査四課を経験していた。代理の年齢を知ったのは、署課隊の選手登録の際に年齢を記載するためで、隆一は大久保代理が見た目よりも若いことを知って驚いた。隆一の姿を認めた大久保代理が宿直報告を切り上げて隆一をデスクに呼んだ。

「早い時間から悪かったな」

ジャージ姿で周囲の雰囲気から浮いた格好ではあったが、刑事部屋では隆一は可愛がられていたため、誰も文句を言う者はいなかった。隆一が茶封筒からデータを取り出して大久保代理に手渡した。一度、全体をサッと目を通した大久保代理が言った。

「本部経験もないのに、よくこんな計画書を作れるもんだな」

「管区で習いましたし、他県の刑事経験者が過去の事例発表をする時に、それぞれの県独自の様式を見せてくれましたから、そのいいところだけを参考にしました。通信系統と指揮系統、配置図はマル機で警備係だったので、必要と思いました」

「たいしたもんだよ」

そう言って大久保代理はマル暴担当の長谷川《はせがわ》係長をデスクに呼んだ。

「キャップ、今日の夕方、警ら二係が松永孝夫にバンカケするそうなんだが、ちょっとこの計画書を見てくれ」

「バンカケの計画書ですか？　初めて聞きましたね」

長谷川係長は小馬鹿にしたような声で大久保代理のデスク上の計画書に目をやるなり、思わず身を乗り出して言った。

「ほう？　バンカケ……というよりも、検挙体制ですね」

「警ら係の年長組を中心とした素人集団ですから、ミスのないようにしなければならないと思いました」

「この、行動確認報告書は誰が作ったの？」

「交番勤務中に松永孝夫が使用する車の移動報告と、女のヤサの前で張り込んでいた係員の報告を私がまとめたものです」

「写真まで添えられているけど……」

「これは私用のカメラで撮影してもらったものです」

「現像代は自費でやったの？」

「一人もんですから、それくらいの金はあります」

「たいしたもんだな……捜査本部でもこれくらいのチャートを作るまでに数年かかるよ」

　そういうと、長谷川係長が大久保代理に訊ねた。

「この計画にうちも参加するんですか？」

「シャブだけじゃないような気がするんだよな」

「確かに松永孝夫の周辺が、最近チャカを集めているという情報もありますからね」

「そこなんだ。できれば一気にガサも打ちたいところだからな」

「体制組みますか……この計画に沿ってやるとなれば、鑑識も現場に呼んでシャブだけでなく薬物の試薬キットを持ち込んだら、後は現行犯逮捕でガサも打てますよ」

　長谷川係長が言うと大久保代理も腕組みをしながら頷いていた。

　刑事訴訟法第二百二十条第一項には、検察官、検察事務官又は司法警察職員は、第百九十九条の規定により被疑者を逮捕する場合又は現行犯人を逮捕する場合において必要があるときは、左の処分をすることができる。
・人の住居又は人の看守する邸宅、建造物若しくは船舶内に入り被疑者の捜索をすること。
・逮捕の現場で差押、捜索又は検証をすること。
「松永が何かやってくれていればいいのだが……ところで、高杉係長、奴の動きはどうなっているんだ？」

長谷川係長が隆一に訊ねた。

「毎週土曜日の午前十一時頃に奴は本人名義の自家用車で月島《つきしま》方面から佃大橋《つくだおおはし》を経由して女のマンションに入り、午後五時頃にそこを出て銀座八丁目の事務所に入るのが通例です」

「そこまで調べているのか……」

「奴の使用車両をＮシステムに登録すればもっと詳細がわかるのでしょうが……」

「自動車登録番号標は刑事課でもわかっているが……」

「いえ、刑事課が把握している番号は古いもので、現在は白色メルセデスベンツ、品川３３な４５－××に変わっています。一週間の平均走行距離は三十五キロメートルくらいなので、普段は滅多に運転していないようです」

「いつから調べているんだい？」

「この約二ヵ月間ですが、土曜日の行動は、ほぼ変わりません」

「そうか……」

「今朝は誰が確認するんだい？」

「寮員の今村《いまむら》巡査部長です。駐車場所もほぼ決まっていて、女のマンションの筋向いにあるコインパーキングを使っています」

「実態把握は警ら係の仕事とは思えないくらいだな……」

「当番勤務の際の就勤時以降の確認は交番の年長の皆さんがやってくれています」

「年長者？」

「はい。当番の日は若手は全員徹夜覚悟ですから、深夜帯は三交番を閉鎖して、年長者に交代で休憩を取ってやってもらっています。空き交番対策は巡視する係長とＰＣと職質チームで交互に巡回しながら行っています。もちろん宿直責任者とリモコン担当の了解を得ています」

「それで警ら二係の実績が上がっていたのか……」

大久保代理が納得したような顔つきで言った。

一旦寮に戻った隆一は、午後一時半に出勤した。巡査部長以下の寮員は寮から制服に着替えて、個々の自転車で出勤するが、警部補は本署内の警ら幹部室に、寮員以外の通勤者は、署内の更衣室に個人ロッカーが用意されていた。

警ら課の部屋に行くと警ら課長が隆一を呼んだ。

「高杉キャップ、今日は大捕り物をやるそうじゃないか」

「昨夜、急遽、刑事課と合同で実施することになってしまいました。ホシは予定どおり、いつものヤサに入ったことを確認済みです」

「刑事課長から今朝聞いたよ。知らない間にいろいろ手を打っていたんだな」

「まだ、どうなるのかはよくわかりませんが、刑事課が乗ってくれたのは心強いです」

「ところで、刑事課に見せた計画書は今持っているかい？」

警ら課長に見せると、課長はその内容に驚きを隠せなかった。

「一部、コピーしていいか？」

「もちろんです。係員への指示の前にお渡ししようと思っていました」

警ら課長は警ら総務課の佐藤久美子《くみこ》巡査を呼んでコピーを頼んだ。

佐藤久美子はミス築地とテレビでも紹介された女性警察官だったが、高杉は挨拶以外にほとんど言葉を交わしたことがなかった。その最大の理由は、佐藤婦警が日頃から警ら課長の個人的秘書のような存在であり、警ら課最年長の警ら総務係長も、それに何も言えずにいたからだった。

佐藤婦警がコピーを持って課長に手渡すと、ちらりと隆一を見て訊ねた。

「この一覧表も高杉係長が作られたんですか？」

「そうだけど、何か？」

「ワープロでこれだけの罫線を引くのは難しくて、どうやったのかな……と思ったんです」

「ああ、僕はパソコンの表計算で作っていますから」

「係長はパソコンできるんですか？」

「簡単な作業しかできませんけどね」

二人の会話を聞いて警ら課長もデスクに座ったまま隆一に訊ねた。

「最近の大学生はよくパソコンを使うとテレビでやっていたけど、まだまだ高いんだろう？」

「ラップトップ式の小型のものはまだ高いと思いますが、僕が使っているのは中古のデスクトップ式ですから、秋葉に行けば、数万円で売っています」

「ところで、パソコンでは何ができるの？」

「そうですね……二年前にはアメリカのマイクロソフト社がWindowsというオペレーティングシステム、つまりコンピュータを動かす際の基本的な命令装置のようなものを発売して、去年、比較的使いやすくなりました。例とすれば、ワープロ機能や計算機能、表計算をグラフに変える等ですね」

「表をグラフに変えることができるのか？」

「数値さえあれば、円グラフや棒グラフ、折れ線グラフに変換することは可能です」

「ほう。じゃあ、例えば、警ら課の各係の実績を円グラフにするのにどれくらいの時間がかかるんだ？」

「数値さえ入っていれば、二秒くらいですね」

「二秒？　たった二秒？」

「数値が入っていることが前提ですから、その入力作業は必要ですよ」

あまりに警ら課長が喰いついてきたため、隆一は一歩引いた方が賢明だと思った。

しかし、課長はさらに喰いついてきた。

「高杉係長、今、君が使っているパソコンよりも進化した物もあるんだろう？」

「はい。去年ＮＥＣから発売されました」

「おお。ＮＥＣか。俺のワープロと同じじゃないか」

「それだったら、互換性がありますから、同じフロッピーディスクが使えると思います」

「小さい奴だよな」

「はい、３・５インチのものです。警ら総務のものは５・２５インチですから、もう既に少数派になっています」

「そうか……警ら課で予算を出せば買える値段かな？」

「三機の警備係でも旧式ですが、地図作成等にも普通に使っていましたから、買えるのではないかと思います。中古でも結構使えますよ」

「そうか……」

警ら課長は今日の刑事課との合同捜査よりも、パソコンに頭が向いてしまっていた。そこへ刑事課の大久保代理がわざわざやってきた。

「警ら課長。本日はよろしくお願いします。すでにうちの課長が朝会で署長にも報告していると思いますが、刑事課は警ら課の支援という体制ですので、よろしくお願いします」

「そうだったな。現場指揮は高杉係長に任せる。あまり制服員が出ない方がいいだろう？」

「はい。バンカケする警ら課の方も半数は私服ですので、拳銃を携行できませんから、刑事課の強行犯担当の猛者を傍に配置します。マル暴担当では面が割れている可能性がありますからね」

「気を遣ってもらって悪いね。課長によろしく言っておいてよ。俺も、一応、現場には行くからさ」

「承知しました。では後ほど」

午後三時から始まった警ら二係の就勤前の指示に続き、大久保刑事課長代理の事務連絡が行われた。予め隆一が係員に報告していたため、係員は刑事課員との連携について確認を行った。

午後三時四十分、警ら二係の各交番勤務員は日勤勤務の警ら三係と事務引き継ぎを行い、勤務に就いた。

午後四時三十分、所定の人員が配置についた。松永が停めていたコインパーキングにも警察車両二台が駐車していた。

午後五時を少し過ぎた時、松永がいつものように、女が住むマンションから一人で出てきてコインパーキングに入り、車両に乗り込んだ段階で、予めの計画どおり私服姿の警ら二係の巡査部長が職務質問を開始した。

「運転手さん、築地警察の者だけど、申し訳ないが運転免許証を拝見できますか？」

「何だお前、何の権利があってそんなことを言うんだ」

「もしかして松永孝夫さんかと思ってね」

「ああ、その松永だ。知っているんなら必要ないだろう」

「そうでもないんだよ。この車、あんたが運転してきたんだよな」

「それがどうした？」

「あんた、免許証の有効期限が切れているんじゃないか？」

「何？」

「だから運転免許証を確認したいんだよ」

この時、警ら課の巡査部長は手を車内に入れて、車のハンドルに手をかけようとしていた。すると松永は車を急発進して逃走を企てた。しかし、コインパーキングの入り口近くに駐車していた警察車両が入り口を塞いだために、これに側面衝突した。明らかな殺人未遂と公務執行妨害の現行犯人だった。

これを見た隆一が隣にいた大久保代理に言った。

「こりゃ、シャブやっているかもしれませんね」

すぐに、警ら係員が運転席のガラスを特殊警棒でたたき割り、車のエンジンを切ってキーを抜くと、車のドアのロックを解除して松永を車から引きずり下ろそうとした。すると、刑事課の長谷川係長がこれを制止して言った。

「捜査権の濫用から、違法収集証拠とされないように、これ以後は慎重にやって下さい。これから改めてビデオ撮影を始めましょう」

これを聞いた大久保代理が隆一に説明した。

「最近は逮捕手続きの違法によって、折角の証拠も保全処分の対象になってしまうんだ。殺人未遂の現行犯はビデオ撮影しているので大丈夫だが、それ以外のシャブやチャカが出てきた時には、逮捕行為の際のデュープロセスが大事になるんだ」

「なるほど……常に適正手続きですね」

「正義感に溢れるのもいいけど、捜査は捜査、頭の切り替えも大事なんだよ」

今度は刑事課員の二人の捜査員が松永を説得して車から下ろして言った。

「松永孝夫、公務執行妨害罪と殺人未遂罪の現行犯人として逮捕する。只今の時間、十七時二十三分である」

「殺人未遂？　ふざけんな」

「正当に職務質問した警察官が窓越しに手を車内に入れていたにもかかわらず、車を急発進したんだからな。過去の判例から見ても、明らかな殺人未遂だな。それにしても、なぜ逃げようとしたのか……まさか、お前、何かヤバイ物でも持っているんじゃないだろうな。所持品検査をさせてもらうぜ」

言うと同時に捜査員は松永の両手を後ろに捻じって、後ろ手に両手錠を掛けると、松永の上体を車に押し付けた。さらに部下に対して車両の捜索を指示した。

数分後、松永がマンションから出てきたときに手にしていたオーストリッチ製のポーチから、白い結晶状の粉末が入ったビニール袋が発見された。

「松永、お前、幹部になってもまだこんなもん使っているのか？　廣田組もたいしたことないな」

直ちに鑑識係の巡査部長が覚せい剤試薬を用いて検査を行うと、白い粉末が青藍色に変化した。

「やはり、シャブか……これでまた、覚せい剤取締法違反の現行犯も追加だな。お前がしけこんでいたスケのヤサもガサが打てるわけだ」

長谷川係長は直ちに捜査員五人を松永の情婦の部屋に向かわせた。車両の厳正な捜索は続いた。これからは刑事課員の独壇場だった。

「キャップ、チャカが出ました。それも二丁、リボルバーとオートマチックです」

松永はすでに放心状態になっていた。

「松永、出血大サービスをしてもらって悪いなあ。これで、お前のところにもガサを打たせてもらうぜ」

と、言うと、長谷川係長は刑事課の専用無線機で本署の刑事課に連絡を入れた。

「予定どおり、お札の請求に行ってもらえるかな。出たのはチャカとシャブだ。それから、捜査四課に連絡して、一斉ガサの準備を依頼してくれ」

本署の確認を取った長谷川係長が大久保代理に言った。

「代理、後は本署に持ち帰りましょう」

「そうだな。課長もたった今、見届けて署に戻ったから、現時点の押収品だけ、押収品目録を作成してくれよ」

「了解」

満足げな笑みを浮かべた大久保代理が隆一の肩をポンと叩いて言った。

「またしても総監賞おめでとう。署長がまた大喜びだ。書類はうちが作るけど、警ら課から総監賞上申対象者には一部ずつ書類を作成してもらいたいので人選を頼むよ」

「よろしくお願いします」

現場を解散して隆一が本署に戻ると直ちに署長室に呼ばれた。

「昨夜、祝杯を上げたと思ったら、またもや大手柄だな。朝会で刑事課長から話を聞いて、本当にモノになるのか……どこまで伸びるかを考えていたんだが、たった今、本部の捜査四課長から直々に電話が入って、いたく喜んでおられた。捜四課長は東大出のキャリアだからな。暴対法で指定された暴力団の本部幹部の検挙で、拳銃と覚せい剤を押収しているんだ。今回の件は、捜四課長としても警察庁に対して面目が立つからな」

「マル暴担当の課長もキャリアなんですか？」

「全国に波及するような部門の中でも、さらに主要な本部課長ポストは、警視庁ではキャリアが就いているんだ。階級的には人事のトップである警視長の人事第一課長、警視正では捜査二課長、公安総務課長、広報課長、警備一課長、交通総務課長、教養課長、捜査四課長と外事二課長だな」

「そんなにいるんですか」

「キャリアは行政官だ。執行官である我々が働きやすい環境を作るのが仕事なんだから、多くの予算や設備を持ってきてくれる役目を負っているんだよ」

「なるほど……以前、警備部長と警備一課長とは話をする機会がありましたが、どちらも気さくな方でした」

「相手を見ているからな、これが、相手が警視クラスだと、案外、ガンガン言ってくる人もいるんだ。キャリアだって皆が優秀とは限らない。頭がいいのと、人物が優れているのでは全く違うだろう？　人格が役職に伴っていない人も結構いるから困るんだよ」

そこまで言って、署長が高笑いをして続けた。

「これから組織を背負って立つものにこんなことを言ってはいけなかったかな。まあ、頭の片隅に入れておくことだ。それよりも、今回の摘発で高杉君の名前は、いよいよ本部だけではなく、警察庁にも知れることになるだろうな」

「警察庁……ですか？　全く未知の世界でよくわかりません」

「まあいい。二月足らずで二度の警視総監賞上申となれば、人事にも目立つからな。しかも、全て職質検挙なのだから警ら部長も関心を示すことだろう」

「今回の職質は僕ではありません」

「それは違う。詳細な捜査に基づく確認的職質という手法なんだよ。警部以上になって自らの総監賞を上申する者はたわけ者だが、警部補まではどんどん賞を取っておくべきだ。それも警ら課の係長自ら率先して実績を上げたのは特筆すべきものだ。もう、仕事にも自信が出てきただろう」

「なんとなく、やるべきことがわかってきたような気がします。係もまとまってきましたし、上席係長も僕の考え方や手法を理解してくれています。それぞれの仕事を進めやすい環境を、先輩や年長者も一緒になって考えるようになったと思います」

「その起爆剤になったのが高杉隆一なんだよ。今夜は、係員にはゆっくりさせてやれよ。たまには力を抜くのも大事だ。職質月間もダントツだ。上席係長に係の打ち上げでもやってもらって、私も参加させてもらおう」

警ら二係は悪い意味の「噂の二係」を払拭して、警ら課の稼ぎ頭になっていた。

その後ほどなくして、警備課長が隆一を自席に呼んだ。

「高杉係長、申し訳ないんだが来月から特機の小隊長をやってもらいたいんだ」

隆一自身、いつか自分にお役が回ってくるだろうという予想はしていただけに、これを了解した。

「来年、重要警備があるという情報があるんだ。そこで、警備一課としては、動ける部隊とマル機経験者を招集したいらしいんだ」

「誰か要人が来るんですか？」

「そういうことだろうな……」

警備課長が言葉を濁した。隆一は「これが公安か……」と思いながらも、久しぶりに思いきり暴れることができる特機招集を楽しみにするようになっていた。十二月、特機招集があり、三日間にわたる総合訓練が行われた。第一機動隊第六中隊の第一小隊長となった隆一は、警ら係長の時よりものびのびと、警ら課の他の係員と共に機動隊の新隊員訓練並みに厳しい訓練を楽しんでいた。

「小隊長、マル機経験者だったんですね」

「まあね。これくらいの訓練で音を上げていては現場では務まらないぞ」

「小隊長とは寮であまり飲むことがないので、訓練後の酒が楽しみですよ」

「酒なら付き合うよ」

新たな若い仲間たちとの交流と、極左暴力集団役となって、機動隊部隊の大盾を鉄パイプで思いきりぶん殴るストレス発散の機会が、久しぶりに心地よかった。

寮員を始めとする若手が皆、隆一の味方だったかというと決してそうではなかった。噂の二係の中でもそうだったが、隆一と初任科の期が近い大卒八年目くらいの巡査の中には、意識的に隆一を敬遠する者もいた。警察は階級社会であるため、上司から部下への指示は命令と同じだった。しかし、これを受け入れることができない者もいるのが実情だった。露骨な反抗こそしないが、明らかなサボタージュで、指示しても暖簾《のれん》に腕押しの状態だった。上席係長もこれに気付いていたが「気にすることはない」と、隆一の肩をポンと叩いていた。注意深く観察してみると、同僚の年長ブロック係長が裏で動いているような空気さえ感じ取ることができた。

「すべてはジェラシーなんだよ。男のジェラシーほど醜いものはないんだが、下剋上に敗れたものは室町時代末期のお公家さんと同じで、『成り上がり者に頭を下げることができない』体質なんだよ。そんな、所轄で埋もれていく連中に構っている余裕はこちらにはないからね」

上原に近況報告がてら電話で相談してみると、そう言って笑っていた。

一抹の情けなさを感じた隆一だったが、係長でも何の人事権も独自で行使することができない一人遊軍の係長の立場ではなすすべもなかった。自分自身も相手側も、年功序列ではない世界を選んだ者の結果と諦めるしかなかった。

年が明けてすぐ、皇太子妃内定の報道がなされた。

「特機招集の理由はこのことか……確かに、極左も騒ぐだろうし、海外からの要人も来るよな……。それにしても、警備課長は本当に身内も信用していないんだ……」

これまで警備公安警察に対しては何の意識も興味も持っていなかった隆一だったが、この時から、何となく不信感を抱くようになっていた。

一月半ば、築地警察署武道始式が署内の道場で開催された。

これは警察署恒例の一大イベントで、日頃から警察業務にご理解ご協力いただいている方々を来賓として招き、署員の柔道・剣道の各代表選手による高点試合及び合気道演武等、日々精進している警察術科訓練の成果を披露する機会だった。

黒澤署長は、初代の築地警察署長川畑種長が西南戦争で当時の警視庁が編成した抜刀隊を率いて反乱軍と闘い、官軍を勝利に導いた史実を引きながら、署員に対して「抜刀隊精神を忘れずに」と激励した。

抜刀隊は警察剣道の礎であり、後年、警視流剣術の形が制定され警察剣道が現在なお日本剣道界の最大勢力となっている背景でもある。さらに、この抜刀隊から「陸軍分列行進曲」が作曲され、現在も陸上自衛隊と警視庁を含む道府県警の公式行進曲として受け継がれている。警視庁では機動隊観閲式の分列行進で警視庁音楽隊によって演奏されている。

隆一はこの日の武道始式のトリである剣道高点試合に出場した。高点試合とは勝ち抜き試合のことで、先鋒から大将までを順に並べて、順次勝ち抜かせていく試合形式である。三段二名、四段三名、五段二名、六段一名の八人で構成され、隆一は四段の最後、四試合目に登場した。勝ち上がった四段の選手に二本勝ちすると、五段の二人にも勝ち、一番勝ち数が多いため優勝の権利は獲得して、決勝で大将の錬士六段の刑事課の種谷《たねたに》係長と対戦した。制限時間内で勝負が決まらず、延長に入って二十秒後、隆一が小手を狙った瞬間、相手は一瞬腰を落とすと同時に突きを放った。隆一にとって、実戦で初めて受ける突きだった。タイミングからみて後ろに吹っ飛んでもおかしくない衝撃だったが、隆一は本能的に顎を引いたために大きく一歩退くにとどまった。相手方の白旗が三本上がった。「勝負あり」。蹲踞して礼をし、元の一列の場所に戻って正座し、面を外すと、玉のような汗が噴き出すのを感じた隆一は、大きく息を吸いながら手ぬぐいで顔の汗を拭き、何事もなかったかのように姿勢を正して礼をした。道場内に拍手が沸いた。剣道選手が審判と神前に礼をして、ようやく大将の種谷係長と相互に正座して礼をすると、

「署長から抜刀隊の話が出なかったら、あの突きは出てなかっただろうな。高杉係長、強くなったな」

と、笑顔で隆一の肩をポンと叩いた。

武道始式が終わると、場所を変えて懇親会が開かれた。式に出場した選手等は、今度はホスト役に徹する。とはいえ、ほとんど全員が大酒飲みだった。

料亭吉の井の女将が隆一の顔を見て笑顔で近づいてきた。

「高杉さん。私、惚れ直したわ。剣道している姿がカッコいいこと」

「勘弁して下さい」

「あら本気よ。そういえば、先ほど署長さんが参事官さんと高杉さんのことを話していて、今度、刑事にするって言っていたんだけど、あんまり時間がない……とか。ま

さか転勤じゃないわよね」

「まだ着任六ヵ月ですから、それはあり得ません。案外、署長が異動されるのかもしれませんね」

「あら、それも嫌だわ。あんなにいい署長さんは滅多にいないから……」

女将が他の客から挨拶を受けたところで、隆一は自分用のウイスキーを取りに行き、そこでクラブのママである典子に声を掛けられた。

「あら、高杉さん。剣道をしている姿は女の子に見せちゃダメよ。みんなコロリとなってしまうから」

「普段、滅多に近くで見ることがないからですよ。うちの婦警さんはしょっちゅう見ているけど、全くの無反応ですから」

「そんなことはないわよ。熱い視線を送っていた婦警さんが何人かいたわよ。女の勘は当たるんだから。でも、試合が終わった後の高杉さんを見たら、高校の部室の話を思い出して、そのギャップに驚いてしまったわ」

「まあ、あれだけ笑われたら、僕だって女性とのつき合いは考えてしまいますよ」

「でも、今日のお客様は凄い人ばかり。銀座の各界のドンが集合しているって感じよ」

「そうなんでしょうね」

「さっき、高杉さんが銀座商店会の大家《おおや》会長と親しそうに話していらっしゃったけど、お知り合いなの？」

「一緒に剣道をしているだけです。たまに飲みに連れていってくださいますけど」

「なるほど……剣道人脈、恐ろし……だわ」

そこへ典子ママの同業と思しき女性が現れた。

「あら、剣道の優勝者ね。おめでとうございます。典子さんのお知り合いなの？」

「大家会長のお仲間よ」

「まあ、そんなにお若いのに？」

署長の名前は出せないとはいえ、たった今聞いたばかりの話を、さも世間の常識かのように迷うことなくすぐ転じるところに、典子ママの賢さと同時に兼ね備えた、手抜かりのなさに驚くばかりだった。

「こちらは同業の亜希子《あきこ》さん。とても素敵なお店のオーナーママよ。じゃあ高杉さん、また近いうちによってね。会長はいなくてもいいから」

典子ママらしく、巧くその場を離脱したが、亜希子ママは隆一に興味津々の様子だった。

「お若いのに人脈もお広いのですね」

「いえ、こちらに着任してからの、ほんの短いお付き合いの方ばかりです」

「夜の銀座にもよくいらっしゃるの？」

「仕事で制服を着て、拳銃下げていますけど……」

その答えが亜希子ママには受けたらしく、声を出して笑ったため、周囲の視線が集まってしまった。これを見た署長が隆一を呼んだ。

「また部室の話をしたんじゃないだろうな」

「勘弁してくださいよ。典子ママから引き継がれただけです」

「そうか、瀧澤《たきざわ》参事官が君と話をしたがっていた。総監賞連発で、参事官も君の名前を知っていたようだ」

署長が隆一を参事官の元に案内した。

「参事官、今日の主役の一人の高杉警部補です」

「ああ、高杉さん。今日は一番お会いしたかったんですよ。私が着任以来、一人に対して最も多く警視総監賞の決裁に判を押した人ですからね」

「恐縮です。高杉隆一と申します」

「名前は知っていたけど、剣道も強いんですね。剣道指導室首席師範の近藤《こんどう》先生も褒めていましたよ。学問、仕事、剣道とまさに文武両道ですね」

「仕事の方はたまたまです」

「いや、半年の内に賞誉一級と二級を二回取った人は、うちの監察係表彰担当管理官も記録にないと言っていましたからね」

賞誉は、警察職員として功労があり、若しくは成績が優秀であると認められる者または部署に対して授与されるもので、その軽重により一級から三級まで段階があった。

警視庁の各種表彰は、警務部人事第一課の監察係表彰担当の事務分掌である。このため、この部門のトップである警務部参事官兼人事第一課長が実質的な最終決定権者となっていた。

これを聞いた署長が笑って言った。

「表彰分だけでなく、彼は夜の銀座の浄化作戦も積極的にやっているのです」

「そうなんですか……実に頼もしい限りですね。私は、今日の武道始式のことは忘れることはないでしょうし、高杉さんのこともずっと記憶に留めます」

「ありがとうございます」

その後、二、三分談笑をして隆一がその場を辞すると、これを遠くから見ていた佐藤婦警が隆一のところにやってきた。

「係長、モテモテですね」

「キャリアの課長にもててても仕方ないでしょう。すぐどこかに行ってしまう人ですからね」

「違いますよ。綺麗どころのお姉様方のことですよ」

「ああ、夜の銀座でパトロールしていると、多くの人に会いますからね。おまけにポーター狩りなんかやったんで、交通規制課からは叱られるし、交通課長からは未だに無視されています」

「そんな雰囲気には見えませんでしたけど、それよりも優勝おめでとうございます」

「ありがとうございます。でも、最後の突きで未だに咽喉仏が痛いんですよ。それでアルコール消毒と痛み止めを兼ねて、さっきから何も食べずに飲んでばかりです」

「ところで係長、交通執行の岡田彩佳《あやか》さんが係長と話をしたいそうですけど」

「今日じゃなくてもいいでしょう？　今日はホスト役ですからね。そう伝えておいて下さい」

「やっぱり岡田さんに興味はあるんですね」

「第一当番の時の朝礼で顔は知っていますけど、一度も話したことはありませんよ」

そこまで言って隆一は、築地市場の剣道仲間の所に足を向けた。

翌日、隆一は刑事課知能犯捜査係第二係長の勤務命令を受けた。拳銃を返納し、制服をクリーニングに出して、背広に着替えて署長に対して申告を行った。同席したのは副署長、警務課長、刑事課長の三人だけだった。

「警ら第二係、高杉警部補は、本日、刑事課知能犯捜査係長を命ぜられました」

申告を終えて、署長室で署長、刑事課長の三人での話が始まった。署長が切り出した。

「高杉係長、昨日はお疲れだった。警務部参事官も喜んでおられた。ところで、今回刑事課に異動させ、警視庁の専科講習を受けずに専務警察、それも、係長という重要ポストに就いてもらったのは、君に将来の知能犯捜査の重責を担ってもらいたいためだ。まずは、当署で取り扱った事件概要についてじっくり勉強してもらいたい。本来、捜査書類は持ち出し禁止だが、君はパソコンを寮に置いているんだろう？　だから、必要分だけ持ち帰って分析することを許そう。特に、いい事件を刑事課長から学んで、その捜査の端緒の部分を徹底的に分析、調査してくれ。これは、将来においても貴重な財産となるはずだ」

「ありがとうございます。厳しく勉強させていただきます」

するとと刑事課長が言った。

「高杉係長、二ヵ月間は当直勤務から外して、警務課と同様の毎日勤扱いにする。これも、一日も早く、即戦力になってもらいたいからだ。知能犯捜査のプロを目指してもらいたいんだ」

「わかりました。懸命に努力いたします」

「これも、君が半年間で、当署の刑事警察の意識改革に一役も二役も買ってくれたからだ」

「刑事課の皆さんに申し訳ないような気もするのですが……」

「いや、昨日、打ち止め賞を取った種谷係長も賛同している。あの突きを正面から受けた者は初めてだったらしい。おまけに後ろに倒れるどころか、顎を引いて受け止めた根性に感心していたよ」

「そうでしたか……また、剣道で助けられました」

その日から、隆一の驚異的な勉強が始まった。

三月半ば、隆一に新たな辞令が出た。

「警察庁刑事局捜査第二課出向を命ずる」

第二章　本城清四郎

都営浅草線の始発駅である西馬込駅から北西に徒歩約十五分の場所にある警視庁田園調布警察署中谷《なかたに》駐在所は、坂道の多い住宅街にあり、周辺は近年の住宅事情の変化に伴ってマンションやアパートが建てられ、世帯数は年々増加している。

この駐在所の長男が本城清四郎である。長男なのに「四郎」が付くのは、父親の中谷駐在、本城誠三郎《せいざぶろう》警部補が、自分よりひとつ大きくなるようにとの思いがあって付けたという。ちなみに清四郎の祖父は「正次郎《しょうじろう》」だった。

中学まで地元の区立中学に通い、週に二日は父親の勤務先である田園調布警察の少年剣道に通い、中学三年の時には日本剣道連盟初段を取得していた。

本城誠三郎警部補の家族は、妻で元婦人警察官の江里子《えりこ》、長女の多恵子《たえこ》、長男の清四郎の四人だった。

本城警部補は朗らかな性格で、地域住民との関係も極めて良好であり、この駐在となって既に十五年が経っていた。妻の江里子は元岐阜県警の警察官を父親に持っており、父親の兄弟、その子どもたちも警察官という、警察一家の中で育っていた。だからといって、本城警部補同様、母親の江里子も、自分の子ども二人を警察官にしたいという願望は特になく「好きな道を選べばいい」という気持ちを持っていた。ただし、長男の清四郎に剣道をさせたのは母親の希望によるもので、礼儀と姿勢を正しく学ばせるためだった。

清四郎は高校受験で都立、私立の両方に受かったが、大学受験の困難さを考えると、日大の付属に合格したこともあり、両親とも話し合った結果、私学への進学を決めていた。

清四郎は子どもの頃から要領がよく、何事も呑み込みが早かった。勉強も特にしているとは思えないような小中学校生活だったが、常に中の上の成績だった。

高校に入ると、清四郎は剣道をやめてゴルフ部に入った。これに対しても両親は何も言わず、むしろ父親は喜んでいた。父親は近隣住民との付き合いからゴルフを覚え、月に一度のコンペに参加していた。しかも、駐在所の受け持ち区内に神奈川県内にある有名ゴルフ場総支配人とゴルフ用品販売会社の社長が居住しており、バブル期にサンプルや中古でも状態がいいクラブを安く譲ってもらっていたため、家にはクラブのフルセットが新品のゴルフバッグに入って三つあった。

清四郎は剣道をやっていたため、左手の握力が強く、しかも手首の使い方が上手かったのと、生来の要領の良さもあって上達が早かった。同じゴルフ部員の中には中学からエスカレーター式に高校に上がった者が多く、彼らの半数近くは本気でプロを目指していた。しかし、子どもの頃からトレーニングを受けてきた同級生を尻目に、清四郎がグロスで八十を切るようになったのは高校二年の春だった。この成長には監督も目を見張り、適切なアドバイスと指導を行った結果、八月後半に行われる「緑の甲子園」とも言われる全国高等学校ゴルフ選手権大会の団体戦の四人の選手に選ばれるまでになっていた。二年生で選ばれたのは清四郎ただ一人で、四人のうち各日上位三人の二日間の総ストロークで少ない方が上位となる。清四郎は二日間を七十、六十八の百三十八で回り、団体戦では個人的に六位に入るスコアで、団体三位に大きく貢献していた。この年の個人戦の優勝者のスコアは六十七、六十四の百三十一だったが、グリーンのカップの位置から難易度はやや違うとはいえ、百三十八のスコアは個人戦の八位と同じだった。

三年では監督から個人戦への出場を打診されたが、プロになる意志がなかった清四郎は再び団体戦に出場して六十八、六十八の百三十六で団体二位の結果を残した。

大学からゴルフ推薦の話もあったが、大学では体育会ではなく自由に過ごしたいという希望から、一般推薦で法学部に入学した。大学のゴルフ部は全国からプロを目指した者が集まっており、ゴルフ推薦で進学した高校同期生の半数が途中リタイアして、進級もおぼつかない中、清四郎は伸び伸びとアルバイトやゴルフ同好会で楽しむ生活を送っていた。

身長百七十八センチメートルのスラリとした体軀に、精悍な顔つきの清四郎は同級生よりも寧ろ年上の女性に人気だった。これはアルバイト先の百貨店で如実で、一緒にアルバイトをしていた同年代の女子大生が清四郎に声を掛けることが許されないほど、お姉様方のアタックが強かった。清四郎もこれにすっかり甘えていた。

四年間でいくつかのアルバイトを経験した清四郎は決してジゴロというわけではなかったが、お小遣いのほとんどは年上の女性が面倒を見てくれていた。このため、アルバイト料は、ほぼ全額、預貯金に回していた。

清四郎は大学時代、ただひたすら遊んだ。

ただし、ゴルフという社交上重要な武器を最大限に活用して、バイト先の上司達や、その取引先との人脈を築いていた。将来の就職先も考えての行動だった。しかし、現実はそうは甘くなかった。大学の成績と就職希望先のレベルとに乖離があったのだ。大学四年になって、就職活動を行っても希望する職種ではことごとく失敗した。

十月半ばになっても内定は一つもなかった。さすがに清四郎は焦った。卒業留年するほどみっともない真似はしたくなかった。最後の会社訪問を終えて、絶望感に襲われている時、ふと、数寄屋橋交番の掲示板に警察官募集のポスターを見つけた。

「警官か……」

一つでも内定があれば迷うこともなかったが、迷いながらも「今更、警察か……」の思いは消えなかった。改めてポスターの内容を確認すると募集試験の最終日が二週間後とあった。「これも縁か……」清四郎は、交番に入ると受験申込について交番の勤務員に訊ねた。

「警察官になりたいのですか？」

応対してくれた巡査部長は実に感じのいい人物だった。

「父も警視庁警察官ですから」

「そうなんだ。それなら話が早い。ここで受験申込書を書いていいですよ。今日中に私が本署に提出しておくから。推薦者はお父さんでいいのかな？」

「いえ、まだ父には言っていません。できればおまわりさんにリクルートされた……

ということではいけませんか？」

「それは構いませんが、そうとなると、ぜひ合格してもらいたいものです。実は、あなたが合格してくれると実績にもなるんですよ」

「実績？」

「私の成績ですね。今の時期、優秀な後輩を組織に入れるのも私たちの大事な仕事の一つなのです」

「そうなんですか。できる限り頑張ります」

一次試験に合格し、その翌日に行われた二次試験を受験して一週間が経った頃、清四郎は父親に呼ばれた。

「お前、警視庁を受験したのか？」

「合格通知が届いた段階で相談しようと思ったんだけど」

「二次試験で合格点を取ると、本人の調査が始まるんだ。私も署長に呼ばれて驚いたんだよ」

そういう父親の顔は嬉しそうだった。その顔を見た時、清四郎は一つ大きな親孝行ができたような気がしていた。

「本人の調査って？」

「お前の前科前歴や反社会的勢力との関係とかな。まあ、私が父親だから、四親等の調査が不要な分だけ、組織としても経済的なんだが……」

「そんなところまで調べるの？」

「本籍地から菩提寺の調査まで行うんだ」

「そこでダメになる人もいる……ということなの？」

「そうだ。本人がいくら入りたくても、親兄弟が反社会的勢力や革命思想等を持った人物だった場合には、拒絶されるんだ」

「なるほど……」

「警察は不偏不党かつ公正中立でなければならないからな。そして、そのチェックに合格して二次試験合格となるわけだ」

「それから三次試験があるわけか……」

「三次試験は面接試験だが、大学卒業見込みに応じた内容を聞かれる。お前も、一応法学部なんだから、憲法、刑法、刑事訴訟法の基本だけはちゃんと押さえておけよ」

結果的に二次試験に合格した清四郎は三次試験に臨み、その後、合格を果たして翌年四月一日の警察学校入校が決まった。

清四郎にとって最大の苦痛は寮生活だった。八ヵ月間、同じ八人のメンバーと寝食を共にするのだが、大卒ともなると、学生時代には散々気ままな生活を送ってきているだけに、ほとんど自由がない生活は辛い。学生時代に親からの仕送りで単身生活をしていた者にとっては、この上ない苦痛だった。

清四郎の場合は自宅通学だったため、まだ家族との時間があったが、両親が比較的自由にさせてくれていたので、外泊も自由だったし、旅行に出かける際も行き先だけを伝えれば、相手が女性であれ、学生として最低限度の自主性を認めてくれていた。

清四郎は学生時代に数多くの女性と付き合ってきた。その多くはバイト先の社員であり、同じ大学の女子には全く興味を示さず、同年齢の女性でも、バイト仲間の他大学の子との付き合いだった。付き合う女性には父親が駐在であることを伝えており、地元住民の目もあることから、自宅に連れて行くことはなく、たまに交際相手の車で自宅の前を通るくらいだった。このため、親に紹介した相手は誰もいなかった。学生時代の交際相手を結婚相手と考えたことがなかったのも事実だった。これは、自主独立と自己責任の精神を学ぶのが大学生活という建前と本音の間で、清四郎が大学生活四年間で身に付けた生き方だった。

それゆえに、清四郎にとって、常軌を逸した……とも思える警察学校の管理社会には、自分で選んだ道で、大学時代に遊び過ぎた報いだと自認しながらも辟易としていた。

その第一が、給料だった。東京都の公務員でありながら給料を丸々貰えるわけではなかった。月々二万五千円の高校生の小遣い程度しか手にすることができない。清四郎の大学四年時に毎月稼いでいたアルバイト料の平均は二十五万円を超えていた。ところが警視庁警察官の初任給は十五万八千円だった。その中から強制的に預金させられていたこともあり、寮の食費や蒲団代等の必要経費は理解できたが、手元に渡される金額があまりに少なすぎたため、大卒組の多くの学生は大学時代に使っていた銀行のキャッシュカードを隠し持っていた。

警察学校生活で寮生活と同等の苦しみが食事だった。朝昼晩三食、校内の食堂に行ってクラス全員で指定された場所で食べるのだが、これが刑務所だったら暴動が起こるのではないかと思われるような内容だった。まず、白米を「美味い」と思ったことは一度もなかったが、これは、大卒採用のほぼ全員に共通する感覚だった。したがって、週に一度の外出時間には、まず「美味い物」を食べることが第一だった。当然、大卒者はほぼ全員が酒を飲む。校内は禁酒であり、且つ、帰校時に酩酊していてはならないため、午前十時の外出時から、まず酒を飲みながら、それなりに美味い食事ができる店を探すことがスタートだった。警察学校がある中野駅周辺には、警察学校の学生をこの状況をよく知っている店も多く、髪型と服装から一目でわかる警察学校の学生を「お得意さん」にするかどうかで、土日の店の売り上げに大きく影響を及ぼしていた。土日だけは午前中から酒を飲ませてくれて、しかも安くて美味い店は警察学校生の間で、後輩への引き継ぎ案件となっていた。ただし、毎月の給料の手取り額を考えると、手持ちの隠し預貯金にはあまり手を付けたくないのが本音だった。

このため、常に空腹傾向にある学生にとって、もっともありがたいのが外部からの差し入れで、そのほとんどが学生時代の友人からである。清四郎が数人のガールフレンドに連絡をすると、二週に一度は誰かしら面会に来て、サンドウィッチやフライドチキン等、居室の仲間と一緒に食べることができる量を運んでくれた。居室の仲間にとって清四郎は有り難くはあるも、羨ましい存在になっていた。

そんなある日、清四郎は担当教官の倉田《くらた》警部補から教官室に呼び出された。

「本城、お前もてるんだな」

教官の手元には清四郎に差し入れに来た女性たちが自ら記した面会票が置かれていた。

「学生時代のバイト先の社員の方です」

「そのようだな……社員が元バイトの面会に差し入れを持ってきてくれるのか？」

「仕事をするバイトでしたから……」

清四郎はここまで管理されるものなのか……と、呆れた顔つきで教官の顔を見ていた。すると教官が訊ねた。

「ところで本城、この『武内《たけうち》かおる』という女性との付き合いはどの程度なんだ？」

「どの程度……ですか？」

清四郎はやや用心深く訊ねた。

「結婚とか考えているのか？」

「それはないです」

そうは答えたものの、将来の相手にと考え始めてもいた存在だった。

「それならいい。この女性だけはやめとけ」

「どういうことですか？」

「お前のためにならん」

「教官がおっしゃっている意味がわからないのですが……」

「お前だけでなく、お前の親父さんにも迷惑が掛かるということだ。早めに手を切れ」

内心、ムッとしたが、顔に出すことなく穏やかに訊ねた。

「彼女に何かあるんですか？」

「彼女本人ではないが、親と兄に問題がある。もし、お前が彼女と別れることができないのなら、女を取るか仕事を取るかの二者択一になることは間違いない。これ以上深みにハマるのだけはやめておけ」

教官の言葉には有無を言わせぬ強い響きがあった。「ここは即断しておいた方がよさそうだ……」瞬時に考えた清四郎は姿勢を正して答えた。

「わかりました、今後、連絡を取らないようにします」

「一度は連絡を取らないと別れられないんじゃないのか？　思い付きで安易に口にするんじゃない。学校にいる間に話を付けておくことだな。そうしないと第一線に出てからではお前を守り切れないぞ」

ふと教官が真剣に自分のことを心配してくれていることを感じ取った清四郎は「ありがとうございます」と頭を下げると、教官が訊ねた。

「本城、お前はこれまで、たいして勉強をしなくてもある程度の成績を修めてきたタイプだろう？」

確かにそのとおりだった。大学にもたいして行っていなかったが、友人のノートを借りたり、必修科目はレポート提出や代返で卒業単位は四年で取ることができていた。

「まあ、運よく生きて来ることができましたが、これまで一度も第一志望に行ったことがありません」

「それは要領がいいからなのだろうが、これから警察の中で生きていくにはそれだけではダメだ。多少の努力をするトレーニングが必要だ」

「それは階級を上げるため……ですか？」

「それもあるが、警察社会は下剋上の世界だ。後から来る者、努力してきた者に追い越され過ぎると、自分を見失うようになってしまうぞ。お前はまだそこまで考えていないだろうが、初任科を卒業して半年もたたないうちに現任補習科で警察学校に再入校することになる。そこで四つも年下の高卒に試験で負ける者がうちのクラスからも十人近く出てくるのが現実だ。恥ずかしいと思わないか？」

「それは本当の話ですか？」

「お前は一応、名の通った大学を出ているが、世間一般に名前も知られていない大学を出ただけの者よりも、それなりの都立高校や県立高校を出た者の方が優秀な場合が多いんだよ。『俺は大卒だ』などと思っていても、あっという間に抜かれてしまう現実を、お前もこの一年少々の内に自分の目で見ることができるさ。それも同じ職場でだ……」

「わかりました。できる限りの努力はしてみます」

教官室を後にした清四郎は、自分自身がこのままずっと警察官を続けていくことができるのかどうか、自問自答していた。

「いいか、警察はな、時として馬鹿にならなきゃ、やってられない仕事なんだ。特にお前たちみたいな大卒で警察学校に入ってきた者の中に、馬鹿になれない奴が多い」

助教と呼ばれる巡査部長の階級のサブ教官が、完全装備の部隊教練の授業で学生に言った。

「冗談じゃないよな……」

ポツリと口にした同期の右足に背後から強烈な警杖での一撃が襲った。完全装備で脛当てを装着しているとはいえ、同期はその場にうずくまった。

「辞めてもいいぞ」

そう言って、うずくまった同期の臀部を「パーン」と響く音を出して蹴り上げたのは隣のクラスの助教だった。この助教は警視庁サッカー部出身だけあって、蹴るポイントと、音の出し方をよく心得ていた。

「申し訳ありません」

「盾二枚持って、グラウンド二周してこい」

「了解」

同期は涙を流しながら起き上がると、隊列の横に並べられていたジュラルミン製の大盾を二枚両手に持って、黙々と走り始めた。それを見たクラスの助教が、何事もなかったかのように言った。

「部隊行動はたった一人のわずかな油断で全員が危険にさらされる。そういう者を排除していくのも我々の仕事だからな。去る者は追わず。余計な者は残さず。これが職業訓練学校の基本的な定めだ」

警察学校の授業は大きく分けて座学と呼ばれる教室内の授業と、術科と呼ばれる柔剣道や逮捕術、教練、拳銃操法等の二つに分けられる。このうち、座学を担当するのが教官以上で、術科の多くは助教が担当した。

助教が皆、厳しい人たちばかりというわけではなく、普段は兄貴のような存在であるが、教練の授業の時だけは、皆、人が変わったように厳しくなるのだった。

教官は頭脳派、助教は肉体派というのが一般的な構成だった。このため学生も教官派と助教派にいつの間にか分かれていた。

清四郎が警察学校を辞めようかと思い出した頃、実務修習という、警察署へ一ヵ月間、見習いに行って現場の仕事を体験する機会があった。交番勤務だけでなく、パトカー、留置場、刑事、交通等、ひととおり現場を経験できた。中でもパトカー乗務は実に痛快だった。人生で初めて職質検挙の現場に居合わせ、しかも、その検挙報告を警視庁本部の通信指令本部に清四郎自身が行ったのだった。もちろん、その原稿はパトカー乗務の若い巡査部長が手持ちの備忘録に書いてくれ、清四郎はそれを読んだだけのことだったが、実務修習先が新宿警察署だったため、同じ第四方面にある警察学校でもその無線を傍受していた。

その日の当番勤務を終了し、新宿警察署長から署長賞を受領して帰校すると、当直幹部の警部が清四郎を出迎えるなり言った。

「いい通信だったな。通信指令官も褒めていたぞ。最後の乗務員の巡査部長の報告は『本件は訓練にあらず。警視庁警察学校第一三三八期倉田教場、本城巡査の積極的職務質問の成果である。以上新宿五号』。いい担当者に会えたな」

清四郎が警察官をもう少しやってみようと思った瞬間だった。

十一月末、警察学校をやはり中の上の成績で卒業して、清四郎が配置になったのは東京二十三区に隣接する三鷹市を管轄する三鷹警察署だった。

東京都は二十三区と三多摩に二分類される。その三多摩地区で三鷹市と同様に二十三区に隣接する武蔵野《むさしの》市とは、ＪＲ中央線を市境としている部分がある。例えば、三鷹駅では北口は武蔵野市、南口は三鷹市となっている。さらに、武蔵野市の中心である吉祥寺《きちじょうじ》は商業と交通の拠点であるが、吉祥寺駅の南にある、桜の名所で、神田《かんだ》川の源流がある井之頭恩賜《いのかしらおんし》公園は三鷹署管内になっている。両市をそれぞれ管轄する武蔵野警察署と三鷹警察署はライバル関係というよりはむしろ協力意識が強く、武蔵野警察署内にある独身寮は武蔵野署と三鷹署の統合寮となっていた。

清四郎は三鷹署の単身寮ではなく、武蔵野署内の統合寮に入って第一線での勤務が始まった。

学生時代に付き合ってきた女性とは徐々に縁を切っていった。これは、彼自身が一時期は本気で結婚を意識した女性の武内かおるとの関係を警察組織によって引き裂かれた影響が色濃かった。清四郎がその原因を知ったのは警察学校卒業後、十二月に初めて満額を手にしたボーナスで両親にお礼の意味も兼ねて「小遣い」を渡しに行った際、父親の誠三郎から見せられた一通の書類からだった。

「これは、倉田教官から受け取った、お前が悩んだ問題の原因を示したものだ。倉田教官はお前のことを真剣に考えてくれていたことをお前も知っておくべきと思って、見せることにした」

父親から手渡されたA４一枚の内容を見て清四郎は驚いた。「武内かおる」の一族調査の結果だった。父親には窃盗の前歴が三回、傷害の前歴もあった。さらに、彼女の兄は極左暴力集団に籍を置いた時期があり、大学の学長室を占拠して、学長を人質に取った経緯が記されていた。

「確かに僕だけでなく、うちの家族、警察組織にまで迷惑がかかってしまう可能性があるのだろうな……」

年が明け、清四郎は見習いの三鷹駅南口交番を終え、さらに現任補修科を終えると、管内の最南端に位置する中仙川《なかせんがわ》交番に着任した。交番長は五十五歳の巡査部長で、清四郎を可愛がってはくれたが、あまり仕事熱心な人ではなく、当番勤務の際は最低でも六時間寝てしまう人だったため、勤務表を常に偽りながら、係長以上の幹部の巡視を誤魔化していた。

ＰＣの乗務員は、その実態をよく知っていて、「しばらくの辛抱だ」と慰めてはくれるものの、食事と休憩を中仙川交番で取って行くだけだった。清四郎にとって、なんの進歩もない一年半が終わった時、清四郎は勤務実績低調者として、担当巡査部長を変える目的で勤務場所の交番を変えさせられた。

新たな仕事場所となった大沢《おおさわ》交番の交番長は、清四郎の半年先輩期の篠原浩二《しのはらこうじ》巡査部長で、大卒で巡査部長試験を一発合格していた。大沢交番に行ってから、清四郎もやっと最初の巡査部長試験を受けた。そのとき初めて、同期生にはすでに巡査部長試験に合格している者がいることに思い至った。それほど怠惰な勤務を続けていたわけである。

篠原部長は一旦、民間に就職したものの、半年で辞めて警察官になった人で、年齢は清四郎より一つ上だったが、ものの考え方や、仕事に取り組む姿勢は清四郎が足元にも及ばないことを清四郎自身が自覚させられていた。ただ、篠原部長の姿勢は、清四郎にとって全く参考にならないほどの厳格さではなく、適度に手を抜く時は抜き、やる時は徹底して仕事に打ち込んでいた。若い巡査部長でありながら、係の年配巡査部長との人間関係も良好で、着任数ヵ月で若手の巡査部長のリーダー格になっていた。さらにＰＣ乗務員との連携も素晴らしく、事件、取り締まりに対する対応も交番単位の発想ではなく、ブロックや係全体を考えた運用ができる人だった。

「当番勤務は原則として寝ないから、前日はよく寝ておくように。寮員なんだから原則として日勤日は朝稽古に出るように。新しい受け持ち区は三ヵ月で全戸と面接を終えるように。例えば地域の少年野球やPTA野球にかかわっている人は、地域のネットワークを持っているから狙いどころである。県議や市議の家は外周から攻めて、初めから乗り込まないように……」等と、細かなアドバイスを受けた。

こういう時の清四郎は素直だった。もともと、巡回連絡は好きだったので、中仙川交番の時も実態把握は十分にできていた。このため、交番の異動命令を受けた際には数十軒の親しくなった家には挨拶に行っていた。

正月までの三ヵ月間は受け持ち区の実態把握に努め、仕事に没頭していた。

清四郎は学生時代からバイト代をほとんど使ったことがない生活を送っていたため、預貯金額が多かった。さらに初任科時代、強制的に警察の信用組合に預金させられていたこともあって、稼いだ金がそのまま貯まる生活を送っていた。そうとはいえ、高校二年生以来、久しぶりに付き合う女性がいなくなった清四郎だったが、まだ二十三歳である。寮の仲間にも「彼女歴ゼロ」という者もいないわけではなく、彼らが足を向ける先が武蔵野署管内にあった。俗称「近鉄裏《きんてつうら》」と呼ばれていた地域だった。吉祥寺は、ファッション、文化、飲食等に惹かれてやって来る若者、特に女性の姿を平日でも数多く見かける。その吉祥寺にかつて存在したのが「吉祥寺の歌舞伎町」の異名があり、風俗無法地帯と言われていた中央線屈指の規模を誇る風俗地帯だった。この「近鉄裏」の名前の由来は、当時、吉祥寺駅東側の一角に存在していた「近鉄百貨店」からだった。その裏手にある細い路地に「ピンクキャバレー」「のぞき部屋」「ビニ本屋」などの店が乱立し、さらにその営業内容が過激化していったのである。当然ながら風俗が過激化していけば売春や、これに伴う犯罪の温床となるため、警察としても見逃すわけにはいかない。このため、定期的な取り締まりを行うのだが、いたちごっこに終始するのが、この地域では常だった。

警察では一般的に「(勤務している)管内で飲むな」が慣例であるが、寮員はそういうわけにはいかず、管内でも安心できる店を保安課から教えてもらって行く場合が多い。しかし、風俗店に関しては絶対に行ってはいけない店だけは教えてもらうが、署だけではなく本部の防犯課が目を付けている店もあるため、「なるべく行くな」と言われるのが常だった。

この頃には地域の風俗店浄化作戦の結果、店舗数は減ってきてはいたものの、まだ十数軒の店は残っていた。

翌年の六月末のボーナスの日、清四郎は三万円を手に近鉄裏に繰り出した。この店は寮員の中では評判の店だった。

入店料は四千五百円で、指名料が三千円だった。指名は入り口に貼られているポラロイド写真で選ぶシステムであることまでは知っていた。店の入り口で金を支払い、ボックス席に案内されるとやがて指名した女の子がやってきた。

「初めまして、かおるです」

清四郎は名前で選んだわけではなかったが、写真を見て気に入った子の名前が偶然にも「かおる」だった。

少しの世間話の後、かおるが訊ねた。

「どうします？」

「どうするって？」

「する？」

噂に聞いていた「本番」の誘いだった。

「したいけど……」

「お兄さん好みだから、一万円でいいわ」

清四郎は承知して一万を支払うと、ソファー席から奥のカーテンで仕切られた個室に移動した。そこには小さいながらベッドが置かれている。

その後、快楽の坩堝に入っている時だった。突然横のカーテンが開かれ、ソファー席の横で仁王立ちしている男から、

「兄ちゃん、服を着て出てこい。彼女はそこにいろ」

清四郎が唖然とした顔つきでいると、かおるが言った。

「手入れよ」

「ヤクザの？」

「バカ、警察に決まってるでしょう」

そう言うと、かおるは清四郎が手渡した一万円を清四郎のジーンズのポケットにねじ込んだ。

「取っていいよ」

「私が持ってるとヤバイのよ」

かおるが言っている意味がわからなかったが、それ以上に清四郎の頭が混乱していた。

「この店、逃げ道はないの？」

「ないよ。出入り口は一つだけ。トイレの窓から飛び降りれば別だけど、どうせ警察がいると思うよ」

万事休すとはまさにこのことだった。冷静になることを考えながら服を着て、忘れ物がないか確認すると、ソファーがある部屋に出た。刑事が清四郎に言った。

「そこに座ってろ」

清四郎が周囲を見回すと、八席全てが客で埋まっていたことがわかった。清四郎が刑事に言った。

「申し訳ありません。トイレに行かせてもらえないでしょうか？」

「仕方ねえな。行って来い」

清四郎は刑事が示した、入り口近くのトイレに入ると、そっと窓を少しだけ開けて外の空気を吸いながら周囲を見回した。かおるが言ったとおり、刑事らしい男が二人立っていた。清四郎の頭の中にはクビになって両親が涙している姿しか浮かんでこなかった。大きなため息をつき、用を足し、手を洗ってトイレから出ると、入り口近くに立っていた刑事に言った。

「すいません。責任者の方はどなたでしょうか？」

「そんなことをお前に言う必要はない」

厳しく睨まれ、元の場所に戻るよう指示をされた。その時、清四郎は何かに取りつかれたかのような、思いがけない行動に出ていた。

「あの、すいません」

「なんだ。早く戻れ」

「はい、それが……なーりわたる」

「なに？」

刑事の形相が明らかに厳しいものに変わり、清四郎の目をカッと睨んで、清四郎の全身をサッと眺めて言った。

「所属は？」

「三鷹です」

「馬鹿野郎。すぐ出ていけ」

刑事は自ら出入り口のノブを回して扉を開けた。

「失礼します」

ぺこりと頭を下げて階段を降りると、外で待機していた警察官に対して、

「ご苦労様です」

と、頭を下げながらその場を小走りで二ブロック振り向くことなく進み、路地を曲がる際に現場を見たが、誰も付いてくる様子はなかった。しかし、そこから吉祥寺通りまでの数十メートルは全力疾走だった。吉祥寺駅に向かう人ごみに紛れた時、体中から汗が噴き出していた。

「助かった……」

清四郎が刑事に口ずさんだフレーズは「警視庁制定　警視庁の歌」の「鳴り渡る自由の鐘に……」の出だしだった。「我ながら咄嗟によくあの歌が出てきたものだ……」、妙な自画自賛をして寮に戻った。

翌朝の署長訓授で昨夜の風俗一斉取り締まりの結果が伝えられた。

「昨日、ボーナスが出たのは公務員だけだからな。こういうことで捕まって職を失うと、家族も親も悲しませるだけでなく、住む場所までなくなってしまうことを忘れないように」

清四郎は自分の所属を伝えたことが署長の耳に入っているのではないか……と背中に汗をかいたが、杞憂に終わった。

その後、しばらくは真面目に仕事に取り組み、自転車盗は数多く職質検挙していた。そして、篠原部長とPCによるミニ検問で逃走したバイクを清四郎が自転車で追いかけて、バイク盗犯人を検挙した。それは非行少年グループによる連続窃盗事件摘発の端緒となった。夏休みの時期も後半に入ったが、都内出身で単身者の清四郎の夏季休暇は九月半ば以降に回されていた。

その頃になってようやく清四郎は交通課と刑事課に顔が知られるようになっていた。これは清四郎の相勤員である篠原巡査部長が署内で有名人だったことが最大の理由だった。篠原巡査部長は二十六歳の独身で、統合寮ではなく、三鷹署の単身寮に入っていたため、仕事以外の付き合いはあまりなかったのだが、時々、酒に誘われるようになっていた。

署内では、清四郎が捕まえた自転車盗やバイク盗も、当初は篠原部長が捕まえたものに、清四郎もおまけに共同検挙者として載せてもらった、いわゆる「乗りボシ」と思われていた。しかし、非行少年グループによる連続窃盗事件が本部の少年事件課を巻き込み捜査本部が設置され報道されるようになると、担当の防犯課長がバイク盗に関して清四郎に警視総監賞を上申してくれたことで、清四郎も署内で一躍有名になっていたのだった。

九月に入ると、清四郎が勤める大沢交番にミニパトがよく立ち寄るようになっていた。ミニパトには、交通執行係の婦警がペアで乗務しており、巡査部長と巡査、もしくは巡査同士の場合もあった。

「うちの署は美人が多いんだよ」

と、篠原巡査部長がよく口にしていたとおり、警察学校で見ていた、決してお友達にはなりたくないような女性はいなかった。しかし、寮内で情報を集めてみると誰しもが「綺麗」と認める女性二人は既婚者で、あとは、まあ可愛いかな……という程度だった。

交番に立ち寄ってくれるのは「二番目に綺麗」と言われている巡査部長と巡査のコンビだった。ミニパトだけでなく、幹部の巡視やパトカー、さらには本署の内勤勤務員が交番に立ち寄った際に、お茶汲みをするのは清四郎の仕事だった。

「ここのお茶は美味しいのよね」

友野《ともの》純子《じゅんこ》巡査部長は交番の見張り所の奥の待機所に入って反則切符の整理をしながら言った。清四郎は見張り所の入り口で立番をし、婦警の対応は篠原巡査部長に任せていた。

「ねえ、篠原長《ちょう》さん、長さんは彼女いないの？」

友野巡査部長が遠慮もなく訊ねた。

「もう何年いないかなあ、この世界に入って全くいい話はありませんね」

「前任は本富士署だったわよね」

「よくご存じですね」

「そりゃ独身の巡査部長が昇任配置してくれれば、一応は調べるわよ」

「何を調べるんですか？」

「いろいろね。婦警の情報網は馬鹿にできないわよ」

そう言う友野巡査部長の声には妙な艶があった。今度は矛先が清四郎に回ってきた。

「清四郎君は田園調布出身なのよね」

「駐在ですけど」

「知ってるわよ。警察学校の後藤《ごとう》助教とは同期なんだから」

「そうなんですか……後藤助教ですか……僕たちの憧れの的でしたけど……友野長さんの同期は美人ばかりなんですか？」

「私もその中に入っているの？」

友野巡査部長が嬉しそうに訊ねた。

「それは三鷹署員だけでなくても、一般的にも共通認識だと思いますけど。ねえ、篠原長」

「それは事実だと思うね」

篠原巡査部長が笑顔で答えた。

「じゃあ、今度、後藤さんも誘って一緒に飲みに行きましょうか？」

友野巡査部長の誘いに篠原巡査部長が即答した。

「美人奥様コンビと問題になったら大変ですから、丁重にご辞退させていただきます」

「あら、何の問題になるの？」

「後藤さんは卒配先の先輩で僕もよく知っています。友野さんと同期だとは知りませんでしたが、前任署でもいろいろありましたから」

「それはどういうこと？」

「後藤さんは、ご自分の美貌を有効活用してキャリア署長と結婚されました。署長は現在、在英国日本大使館の一等書記官として赴任されていらっしゃいますが、ちょっと羽を伸ばしすぎ……という噂が絶えません」

「単なる噂でしょう？　もし、問題があるのなら学校なんかに赴任しないのではないかしら」

「それはどうかわかりません。ご主人がイギリスに赴任する前は本部警務部教養課長でしたから、その時に所轄から学校に異動させたそうですよ」

「篠原長さんはどうしてそんなに人事に詳しいの？」

「前任は本富士署でしたから……ご存じのとおり本富士署と目黒署の署長はキャリア指定席です。このためか、婦警で優秀且つ美貌の人は、この二署に卒配するのが伝統になっている……と本富士署では伝説のように言われていますよ」

「そうだったの……ところで篠原長さん、大学はどこだったの？」

「僕は東北大学です」

「国立の？」

「東北大学は一つですから……」

「やっぱり優秀だったんだ……。どうして警視庁の警察官を選んだの？　キャリアや、民間でも、もっといい職場があったでしょう？」

「警察社会、それも、ノンキャリの下剋上というのが好きなんですよ」

「あら、結構怖いことを平気で言うのね」

「大学の同窓生で警察庁に入っている奴もいますから。奴はもう警察大学校を卒業して警察庁長官官房教養課の警部補です」

篠原部長が下剋上という言葉を使ったのを聞いた時、清四郎は「同じ大卒でも志がまったくちがうな……」と心の中で呟きながら、なぜか「下剋上」という言葉を忘れまいと思った。

「そういう情報ルートもあるんだ……」

「なんの役にも立ちませんが、キャリアはキャリアで同期二十数名と退職ギリギリまでライバル争いをしなければならない立場でしょう？　気の毒と言えば気の毒ですよ。おまけに同期生の八割が東大ですからね。それから比べるとノンキャリは平和でいいじゃないですか」

篠原部長の言葉に友野部長は少し首を傾げながら答えた。

「キャリアのことはぜんぜんわからないけど、男の世界っていうか、競争社会も面白いし魅力があると思うわ」

「そうですね……民間は民間で社内のライバル争いの他に、ライバル社があるわけで、時には人を騙しながら生きていかなければならない。日本企業だけならまだしも、世界の企業を相手にするとなると大変だと思いますよ。そこまで本気で仕事に打ち込むのなら、僕はある程度の年齢で起業した方がいいと思っています」

「キギョウ？」

「はい、業を起こす、起業。つまり、自分の会社を作ることです。警視庁にいれば、日本の中枢の悪い部分も見ることになるでしょうし、大企業でも組織ぐるみの犯罪を行ったり、エリート銀行マンや証券マンが横領したり……。五年先、十年先は世の中がどうなっているのかわかりません。今の警察だって、全くコンピュータ化されていませんが、これでは世の流れについていくことはできません。既に学生の間ではコンピュータは必需品となりつつあるんです」

「コンピュータ？　警察では何に使うの？」

「例えば、交通切符を手書きする時代はなくなっていくでしょうし、カメラだってフィルムがいらない時代が近づいています」

「なんだか、夢物語みたいだけど、そういう会社を作りたいの？」

「まだ漠然としていますが、夢は広がっています」

「ふーん。夢を持つことは大事だと思うわ。でも、結婚する前にやってしまうことね」

「どうしてですか？」

「結婚したら、そんな夢物語を追っかけていることは難しいのよ」

するとそれまでジッと話を聞いていた巡査の婦警が口を挟んだ。

「私は、篠原長さんの考え方はカッコいいと思います」

これに対して即座に友野巡査部長が切り返した。

「それはあなたがお嬢様育ちだからよ。まだ世の中の荒波を知らないからそんなことが言えるの」

「ほう、野口《のぐち》さんはお嬢様なんだ？」

篠原巡査部長が笑顔で訊ねると、友野巡査部長がこれに答えた。

「史子《ふみこ》さんは都心で何代も続く病院のお嬢様なの。お兄さんも、弟さんもお医者さんなの」

「医者の子か……なんでまた警察やってるの？」

「大学時代の憧れの先輩が警察に入って、私もリクルートされたんです」

「女子大なの？」

「はい」

「よく親が許したね」

「祖父も父も警察の方と親しくて、『いいんじゃないの……』という感じで、警察官になりました」

「いろんな人がいるから警察は面白いんだよね」

その後、友野巡査部長はあまり大沢交番に立ち寄らなくなったが、ペアが変わると、野口史子婦警は時々ミニパトで立ち寄っていた。

「本城、彼女、お前に気があるんじゃないか？」

「違いますよ、篠原長さん目当てに決まっているじゃないですか」

交番では兄貴分の篠原部長と和気あいあいとした関係を続けながら、仕事に関して清四郎は巡回連絡では独自の檀家をつくるようになっていた。その最大の武器がゴルフだった。大沢地区には有名芸能人の他、大地主や一流企業の役員が居を構える地域があった。人当たりがいい清四郎は、まず、その家の夫人たちに可愛がられた。多くの家の庭にゴルフの大型練習ネットが置いてあったのがそのきっかけだった。

「相当打ち込んでいるネットですね」

巡回連絡である大手企業の役員をしている家の応接間に通されるようになった清四郎が夫人に言うと、夫人が「なかなか上手くならない」とぼやいた。その後、ゴルフ談議から「スウィングを見てもらえる？」と言われると、清四郎は拳銃が付いた帯革を外し、制服の上着を脱いで、夫人のインパクトの位置を修正してやった。するとクラブヘッドのスウィートスポットにボールが当たるようになった。

その後、週に一度は役員の家に巡回連絡で立ち寄り、昼食をご馳走になりながら、次第に夫人のレッスンプロのような立場になっていた。数ヵ月後にはゴルフの腕が上がった妻の話を聞いて、夫の役員もアドバイスを求めるようになると、一緒にコースに出ることになった。最初は三人で回っていたが、そのうちに、近所の大地主や都議会議員まで加わるようになり、コンペまで開催されるようになっていた。

「本城君は教え方が上手いな。その辺のレッスンプロよりもポイントを突いている」

こういう話はすぐに署長の耳に入った。署長は三鷹署が所属長としては振り出しで、これから組織の中でまだまだ伸びていくためには、ゴルフは公私ともに必須の道具だった。結果的に都議、大地主、署長と一緒にラウンドする機会ができた。

「本城君のスウィングはどうしてそんなに柔らかいんだ？」

「プロを目指さなかったからです。それと子どもの頃から中学まで剣道をやっていましたから、手首の使い方が合っていたのだと思います」

この四人で回る時はスコアよりもむしろレッスンが主体で、後続の組との間隔が離れている時は「タラレバ」の連続だったが、確実に三人の技術は上がっていった。

「こりゃレッスン料を払わなきゃならんな」

冗談とも、本気とも言えないセリフが毎回のように飛んだが、食事代やプレーフィーは必ず三人が出し合ってくれ、清四郎は往復の車の運転もすることなく、クラブもよく貰うようになっていた。ゴルフのいいところはまさに「裸の付き合い」ができるところだった。プレーを終えて風呂に入って酒を飲む。この三セットがアマチュアゴルフの楽しみ方だった。

さらに最初にゴルフ談議になった企業役員の夫人仲間とのラウンドも始まった。おかげで清四郎もゴルフの新たな楽しみを覚えると共に、自らの技術も、指導の仕方も上達していった。

清四郎の休みのほとんどがゴルフ三昧になると、大学時代の仲間との付き合いが激減した。寮の仲間や同僚とは当番勤務明けにたまにサウナに行って、そのまま酒を飲むこともあったが、寮の食事があまりに不味いため、外食の機会はゴルフを一緒にする年長者とばかりになっていた。

この日もご婦人グループと所沢《ところざわ》近くにあるゴルフ場でのレッスンラウンドだった。このゴルフ場は平日の定休日にオーナーのご厚意で使用させてもらっているため、キャディーもカートもレストランもなかったが、高校時代のセルフゴルフを思い起こしながらプレーができた。ラウンドを終えると、いつも清四郎は三鷹駅まで車で送ってもらっていた。車三台のため清四郎は三人のご婦人の車に順番で乗っていた。

「平岡久美子《ひらおかくみこ》さんとは長いお付き合いなの？」

運転していた竹下裕理子《たけしたゆりこ》が訊ねた。平岡久美子は清四郎が巡回連絡で訪問し、最初にゴルフ話をした大手企業役員の妻の名前だった。

「いえ、まだ半年くらいです。僕が平岡邸の周辺地域一帯を担当していることから、仕事つながりで知り合いになったんです」

「でも、ご主人とも一緒にゴルフをなさっていらっしゃるんでしょう？」

「はい、ご主人は地域の有力者の方々ともいいお付き合いをされていらっしゃいますから、その御縁で僕も地域の方によくしていただいています」

「不思議な御縁よね」

「確かに、偶然の重なりですが、人との出会いというのは全てが必然だと思います。ただ、僕のような一介の警察官を、ゴルフという共通の趣味があっただけのことで、結果的にうちの署長まで巻き込んでいるのは不思議な気がします」

「おまわりさんは信用があるし、その中でも清四郎君は人当たりも、ゴルフの指導方法もいいからよ。誰だって一度や二度は、練習場のプロのレッスンを受けてきたと思うんだけど、清四郎君の教え方は全く違うもの」

「僕は高校からゴルフを始めたので、プロや、それを目指す人とは取り組み方のスタートから違います。指導という言い方をしていいのかどうかわかりませんが、スポーツの中でもゴルフは自然との闘いの要素が強い競技です。そのために、その人の体力や体形に応じた地面に立つ姿勢から始めなくてはなりません」

「そうよね……レッスンプロは自分の打ち方を教えるだけで、個々の姿勢までは踏み込んでくれないものね」

「ただし、地面に立つと言っても、ティーグラウンドとフェアウェイ、ラフによって全く違いますし、右上がり、左上がり、つま先上がり等、様々な条件が加わってきます。これに風や芝目の読み方まで考えると、結構頭を使う競技なのです」

「そうよね。ドライバーの一振りもパターのチョンも一打なんだものね」

「そこが面白いところなんですけどね。ですから、まずティーグラウンドでの姿勢が基本になります。そして、まず真っ直ぐに打つこと。そして、風やコースのアンジュレーションによって意識してボールを曲げる打ち方をするようにしていくことが順序だと思っています」

「ウッドとアイアンの打ち方や、バンカーの打ち方も違うものね」

「アマチュアなんですから、あまり変える必要はないと思いますよ。特に女性はアイアンを打ち込んでターフを取るようなことはできませんからね」

「そうなのよね……その辺が清四郎君に教わって意識改革できたところなのよ」

「でも、皆さん、熱心だからスコアアップも早いのだと思います」

ゴルフ談議をしていると、竹下裕理子が急に話題を変えた。

「清四郎君は彼女はいるの？」

「警察官になっていなくなりました。新たな出会いもありませんしね」

「そうなの……おまけに、せっかくのお休みに、おじさんやおばさんの相手ばかりだものね」

「そんなことはありません。綺麗な女性が姿勢よくスポーツをされている姿はやはり美しいです。そういう方と一緒に、好きなゴルフができる僕は実に幸せな気持ちで、自分でも楽しいんです」

「お世辞でも嬉しいわ。でも若い女性と出会いがないのは可哀想だわ」

「お世辞ではなく、これは本音です。ただ、出会いに関しては、勤務場所が駅前交番や井之頭公園交番のようなところだと、女性との接点もあるのでしょうが、閑静な住宅地では、なかなかないですね」

「清四郎君がその気ならいい子を紹介してあげましょうか？」

「そういう人がいらっしゃるんですか？」

「私の友だちで、そういうことが大好きな人がいるのよ」

「竹下さんが直接ご存じの方ではないのですね？」

「ダメなの？」

「警察という組織は交際相手に関しても徹底した調査を行うんです。僕も学生時代に付き合っていた女性が、警察官の相手として問題があるということで『仕事を取るか、女を取るか』の選択を迫られて、別れることになってしまいました」

「そんなこと、本当に今でも行われているの？」

「そうなんです。ですから、紹介と言われても、相手の方だけでなく、間に入られた方にも迷惑が掛かってしまいますから、ご遠慮したほうがいいかと思いました」

「私は大丈夫なの？」

「竹下さんは、平岡さんのご友人であると共に、武蔵野署ともお付き合いがあるじゃないですか」

「そういうことね……。でもね、『うちに娘がいたら清四郎君と引き合わせるのに』って、私たち三人の共通した意見なのよ。そうかと言って、全く知らないお嬢さんと結婚してしまったら、やっぱり寂しいじゃない」

「それはありがたいお話ですが、もし、そういう女性が現れたらお引き合わせ致します」

彼女はまだ何か言いたそうだったが、車が三鷹駅北口に着いたため、そこで別れた。

翌週の日曜日は再び署長と大地主、平岡氏と四人のラウンドだった。コースはアメリカ空軍横田基地が所有する多摩ゴルフ場タマヒルズゴルフコースだった。予めパスポートを持ってくるよう、署長から指示をされていたため、卒業旅行時に作ったパスポートを持参した。朝食はいかにもアメリカらしい、目玉焼きとベーコンが付いたマフィンに、コールスロー、飲み放題のソーダ類だった。

「これが楽しみでね」

署長が笑いながら説明した。このコースを手配したのは署長自身で、横田基地を管轄する福生《ふっさ》警察署の署長をとおしての予約だった。アップダウンが多く距離があるコースだったが、フェアウェイに乗り入れられる二人乗りのカートでのラウンドだったため、皆、疲れることなくゴルフを楽しむことができた。ただし、キャディーがいないので、清四郎がコースレイアウトを見ながら各ホールで指導しながらのプレーだったが、これが案外喜ばれた。昼食がないスループレーのため、署長が予め準備してきた米ドルでコース途中の売店で軽食を買い求めながらラウンドした。

ゴルフ人生のベストスコアの七十一を出した平岡氏が署長に言った。

「清四郎君の指導は実に的確で、レッスンプロになれば一流だと思うのですが、職場の上司としてのご意見は如何ですか？」

「彼の幅広い才能は評価しています。あとは本人のやる気だけなんですよ。仕事もそれなりにできますし、本当はもう少し勉強して昇任してくれればいいんですが、器用貧乏のようなところがありましてね」

「署長としては警察官の方がいいということですか？」

「適性としては十分な能力を持っているんです。こうして、皆さんとも一緒にゴルフだけでなく、酒席も楽しめますでしょう。しかも、奥様方にまで人気がある……こういう人物は警察官としても、最近では稀な存在なんですよ」

「なるほど……ある意味では地域に根を下ろして欲しいような方でもあるわけですね」

二人の話を聞いていた大地主の吉岡耕一《よしおかこういち》が言った。

「いっそのこと、うちの分家に入って、駐在になれば安泰なんじゃないかな」

吉岡家は三鷹、武蔵野、小金井《こがねい》地域に土地だけでなく、多くの企業体を保有していた。その一族の総帥が耕一で、都内の政財界でも知られる存在だった。署長が笑って答えた。

「人の人生を勝手に決めてはいけませんね。彼の人生設計を聞いてからにしましょう。そうだろう本城君」

署長に訊ねられた清四郎が笑顔で答えた。

「まだ人生設計といえるようなものができていない段階なのが実情です。それがおぼろげながらでも出てくれれば、実務も勉強ももう少し本気で取り組むことができそうな気がするんですけど……」

「そうか、本城君は専科講習に行っていなかったんだな……希望するコースはあるのか？」

「交通と公安、それに少年は自分の性格として無理だと思うんです。それに刑事でも、盗犯は面白くなさそうで……」

「なるほどな……それでも職質検挙はよくやっているじゃないか？」

「巡連と職質は最低限の仕事ですから」

「それができていることは警ら課長も刑事課長も認めている。刑事といっても幅が広いが、最初に盗犯捜査をするのは刑事の基本だからだ。昇任試験に受かるのもいいが、刑事になるのも悪くはないぞ」

二ヵ月後、清四郎は警視庁刑事部の巡査刑事専科の面接を受けて合格した。三ヵ月間の刑事専科を終わったのは卒配から三年目の夏だった。ただし、専科を終了しても、刑事課に空きがなければ刑事になることはできない。

翌春、篠原部長は警部補試験に合格して全国警察の筆頭署である麹町警察署に昇任配置し、署長も本部の課長に異動した。新たな交番長は三十二歳の巡査部長で、署長は交通畑でゴルフの趣味はなかった。さらに、刑事課にできた空きには、他所属から異動してきた刑事経験者がそのまま横滑りで入ったため、清四郎は引き続き交番勤務を続けた。ただ、清四郎にとってラッキーだったのは、この異動で着任した係長の本《もと》橋《はし》警部補が係全体を巧くリードできる人だったことだ。

「おい、本城、お前のことは前署長と篠原係長から聞いている。くさらずにもう少し我慢しろ。地域の有力者との関係は今までどおり続けてくれ。ついでに、巡回連絡の情報関心としてヤクザもん情報を仕入れてくれ」

「ヤクザもん……ですか？」

「ああ、今、三鷹は再開発の注目地域として地上げや、不動産買収にヤクザもんが出てきているという情報がある。お前は地域の大地主ともつながりがあるそうじゃないか。そのために、わざわざ訪問することはないが、ゴルフのラウンドの途中でもいいから、ちょちょっと話を聞いてみてくれ」

「ちょちょっと……ですね」

本橋係長は、巡査に対しては呼び捨て、巡査長には「○○班長」、巡査部長には「○○長」の呼び方で統一していた。さらに、ＰＣ乗務員のメンバー変更や、交番の受け持ち交代を積極的に実施し、相勤員の組み合わせも絶妙だった。

「当番で二件の職質検挙があったら、その時点で帰っていいからな」

本来、警部補にはそのような権限は与えられていないのだが、刑事部捜査四課でバリバリの刑事だったこともあり、人心掌握術に長《た》けた人物だった。また、ＰＣと交番の連携に関しても篠原部長が残した手法を巧く踏襲しながら、係全体の勤務実績を上げていた。また、本橋係長は若手巡査部長を当番明けに三鷹駅前のサウナに誘って汗を流した後に、昼から中華料理屋で酒を飲みながら、係全体の問題点や、若手の育成について情報交換をしていた。その中で、大沢交番の巡査部長に、

「本城をもう少し育ててやってくれ。あいつは要領がよ過ぎるばかりに、本当の努力をしていない。おまけに内勤に入ることができずにいる。俺も半年もすればマル暴担

当の係長になる。それまでに、奴に実績を上げさせて、内勤に入っても誰からも文句を言わせないようにしたい」

と、伝えていた。

清四郎は二週に一度のゴルフが三週に一度に減っていたが、地域の有力者との交流は続いていた。その中でも吉岡家とは本家のみならず、小金井や武蔵野の分家とも付き合うようになった。ゴルフの帰りには小金井の分家にも立ち寄って様々な話題に触れながら、飲食を共にしていた。

小金井の分家は中央線沿線に多くの土地や商業施設を持っていたが、この地域も中央線の高架に伴う再開発が進んでいた。

「再開発に関して反社会的勢力が動いている地域があるようですが、小金井地区はどうですか？」

「彼らは裏の情報を取って、先手先手を打って小さな土地を買い、これを高く売りつける地上げをやっているようだよ」

「土地を売りたい人をどうやって見つけているのでしょう？」

「これは噂に過ぎないが、駅前にある竹中《たけなか》不動産が闇金とつながっていて、そこから借金の取り立てとして不動産を獲得しているそうだよ」

「竹中不動産……吉祥寺にもありますよね」

「よく知っているね。通称『裏近』でぼろ儲けした悪徳不動産だ」

「無法地帯と呼ばれていた近鉄裏ですね」

「そうだ。吉祥寺本町の有力者も、あの一帯を何とか浄化したいと言っているよ。しかし、ヤクザが怖いのも事実だからな」

「そうでしょうね。警察だけではイタチごっこになりますからね。ああいう風俗地帯には学校や図書館、病院を建ててしまえば、新しく風俗施設を作ることはできなくなるんですよね」

「そうらしいね。裏近には図書館を作って、新設の風俗店はできなくなったようだが、今度は、その場所を地上げに使っているようで、まだ時間はかかりそうだよ」

「なるほど……奴らも稼げるうちに稼いでおかなければならないのでしょうが、警察としては潰せるチャンスを狙っているのも確かです。奴らは決して必要悪ではなく、悪そのものなのですから、徹底した取り締まりと検挙に勝る殲滅《せんめつ》方法はないのです」

「本城さんの口からそういう言葉が出ると、やはり警察官なんだな……と思うね。本家の耕一さんが本城さんのことを非常に高く評価しているのが何となくわかってきたよ」

「そんなに警察官らしくなかったですか？」

「ゴルフと警察官が、なかなか結びつかなかったのは事実だね。しかし、ゴルフそのものもそうだが、教え方が実に上手い。私も本城さんに会って、確実に平均八ストロークは縮まったからね」

「ほんの少しのことなんですが、それを改めるのが実に難しいんです。でも、皆さんそうですが、僕のような若造の話をよく聞いて下さるから、それがスコアに現れるのだと思います」

実際、清四郎が思った以上にコンペ仲間の上達は著しかった。清四郎もまた、数多くの場面を経験し、さらに「タラレバ」で、自分自身もその場でやり直すことができたため、高校、大学時代よりも安定したスコアメイクができるようになっていた。

その翌日、清四郎は本橋係長に竹中不動産と闇金の話をすると、本橋係長は「そうか……その手か……」と喜び、すぐに古巣の捜査四課に電話を入れていた。

捜査四課と三鷹署刑事課の合同捜査本部が、小金井地区を根城にしていた反社会的勢力の強制捜査に入ったのは、それから三ヵ月後のことだった。さらにその三ヵ月後、清四郎には情報収集を理由に警視総監賞が授与された。捜査本部は小金井地区だけでなく、三鷹、武蔵野でも捜査を展開し、十人以上の反社会的勢力幹部を検挙していた。

年明け早々、清四郎は晴れて刑事課暴力団担当刑事に任命され、巡査長に昇格した。刑事になると二ヵ月間は週休が全く取れない状況だった。地域の有力者が刑事課長に相談して、最低でも月に一回の連休を清四郎に与えてくれるように申し入れてくれたため、月に一度は泊まりがけで地元のメンバーとゴルフに行くことができるようになった。

マル暴担当は忙しかった。三鷹署管内だけでなく、本部から捜査本部に名指しで招集されることもあり、捜査員としての実力も付いてきた。

マル暴担当刑事として四年目に入った時、清四郎にとって警察人生初の衝撃を受けることになった。幼馴染の高杉隆一が三鷹署の刑事課長代理として赴任してきたのだった。

「高卒の隆一が警部か……」

第三章　大石和彦

大田区上池台《かみいけだい》の環七通りの西側には、閑静な住宅街がある。大石和彦の父はそこにある小池《こいけ》駐在所の駐在で、人物的に極めて温厚でありながらも、元柔道助教という強者だった。大石榮警部補は大学時代、全日本学生選手権にも出場し、警視庁でも本部特錬、教養課柔道指導官室に勤務していた。だが怪我で選手生命を奪われたことから、駐在の道を選んでいた。また、母親の敏恵《としえ》も女性警察官で合気道では知られた存在だったようである。

和彦は小学生の頃から頭脳明晰な児童として学校内で有名だった。小学校二年生までは田園調布警察署の少年柔道で練習をしていたが、練習中に上級生から大外刈りの技をかけられて後頭部を痛打し、救急車で病院に運ばれてから、母親の敏恵の強い希望で柔道を辞めて剣道を始めた。このため、小学三年生から、高杉隆一、本城清四郎と一緒に剣道をするようになった。それでも両親の遺伝からか、運動神経が抜群の和彦は剣道でもメキメキと腕を上げるようになった。さらに身体つきも幼少の頃からガッチリしていて、ぶつかり稽古をすると、隆一や清四郎も吹っ飛ぶほど安定した体形のまま成長した。

小学六年生の時、小学校の校長直々に私立の超難関校への進学を勧められたが、塾にも通っていない和彦は他校の児童との差を知らなかったため、近隣の区立中学への進学を望んでいた。それでも、校長からのたっての希望で、進学塾が主催する模擬試験を受けたところ、都内でも二十位以内の成績だった。

「お父さん、本人のためです。受験させてやって下さい」

校長、担任教諭から頭を下げられて、父親の榮は嬉しくもあり、和彦を説得したが、和彦は「自分の能力が少しわかっただけでいいんだ。区立に行っても勉強する内容は変わらないしね」と鷹揚に言って、区立中学進学を選んだ。中学でも勉強はトップだった。三年生の夏休みまで剣道をやっていたが、高杉隆一にだけは一度も勝つことができなかった。

高校は都立青山《あおやま》高校だった。中学の担任はもっと上の国立の受験を勧めたが、和彦はアメリカンフットボールをやりたいという理由で青山高校を選んでいた。

アメリカンフットボールでも、その体格からオフェンスではなくディフェンスに回されたが、抜群の運動神経と瞬発力で一年生の時からレギュラーの座を摑んでいた。新人戦では私立の超有力校相手に二度のクウォーターバックサックをやってのけ、「青山の大石」の名は都内のアメリカンフットボール界では知られるようになっていた。一方で勉強も学年で十指に常に入っており「東大も夢ではない」と職員室でも、その存在は知られていた。大学受験では早稲田大学政治経済学部経済学科と東京大学文科一類を受験して、早稲田には合格したが、東大は、物理の足切りで不合格だった。

「早稲田でもいいじゃないか」

父親の榮が和彦に言ったが、和彦は、

「自分の失敗はわかっているんだ。早稲田に入学金を払うのなら、一年間だけ猶予が欲しい。来年は必ず東大に入る」

と、言い切って、予備校にも通わず、母校の図書館を使うことを許されたため、浪人の道を選んだ。和彦は生来の優秀さにあぐらをかくことの決してない、努力のできる人間だった。

翌年、和彦は東大文科一類に無事合格した。

東京大学の入学者は全員が六つの科類（文科一類・二類・三類、理科一類・二類・三類）に分かれて教養学部に所属し、二年間の前期課程を履修する。この教養学部があるのが東大駒場《こまば》地区キャンパスである。和彦は文科一類の中国語クラスに入った。

中国語選択は一クラスだけで、女性は四人しかいなかった。学生自治会の委員はクラスごとに一人選ばれ、和彦のクラス委員には大阪の天王寺《てんのうじ》高校出身の現役合格者、大隈豊《おおくまゆたか》が立候補して、そのまま決まった。大隈は「これが大阪人という人種か……」という、自己主張の塊のような雰囲気の「俺が俺が……」という感じの男で、決して人気があったわけではなかったが、新入生歓迎フェスティバルへのクラス単位の参加や、通称「シケプリ」と呼ばれていた試験対策プリントの作成にも積極的で、クラス活動に関しては役に立っていた。しかし、次第に彼の背後に左翼系の団体が存在することが明らかになり、クラスでは浮いた存在になっていった。

入学して二週間後に二年生が新入生を一泊二日の合宿に連れて行く「オリ合宿」が開催された。これはクラス単位で行われ、クラスの仲間と早く親しくなる機会であるため、ほとんどの新入生が参加したが、ここでも自治委員がクラスをまとめていた。

和彦はどちらかといえばクラス活動には消極的で、運動会に入ることが最初の目的だった。一般の大学では正規のスポーツクラブを「体育会」と呼称するが、東大は伝統的に「運動会」と呼ばれている。

それでも、四人の女子の内の一人、三枝朋子《さえぐさともこ》を一目見て気に入っていた。クラス全員で一緒に授業を受けるのは、英語と中国語の授業だけであるため、週に四時限のその時間、三枝の横顔を見ることができるのを楽しみにしていた。

運動会のアメリカンフットボール部に入った時、チームは関東学生アメリカンフットボール連盟の関東大学リーグ二部に所属していた。和彦は一年の時からディフェンスのレギュラーポジションを獲得し、「東京大学ウォリアーズ（Tokyo Warriors）のディフェンスに大石あり」と、関東大学リーグで名を馳せるようになっていた。

二年生になった頃、三枝朋子の顔つきが変わってきた。クラスの情報通で、和彦が学生時代の四年間付き合うこととなる数少ないクラスメートの綿貫誠二《わたぬきせいじ》が和彦にこっそり伝えた。

「どうやら三枝は駒場寮に巣食っている極左団体に入ったようだ」

「極左？　どうして彼女が……」

「何でも自治委員の大隈が、半ば強引に引き込んだそうだ」

「大隈か……」

「奴の高校時代の同級生からの情報では、奴は天王寺高校時代から極左にかぶれていたらしい。当時は革命政党系の下部団体の班長だったらしいんだが、どうやらそこと決別して、さらに厳しい極左の道に行ったらしい」

「もともと、そういう下地があったから、自治委員に立候補したんだろうな……それにしても三枝の将来が心配だな」

和彦がしんみり言うと、綿貫が同情するように答えた。

「クラスで三枝を狙っていたのはお前だけじゃなかったんだが、皆、一様にショックを隠せないようだ。あの組織に入ると、女は共用物のような存在になるらしい。特に、三枝のような上玉をゲットした大隈は、組織内での地位も上がるそうだ」

共用物という言葉を聞いて、和彦の顔が思わず歪んだ。

「そうか……運動会の先輩の話によると、駒場寮に巣食っている連中の半分以上は他大学の連中だそうだ」

「そうらしいな。俺の高校時代の同級生も駒場寮員なんだが、そいつの話を聞くと、おっさんみたいな連中が何人かいて、二階の奥の部屋を仕切っているらしい」

「そうなのか……大隈のような野郎に引っ掛かる三枝もどうしようもないが、彼女は案外、生真面目過ぎたのかもしれないな。彼女は入学時の自己紹介で『原爆が投下された長崎出身のクリスチャン』と言っていたからな」

「そうだったな……可愛い子だったからな」

綿貫がまたしても同情するように和彦に言ったため、和彦が訊ねた。

「お前、どうして僕に三枝の話をしたんだ？」

「お前の三枝に対する視線を見ればわかるさ。ただ、彼女がわざわざ『原爆が投下された……』という言葉を使った時に、俺は彼女がそっち系統に流れるような予感をもっていたんだ。俺の高校にも大隈と同じ思想の奴は多かったし、原爆反対を唱える左翼系も多かったからな」

「そうか……お前は広島出身だったな」

「ああ。俺の祖母ちゃんは被爆者だが、第二次世界大戦を引き起こした日本の軍閥政治は嫌っていたが、原爆を落としたアメリカには敵対心は持っていなかった。俺の祖父ちゃんは広島高等師範学校、祖母ちゃんは奈良女子高等師範学校卒業の、教育者としては立派な人だったんだ」

「日本の教育のトップにいたわけだ……歴史もちゃんと学んでいたんだろうな」

「二人とも、まるで生まれながらのように日教組嫌いだったけどな」

「それはよくわかる。僕の小学六年生の時の担任は、日教組バリバリの婆さんだったが、僕の両親が警察官というだけで、僕を目の敵のようにしていた。ある時、江戸時代の元禄文化の話になった時、僕が『赤穂浪士』の話をしたら、『それは作り話で、事実ではない』と宣《のたま》いやがった。父親にその話をしたら、『戦中のどさくさに紛れて臨時採用された教職員が多くて、学問を受けていない者も多かった』と嘆いていたよ」

「確かに忠臣蔵となれば、多分に加工された部分はあるが、赤穂浪士が史実であることは紛れもない事実だからな……お前も苦労したわけだ。そうか……大石の両親は警察官だったのか……」

「ああ、警視庁警察官で、親父は今でも駐在をやっている」

「駐在さんか……俺も子どもの頃、世話になったよ」

綿貫が「駐在さん」と、親しみを込めて言ったので、和彦は救われたような気持ちになっていた。

和彦は、前期教養課程の駒場から本郷に移った際には法学部公法コースに進学した。

大学三年で司法試験に合格したが、司法の道に進むつもりはなかった。その年の暮れ、高校、大学双方のアメリカンフットボール部の先輩である磯村浩志《いそむらひろし》に呼ばれた。

磯村は高校の十七年先輩、大学は十八年先輩に当たり、この時は警察庁から出向して警視庁警務部参事官兼人事第一課長だった。

「大石君、就職はどうするつもりなんだ？」

「世の中異常景気でどこでも取ってくれそうな勢いです」

「そうだろうな……こんな時期は公務員は不作でな、商社、金融、広告代理店にばかり行きたがる傾向が強いからな」

「そうでしょうね。三期先輩で広告代理店に行かれた方は夏のボーナスが二百万円だったそうです」

「それは表面的な金額で、裏ではもっと取っているようだ」

「しかし、どう考えても、こんな時代がいつまでも続くはずはありません」

「いいとこ、あと四、五年……というところかな。稼げるうちに稼ぐ世代ならばいいが、これからの君たちにとって、金融や証券は危ない業界になるかもしれないな」

「私もそう考えています」

「ところで司法試験にも受かったそうだな」

「今年は現役有利な試験だったので助かりました。ところで先輩は今回リクルートですか？」

「実はそうなんだ。君のお父上は警視庁警察官だったよな」

「お父上はやめて下さい。今、田園調布警察で駐在をやっています」

「なるほど……すると警察に入るつもりはないかな……」

「父はやりにくいかもしれませんね」

「むしろ誇りなんじゃないか？」

「一応私も、国家公務員I種試験は受けてみようとは思っていますが、まだ行き先までは決めていないのが実情です。大蔵というのも何となく嫌なんですよね」

「民間も受けるんだろう？」

「一応、商社を考えています」

「世界を股にかけた仕事もいいものだろうな。まあ、I種試験の試験結果を見て私もまた顔を出すことにしよう」

「階級は警視長なのですね……その次はどこに赴任される予定なのですか？」

「小県の本部長だろうな」

「県警本部長ですか……凄いですね」

「これは順送りだからな」

「ところで、磯村さんは海外勤務の経験もおありなのですか？」

「警部でアメリカに二年留学して、警視正でイギリスに二年間行っていた。なぜだ？」

「いや、役所でも留学や一等書記官として赴任する話を聞いていたものですから……なるほど……」

「最近は警察庁も人気が高くて、大蔵、通産と競うほどだ。結果を楽しみにしているよ」

翌年、和彦は国家Ⅰ種試験に上位で合格した。すぐに磯村から電話が入った。

「いい結果だったようだな。どこの省庁も希望どおり入ることができる成績だ」

「磯村さんはどちらの本部長になられたのですか？」

「沖縄だ。のんびりやっている。ところで、省庁の面接は決めたのか？」

「商社も受かっているので、今、思案中なのですが、警察庁と比べるのは失礼な気がしまして……」

「何も失礼じゃないさ。私の後任の高瀬《たかせ》という男が今年のリクルート役だ。本人と会ってみるのも一案だな。年次は私の二年下になる。自分の人生だ。好きな道を歩いた方がいいが、私としては警察に来てもらいたい気持ちは失っていない」

「ありがとうございます。あと一週間のうちに結論を出したいと思っています」

一年生から駒場にある下宿屋に入っていた和彦はその日、自宅の駐在に戻った。食事前に風呂から出てきた父親が和彦の顔を見るなり言った。

「就職は決まったのか？」

「今、最後の思案中なんだ」

「弁護士にはならないのか？」

「法曹の世界に入るつもりはないよ。仕事で使えればいいと思っているんだ」

「そうか。好きな道を進めばいい」

心配はしてくれていたのだろう。父親はそれ以上のことを言わなかったため、和彦から切り出した。

「実は、商社に入るか、国家公務員になるかを考えてるんだ」

「国家公務員？　三級職でも受かったのか？」

「今は国家I種という呼び方だよ」

「いわゆるキャリア組ということなんだろう？」

「そうだよ」

「どこの役所に行くんだ？」

「今、警察庁からもお誘いを受けているんだけど、どんなものかと悩んでいるところだ」

　すると父親の顔が急に笑顔に変わった。

「そりゃ、警察キャリアはいいぞ。責任は大きいが、常に一国一城の主のようなものだ」

「人事第一課長というのはどういう存在なの？」

「一課長？　そりゃ、警視庁の課長のトップだ。普通は警務部参事官と呼んでいる。うちの署長を任命する立場だからな」

「そんなに上なんだ……」

「警務部参事官がどうした？」

「前の警務部参事官で、今、沖縄県警本部長になっている先輩からお誘いを受けているんだ」

「磯村参事官と話ができたのか？　あの方は立派な人だという話だ」

「高校と大学のフットボール部の先輩だからね。それよりも、僕が警察庁に入ったら、父さんは仕事をやりにくくなるんじゃないかと思ったんだけど……」

「バカ言え、もし、そうなれば私は鼻が高いし、お前を誇りに思う」

「そうなんだ……」

子どもにとって、父親から「誇り」という言葉を使われるほど嬉しいことはない。それだけ厳しい父親だったこともあるが、ただ厳しいだけでなく、そこに常に愛情があったことを和彦は知っていたからだった。

「もう少し考えてみる」

「自分の人生だ。ゆっくり考えればいい。いい知らせをありがとう。今夜は一緒に飲むか」

翌年四月、和彦は警察庁警部補を拝命して警察大学校初任幹部科に入校した。警察大学校は警察法第二十七条に基づいて設置された、警察庁に属する機関で、上級幹部に対し教養を行う。大学校という名をもつが、「卒業」という概念はなく、防衛大学校等とは違って、学位を取得することはできない。時折ノンキャリ警察官の最終学歴に「警察大学校」と記載する人がいるが、これは誤りである。

和彦は三ヵ月間の初任幹部科を終えると、一旦警察庁を辞職する形で警視庁勤務となり、麻布警察署で八ヵ月間の見習い勤務が始まった。ここで和彦は、警ら課で四ヵ月、残りの四ヵ月を警務課看守係、刑事課、警備課等、署内の係をひと通り回り、その中でも警ら課で指導巡査として和彦の担当となった香山《こうやま》義男巡査はその後の警察人生でも大きな影響を与えた。

「大石、お前さんが優秀なのはよくわかっている。俺が教えることはあまりないと思うが、酒の飲み方と協力者の作り方だけは教えてやろう」

「香山先輩、酒は私も好きなのですが、協力者というのは何に対して協力して下さる方なのですか？」

「何でも、頼めばやってくれる人だ」

「そんなスーパーマンのような人がいらっしゃるのですか？」

「もちろん無理な注文はしない。だから、幅広い分野に数多くの協力者を作る必要があるんだが、お前さんのような東大出は、一般社会では敬遠されがちなんだよ。特に中小企業の社長なんかは目の敵にする場合もあるからな」

「それはなぜでしょう？」

「そこがわかっていないから失敗するんだ。世間では『東大＝エリート』と看做《みな》されている。特に霞が関の連中は庶民の感覚を知らないか、忘れてしまっている……と思われがちなんだ。『エリート＝大企業の味方』という感じだな」

「それは銀行や大企業を仕切っているような、大蔵省と通産省が悪いだけなんじゃないですか？」

「庶民は、大蔵や通産等の役所が何の仕事をやっているか……なんて知らないし、興味もないんだよ。庶民の発想というのは区議会議員までで、都議会議員が何の仕事をやっているかも知らないし、これが国会議員となれば、いくら直接選挙をやっていようが、芸能人と一緒で『お上』の世界の人になってしまうんだ。だから後援会等という馬鹿げた組織を作ってしまう。そのうちキャリアの中でも有望株になってくると『育てる会』なんてものができるようになってくるから、気を付けることだ」

「育てる会……ですか……誰がそんなものを作るのですか？」

「ノンキャリの若手署長クラスだな。これに地方やたまに中央の財界人なんかが混じってくるんだ」

「そういう人は単純な好意だけでやってくれるわけではないですよね？」

「まあな。なんらかの見返りを期待している場合が多いだろうが、中には役者や相撲取り相手のタニマチじゃないが、純粋に支援してくれる人がいるのも確かだ」

「珍しい人もいるものですね」

「そういう人に出会うか否かが人生の岐路だな。ところでお前さんの両親とも東京出身なのか？」

「いえ、母方は兵庫です」

「ほう……警察庁最大人脈の兵庫県人会の入会資格もある……ということか？」

「そういうのもあるんですか……」

「俺はあんまりそういうのは好きじゃないんだが、どういうわけか声を掛けられていてな」

「先輩は確か神戸《こうべ》でしたよね」

「御影《みかげ》だ」

「お坊ちゃまですか？」

「周りはそういう人種が多かったな。祖父さんの代までは神戸の貿易商だったようだが、親父の代で終わった。親父の後半は土地の切り売りで何とか生きていたようなものだ。ただし、俺は小学校入学と同時に母方の実家に養子に出されたんで、何も影響は受けちゃいないけどな」

「お母様のご実家もやはり神戸ですか？」

「神戸市の隣、西宮《にしのみや》の外れだな」

「まさか六麓荘町《ろくろくそうちょう》なんていわないでしょうね」

「お前さん、よく六麓荘の名前を知っているな。しかし、六麓荘は芦屋市《あしや》だ」

「ああ、確かにそうですね。六麓荘には学生時代の同級生の家がありましたから、何度か遊びに行ったんです。豪邸だらけで驚きました。そもそも地名が『風光明媚な六甲山の麓にある別荘地』から来ているところなのでしょう？」

「昭和の初め頃の話で、当時は国有林だったものを民間に払い下げたのだからな。今じゃ考えられない開発だが……当時はそんなことがまかりとおっていた時代だったんだな」

「いい時代だったわけですね。西宮の外れというと海側ですか？」

「六麓荘と隣接する苦楽園《くらくえん》だ」

「本物のお坊ちゃまだったわけですね」

「まあな。兵庫県は灘高《なだこう》があるから……という理由もあるが、県立高校も優秀だから東大に行く連中も多いんだ。さらにその中から国家公務員I種試験を受けて霞が関……というパターンの中で警察庁にも三年に二人のペースで入ってくるから、必然的に他省庁との兼ね合いもあって、県人会が生まれるんだな」

「そうだったのですか」

「その点、都内出身者はあまり群れるのを好まない傾向があって、横のつながりが薄いんだな。どちらかというと出身高校の閥が多いようだな」

「よくご存じですね」

「兵庫県人会の先輩方がそう言っていただけなんだけど、どういうわけか俺が県人会の会合場所を確保するだけの幹事役をさせられているから、キャリアとの繋がりも多いんだよ。俺にとっては何のメリットもないけどな」

「慶応出身も警視庁では少ないいんじゃないですか？」

「少ないな。一応、三田《みた》会はあるんだが、警視庁だけじゃ様にならないから、一般企業の仲間も入っている」

「交詢社《こうじゅんしゃ》ですか？」

「いや、ホテル内にある三田会を使っている。交詢社に行くのは、いわゆる成功者グループだな」

そういう香山巡査だったが、彼の人脈は実に幅広かった。


八ヵ月間の警察署研修を終えると、「一身上の都合により」警視庁を退職して再び警察庁に戻り、再度警察大学校の補修課程で二ヵ月間の研修を受ける。その後、また警察庁で二年二ヵ月間、一ヵ所または二ヵ所の課で実務を磨く。この間、二年間の海外留学をする者も各期二、三人いるが、和彦は自分自身が海外留学をするほどの外国語能力がないと判断して警察庁勤務を選んだ。

警察庁の会計課と警備企画課を警部補として約一年ずつ、さらに警備企画課を警部として一年経験すると、再び「一身上の都合により」という形で警察庁を辞職して、見習いとしてではなく最初の所属長として、警視に昇任し神奈川県警公安第一課長の地位で本格的なキャリア警察官の仕事をスタートした。

神奈川県警は当時大阪府警と不祥事の件数で競うようなところだった。不祥事の原因は幾つかあったが、諸悪の根源は本部長人事と言われていた。それでも公安一課は県警内でもエリート集団であり、和彦の在任中を含めて事故は一切起こらなかったし、和彦の性格もあってか、課員の士気も高く、多くの実績を上げ、警察庁警備局からの評価も高かった。この時の部下の使い方は麻布警察署の刑事課見習い時代に、署管内である六本木《ろっぽんぎ》を中心とした徹底した浄化作戦によって、反社会的勢力や不良外国人、さらにこれにつながる新興宗教団体を組織として抑え込んだ経験から来ていた。

和彦は決して威張らない。そこまで下手に出なくても……と課員が思うほど低姿勢でありながら、こと犯罪に当たると、「一網打尽」を合言葉のように徹底した細かい捜査を行っていた。

「今度の課長もキャリアらしいが、これまでの者とは一味も二味も違う」

反社会的勢力の幹部まで和彦に一目置くとともに、これを取り巻く諸悪の団体のボス連中も「二年の辛抱」を合言葉にするようになって、本牧《ほんもく》から横浜、川崎の港湾地帯で発生する犯罪が急激に減少したことも大きな成果だった。

神奈川県警公安一課長時代は横浜を中心とした海外犯罪組織や神奈川県内の港湾労働者、さらには北朝鮮への米の不法輸出の窓口を行っていた「ハマのドン」と呼ばれていた者や、これにつながる市議会、県議会議員も完璧に抑え込んだ。特に市議会議員の数名を、不良外国人からの献金を摘発して政治資金規正法違反で検挙するなど、闇の部分にメスを入れたことが大きかった。

さらに東京都内でオウム真理教による地下鉄サリン事件が発生した時、過去に神奈川県警が見逃していた、弁護士一家拉致事件の再捜査を行わせるなど、警察庁、警視庁との情報交換も積極的に行っていた。

二年間の神奈川県警勤務を終えると、相変わらずの「一身上の都合により」神奈川県警を辞職して、再び警視庁警視を任命されて、目黒警察署長を命ぜられた。この当時、警視庁管内百一警察署の中で署長のキャリアポストは三方面の目黒署、五方面の本富士署の二つで、それぞれが東京大学の駒場と本郷《ほんごう》地区キャンパスを管内に有していた。

この影響があるのかどうかは定かではなかったが、女性警察官の中で容姿端麗かつ頭脳明晰な者が両警察署に多いと言われていた。

和彦が目黒警察署長として、まず積極的に取り組んだのが徹底した交通取り締まりだった。特に目黒署が面している、通称、山手《やまて》通りこと環状六号線を中心とした速度取り締まりと公開交通取り締まりは、ラジオ放送で取り締まりを通告したうえで厳しく取り組んだ。この影響で管内の交通事故の発生と住宅地域における侵入盗が激減した。また東急線の基幹駅で地下鉄日比谷線の起点である中目黒駅周辺の不法事案も激減した。

目黒署管内を職業的に通過しなければならない運転者からは酷評されたものの、地域住民からは極めて高い評価を得た。

そして和彦が目黒署長を命ぜられた時から、周到に準備を始めたのが、東大駒場地区キャンパス内の駒場寮内に不法入居していた他大学の極左暴力集団活動家の検挙だった。

これは学生時代に和彦が警察を志した理由の一つでもあったからだ。

和彦は警備課長を署長室に呼んで言った。

「課長、駒場寮の実態把握はできているのですか？」

「残念ながら全くわかりません。大学関係者と協議をしたこともありますが、駒場寮そのものが学生自治会によって運営されていますし、最近では寮内で演劇も行われているとのことで、『大学の自治』の観点からも警察が立ち入ることはできません」

「そうですか……そこに犯罪組織があっても……ということですね」

「致し方ありません」

「そこにどんな魑魅魍魎《ちみもうりょう》がいるのかもわからない……」

「はい。日本国の最高学府ですから、警察庁と東大が協議して実態解明をしてくれれば別ですが……」

「すると、駒場寮を実質支配している左翼系のセクトも明らかではないわけですか？」

「残念ながら、これまでの署長もそこには手を入れていません」

「そうですか……僕はやりたいと思っているんです。別に公安部を通さなくても、署長権限でできるところまでやってみましょう。もちろん、当署の公安係員を危険に晒すことはできませんから、僕自身でできるところまでやってみますよ」

「署長、御自ら情報収集をなさる……とおっしゃるのですか？」

「それが一番いいと思っています。ＯＢの母校訪問には誰も文句を言えませんからね」

翌日、和彦は一人で駒場キャンパスに向かうと、正門で二人の学生が待っていた。

「先輩、ようこそ」

「悪いね。まだ連中は寮に巣食っているんだって？」

「既に主のような存在ですね。いい歳したおっさんもいますよ。ただ、どう考えても他大学の居候……って感じで、昔の東大紛争の頃に安田講堂に最後まで立て籠ったのは他大学の学生の方が圧倒的に多かった……と、授業で聞きましたが、まさにその姿のような気がします」

そう言いながら、卒業後も和彦が顔を出しているアメリカンフットボール部の現役の後輩が和彦を寮に案内した。

「当時の警視庁の発表では、封鎖解除で検挙された学生六百三十三人のうち、東大生はわずか三十八人だったというからね。ただ、これは意図的に東大生の数を減らされたのだろうと僕は思っているけど、五分の一もいなかったのは事実だろうな」

「なんだか嫌な感じですね。何のための自治なのか……自治を隠れ蓑にしているだけのような気がします」

後輩が和彦に訊ねた。

「駒場寮でも内ゲバがあったのですか」

学生運動を全く知らない世代の後輩らしい質問に、和彦は笑いながら答えた。

「僕も詳細は学問的にしか知らないんだが、僕の入学した頃が最後の華やかな暴力抗争が行われていた時代だったんだよ。駒場寮で内ゲバがあったのは一九六九年頃の短い期間ではあったけど……解放派と革マル派や、反代々木系、全共闘の内ゲバもやっていたそうだね」

「さらに十五年も遡るのですね……解放派と革マル派は今でも立て看がありますが、全共闘……聞いたことはありますが、どういうセクトだったのですか？」

「各大学等で学生運動が武力闘争中心に行われていた頃に、アナキスト革命団体のブントや、中核派、社学同マル戦派、社青同解放派の三派全学連などが学部やセクトを超えた運動として組織した、全学共闘会議という大学内の連合体のことだよ。その中でも日大全共闘と東大全共闘が有名だったそうだ」

「大学ごとの団体だったのですか……今の駒場寮に残っているのはどういう連中なんですか？」

「去年、大学側が新入生の入寮者募集を停止したんだが、学生側はこれを認めず、新入寮生募集を継続しているんだ。今年に入って、大学側が『廃寮』を宣告して以降、大学と『違法に占拠する学生』との対立が激化している真っ最中というところだ。先月、大学は電力供給を停止したそうだ」

「違法占拠か……現時点で何人くらい残っているのですか?」

「大学側の説明では四十人ちょっと……ということだ。大学としては明け渡しを求める訴えを東京地裁に起こすことになるだろうが、本気で戦う連中がどれくらいいるか……だな」

「先輩の立場としては、不法行為がなされている現状を何とかしたい……というところですか?」

「それもあるけれど、駒場寮が、数多くのセクトの中から極左暴力集団となった残党の非公然アジトになっていないかどうかを今のうちに確認しておきたいんだ」

「非公然アジト……まだ、そういう場所が実際にあるのですね」

「僕も警察に入って初めて知ったんだけどな。ただ、多くの先輩方が命を失った事実もあるから、その最前線の指導部だけは叩き潰しておきたいんだ」

「なるほど……」

和彦は前年発売されて、警察庁も試験的に購入したばかりの、国産小型デジタルカメラを布製バッグの中に秘匿して携行し後輩と一緒に寮内に入った。

「十一年前に初めてこの寮に入ったんだが、あまり変わっていないような気がするな……ただ、まさか女子が入っているとは思わなかったけどね」

「経済的な理由で入る女子は少ないようです」

「すると芸術的、もしくは政治的な理由ということだな」

呟くように言いながら和彦はふと、学生時代に憧れた三枝朋子の存在を思い起こしていた。彼女は四年で大学を卒業することはなく、その後の消息はすでに和彦の興味の外にあった。

駒場寮は鉄筋コンクリート造りの三階建てで、三つの建物で構成されていたが、そのうち左翼系の拠点は北寮と中寮の二階と三階に分散されていた。

和彦は北寮三階にあるセクトの部屋に向かった。駒場寮の部屋は二十四畳が一単位で、一時期はこの部屋に八人が入っていたとも伝えられているが、現在は最大三人、多くは二人部屋だった。

最初に訪れたセクトの部屋の中に入ることはできなかったが、彼らは二部屋を使用していた。特にバリケードのようなものは造られていなかったが、廊下に散乱している多種の履物の数から十数人が使用している雰囲気はあった。その中には明らかに女性用の物も含まれていた。

その場を離れると和彦が言った。

「このセクトは内ゲバへの危機感がまったくないな……すでに極左暴力集団という存在ではなくなっているかのようだ」

「僕も、もう少し物々しい雰囲気かと思いましたが、サークル棟のようで肩透かしを食らった感じでした」

次に北寮二階のセクトの部屋に向かうと、そこもやはり二部屋を占有していたが、廊下には木材ではあるが強固そうなバリケードが造られていて、内部を覗くことができなかった。

和彦がバリケードの隙間から中を覗き込んでいる時、背後からドスの利いた声がした。

「お前ら何をやっているんだ」

振り返った和彦は、そこに立っている和彦と同年代、もしくは年上に見える、痩せた貧相な雰囲気の三人の男に向かって表情を変えることなく答えた。

「僕はOBなんだけど、久しぶりに母校を訪問しに来たんですよ。この寮もなくなってしまうという話を聞いて、残念に思ってね」

「OB？　権力じゃないのか？」

「権力？　懐かしい響きですね。まだそんな表現を使っているのですか。あなたたちが思っているような組織のモノではないですよ」

「その割にガタイがいいな」

するとー緒にいた後輩が答えた。

「この方は僕たちの大先輩で、アメリカンフットボールの世界では一時期、一世を風靡した存在だったんです」

「アメラグか……、資本主義の典型のようなお遊びだな」

それを聞いた和彦が、口元に薄笑いを浮かべて答えた。

「お遊び……ですか……。今、僕があなたに向かってダッシュしたら、三人共すぐに病院行きですよ。スポーツをお遊びや経済論に結びつけるようでは、新鮮な仲間は増えませんよ」

「なに？」

そう答えたものの、男は瞬時に和彦の薄笑いの中に殺意にも似た冷徹な雰囲気を感じ取ったのか、背筋に悪寒を覚えたように顔色を変えて一、二歩後ずさった。これを見た和彦は殺気を消すように微笑んで訊ねた。

「十一年前にここに来た時、うちのクラスの自治委員があなた方の仲間と聞いていたので、つい懐かしくなってね」

「十一年前か……その自治委員の名前は？」

「大阪天王寺高校出身の確か……大隈豊だったかな」

「大隈か……お前の名前は？」

「あなたたちのような組織に入っている人に名を名乗るほどの者じゃありません」

「そうか……それで俺たちの組織に何か用があったのか？」

「用はないですが興味はあってね。去年のオウム真理教による地下鉄サリン事件等が発生したこの時代に、あなたたちが現在、何をしようとしているのか……パンピーとしては知りたかっただけですよ」

「パンピーか……もしかしてマスコミか？」

「似たようなものです」

「そうか……それなら見せてやろう」

「失礼ながら、今、ここの部屋には何人位いるんですか？」

「今、七、八人だな。俺たちを入れると十人を超えるな」

「そうですか……それなら僕だけ中に入れてもらえるかな、二人は外で待っていてもらおう」

「ほう、何かあった時のことを考えているつもりか？」

「まあ、そうです。十五分経って僕が出てこなかったら、大学事務室に駆けこんでもらうことにしよう」

和彦はダメもとで言ったが、男はこの提案を素直に認めた。

「本来は現役に見せておきたいものなんだが、運動会と大騒ぎになっても困るからな」

和彦は後輩の二人に目配せをして、男たちとバリケードの中に入って行った。

二十四畳の部屋の中は迷路のように改造されていた。

「今でも敵に狙われている……ということですか？」

「敵という表現は正しくはないが、ふとした考え方の違いで逆上するタイプの者もいるからな」

「なるほど……」

「さて、これから先は所持品検査をさせてもらう。バッグの中を見せてもらおう」

和彦は布製バッグのベルトを外して中を広げて見せながら言った。

「本だけですよ」

バッグの中に入っていた小六法と商法の背表紙を見て男が訊ねた。

「あんた弁護士かい？」

「司法試験は受かっていますが、職場内で法務の仕事をしています」

「安定志向か……現役で合格したのか？」

「そうです」

「どうして司法の道に進まないんだ？」

「人を裁く裁判官になる器じゃない。検察は嫌いなんです。弁護士も悪人とわかっている者まで守ろうとは思いませんから。今のところは進む道がないのが実情です」

「変わった奴だな」

「しかし、法は知っていて損はありません。現実を知らない弁護士が如何に多いかがよくわかります。オウム信者の弁護士を見ても、世の中を全く知らないことがよくわかりますからね」

「奴は京大だったな」

「大学が問題なんじゃない。京大でもいい法律家は多いですから」

男は所持品検査と言ったものの、機動隊が極左の集会の入り口で行うよりも簡単な所持品検査を行っただけだったことに呆れながらも、和彦は相手の了解を得ることなしに平然とバッグのベルトを締め直した。

二つ目の小部屋に入ると、そこにはまだ現役であろう学生風の男が三人、ワープロで原稿書きを行っていた。

「お前たちの先輩だ」

このセリフを聞いて、和彦はこの男が他大学出身者であることが即座にわかった。

「機関誌の原稿書きをこんな若い子がやっているのですか？」

「練習だ。まだまだ実践を積まなきゃ本物の文は書けないからな」

「実践？　今の左翼に実戦の場があるのですか？」

「企業に入るのも実践の一つだろう？　ある程度の金は稼いでもらわなければならないからな」

「組合専従にでもなるのですか？」

「そんなことをやっているのは幾つかのセクトだけだ。特に都労協なんてのに入っている連中はどうしょうもない」

「確かにそうですね。昔、寮内にも落書きされていましたからね」

「あそこも母体が瀕死の状態だからな。いつまでも『改憲阻止』のスローガンじゃ、まともな奴は入ってこないさ」

話をしながら三番目の小部屋に入ると、和彦は部屋の空気が変わったことに気づいた。一人の男の存在が、その場を重々しくしているようだった。その男が訊ねた。

「なんだこいつは？」

「ＯＢの法律屋だ」

「法律屋？　弁護士か？」

「いや、企業の法務部にいるらしい。大隈の同級生だそうだ」

「関西野郎か……」

やはり大隈はセクトの中でも評判はよくなさそうだった。

「大隈はまだ一緒にやっているのですか？」

「関西にいる。東京は水が合わなかったようだな。連れてきた女はよかったけどな」

「三枝ですか？」

「おう、よく知ってるな。いい女だったからな」

「クラスじゃ華だったのですが、本郷では見かけることはありませんでした」

「そうだろうな……駒場で四年目を迎えてから死んだからな」

「死んだ？　病気ですか？」

「まあ、そんなところだな」

「そんなところ？」

「男運が悪かったんだな、ノイローゼになって自殺しやがったんだ。新聞にも出たろう？」

「自殺？　知らなかった。寮内で死んだのですか？」

「電車に飛び込んだのさ。子どものころからずっとチヤホヤされて育ってきたお嬢様が初めて経験した挫折を乗り越えることができなかっただけの話だ」

「大隈は関係していたのですか？」

「大隈？　そんなタマじゃねえよ、あいつは」

「一九八八年の何月ごろか覚えていらっしゃいませんか？」

「後期が始まった頃……確か十月前半ころだったと思うな……そう、駒場祭の準備を始める頃だったな……当時、駒場校舎にある自殺等の相談機関でも『死にたいほど辛いときには』というセリフが流行ったからな」

和彦はこの時、かつて綿貫が言った「女は共用物のような存在」というセリフを思い出していた。

一方でセクトの男たちも和彦を単なるOBと思い込み始めていたようで、和彦にプライベートな質問をするようになっていた。

「ところで、大隈と同学年ということは、そろそろ三十になるんじゃないのか？　会社でも生き残りをかける時期だろう？」

「僕は一浪して入ったから、もう三十路に入っています。確かに組織内では第一次振り分けが始まる時期ではありますね」

「同期に東大は何人いるんだ？」

「十六人です」

「東大同士の熾烈な戦いか……」

「京大もいますよ。吉田《よしだ》寮のバリバリのエースも一緒です」

「吉田寮か……駒場寮に次いで古い自治寮だが、なにしろ向こうは木造だからな……向こうの自治会ともよく一緒に闘ったものだ。お前は吉田寮にも行ったことはあるのか？」

「はい、一度だけ同期生が連れて行ってくれましたが、今でも食堂問題でもめているようですね」

「部外者に門戸を開くと、いろいろ問題は起こってくるものだ。うちの寮食堂北ホールも同じだけどな。ところでお前は左翼運動には全く興味がなかったのか？」

「マルクス、レーニン、毛沢東……三人共揃いも揃って、貧しく、学問のない農工民を扇動しただけの意味のない理論と存在だったのではないかと思っています。共産主義国家で結果的に人民が幸せになったところはどこもないのではないでしょうか。第一次産業革命しか知らない世代の愚かな発想と言っても決して過言ではないような気がします」

「日本にだって貧しい国民は多いじゃないか」

「それは努力不足と運がなかった……それに尽きるでしょう。義務教育と健康保険と時間だけは平等な国家なのですからね」

「勝者の理論だな。敗者への救済がない国家だ」

「権利と義務の関係を考えると、成人で病気以外の理由で税金を払っていない者に発言権はないとも言えるのではないでしょうか。単なる甘えの構造でしょう。二十代の健常者に対する生活保護も完全廃止するくらいの意気込みがなければ、これからの日本は決してよくならないと思います」

「仕事がない者はどうするんだ？」

「選り好みをしているだけでは困ります。目標がない人は最低、四年間自衛隊に行けばいい。何らかの生き方を身に付けることができるでしょうし、少なくとも法を犯す心配は少なくなると思います」

「面白いことを言う奴だな」

「大手企業の中には幹部候補生を自衛隊で研修させるところもあります。国家のために命を懸けることがどういうことなのかを身を以て知ることで、新たな人生を開くことができれば、それに越したことはないのではないでしょうか」

「権力に服従する癖を覚えるだけだ」

「それを言うのなら、あなたたちは国家というよりも、この地球のために何か役に立つことをやっているのですか？　今時、憲法九条擁護や安保破棄を唱えたところで何の意義があるのでしょう？　日本との国境と領土問題を持つ中国やロシア、北朝鮮が必死で軍拡を進めている中で、果たしてあなたたちの考え方で、俯瞰的に世界が見えているのか疑問に思ってしまいます」

「この場でそういう理論を吹っ掛けてくるとはいい度胸だな」

「まず、言葉で論破してもらいたいものです。当然理論武装はできているのでしょうが、過去の極左運動の歴史と方式を総括するのがスタートなのではないですか。団塊の世代の多くの活動家が寝返って、中には右翼になっている者もいるというのが現実です。最近は内ゲバがないからまだいいようなものの、僕があなたたちの敵だったら、こんなアジトは数時間で破壊できると思いますけどね」

「総括はともかく、ここを数時間でどうやって破壊するつもりなのか言ってみろ」

「以前、あなたたちの仲間が使っていた簡易兵器の迫撃弾を二、三発撃ち込んで、窓の外には戦国時代から使われていた竹槍の柵を敷けば逃げ道はないだろうと思いますよ」

「なるほど……」

リーダー的な男は言葉を失っていた。これを見て和彦が言った。

「確かにここは敵から狙われるような場所でもないかもしれませんが、外のバリケードや、室内の迷路ごっこも、所詮は自己満足に過ぎないでしょう……というのが素朴な感想です。せっかくこの駒場という土地にいるのなら、もっと世のため人のためになるような主張をしてもらいたいですね。これが今時のパンピーの発想だと少しでも理解してくだされば、後輩として嬉しく思います。お邪魔しました」

「気が向いたらまた来いよ」

「あなたたちの新たな声明が出たら寄らせてもらいます。ちょうど十四分か……外で後輩が心配していると思います。彼らが事務室に駆けこむ前に退散することにしますよ」

そう言って踵を返した和彦を他の者も唖然として見つめるだけだった。バリケードの外ではアメフト部の後輩たちが心配そうな顔つきで和彦の帰りを待っていた。和彦の姿を見るなり一人が声を出した。

「先輩、ご無事でよかったです」

「時間どおりだっただろう。部屋の中は時間が停まっていたな。得るものはたいしてなかったよ」

和彦は二人の後輩を連れて駒場東大前商店会にある定食屋に連れて行った。時間がよかったのかいつも行列ができている店の前は静かだった。

「ここが駒場生の御用達の一つなんだが、運動会の者はなかなか行くことができないんだよ」

「話は聞いたことがありましたが、ここだったんですね」

店に入ると四代目主人が和彦の顔を見て懐かしそうに言った。

「これは、大石君。今、目黒署の署長だって？　隣の肉屋の親父が言ってたよ」

「母校に恩返しができるようで、ありがたい人事でした。立場上、管内ではあまり食事をとることができないのですが、今日は運動会の後輩を連れてきました」

挨拶はそこそこに、ビールと定番の豚の生姜焼きと油淋鶏《ユーリンチー》、さば味噌煮、フライセットを注文した。

「ボリュームも凄いですが、この生姜焼きはたまりませんね」

後輩は噂話からようやく実物にたどり着いた定食屋の味に舌鼓を打って喜んでいた。

「せっかく駒場に来たのなら、知っておいた方がいい店だ。隣の肉屋の総菜もかなり美味いんだよ」

「いい店が隣同士というのも駒場らしいですね」

話が盛り上がって、あっという間に料理がなくなり、追加オーダーを入れたところで、和彦はバッグの中からデジカメを取り出して後輩に見せた。

「これがデジカメというものですか……想像以上に小さいですね。液晶モニターが搭載されているのですか……、撮影画像をその場で確認できるんですね。一体、何枚撮れるんですか？」

「サイズは幅百三十ミリメートル×高さ六十六ミリメートルだな。九十六枚撮影ができるんだ。パソコンに画像を取り込むことができるので、画像を拡大、補正もできる」

「高いんでしょうね……」

「本体価格は六万五千円だったが、メーカーのご厚意でサンプル品を五万円で譲ってもらったんだ。中古品であることは間違いないけどね。ところで、ここに映っている人物で知った顔はいないかな」

「メッシュのカバー越しでも、よく取れていますね。何枚くらい撮影したのですか？」

「五十枚は撮っていると思う。内部資料や電話連絡網まで撮ったからね」

「警察の捜査は凄いものですね」

「捜査という観点から見れば、違法収集証拠になるのかもしれないが、情報収集という視点からは成功だろうな」

和彦が言うと、後輩の一人が言った。

「こいつ、立石譲二《たていしじようじ》です。都立高校出身ですよ」

「同学年か？」

「一つ下ですが、高校時代から革命政党の下部組織に入って、生徒会にも進出して目立っていた奴です。そうか……極左に行ってしまったのか……。このおっさんは、よく、裏門近くにある、不味いラーメン屋に行っていますよ」

「弁当屋の隣の『べらあめん』？」

「はい。ボロボロに崩れるチャーシューで有名な、例の店です」

「そうか……食事に行く時間は決まっているのかな？」

「夜の六時頃が多いような気がします」

その後店主の好意もあって二十分ほど飲んだが、次第に席も埋まってきたため店を出た。

後輩に用意していたアルバイト料一万円をポチ袋で手渡すと、恐縮しながら笑顔で受け取った。

翌日、和彦がプリントアウトした写真を警備課長に渡すと、警備課長は驚いた顔つきで、

「これが駒場寮内のセクトのアジトですか……」

と、写真を順に眺めながら、幹部と思われる男の写真を見ると手を止めて言った。

「この男、昨年発生した労働組合幹部襲撃事件の容疑者に似ています」

「そんな事件ありました？」

「都内で発生した公安事件ですので、公安第一課に画像を送ってみた方がいいかと思います」

その日の午後、警視庁公安部公安第一課の管理官以下五名が目黒署を訪れた。

「この写真に写っている男は容疑者の藤田《ふじた》義則《よしのり》に間違いないように思われます。彼は五年前に地下に潜ったと伝えられていましたが、まさか東大に潜伏しているとは思いませんでした」

「前はあるのですね」

「学生時代に公務執行妨害罪と傷害罪で逮捕、実刑も喰っています」

「すると、指紋があれば確実なのですね」

「紋が取れる可能性があるのですか？」

「時々、食事に行く店がわかっていますから、張っていればいいかと思いますが……なにぶんにも駒場キャンパスの裏門のすぐそばの店ですから、視察拠点を作ることは困難だと思います」

「合同捜査本部を立てて、目黒署の実績にしたいと思いますので、ご協力をお願いできませんでしょうか？」

「できる限りの協力はしたいと思っています」

公安一課の管理官は午後六時の前後一時間に裏門付近で見当たり捜査を行うことを決め、目黒署の公安係員とローテーションを組むことを提案した。

見当たり捜査とは、被疑者が現れそうな場所に捜査員を目立たないように配置して、被疑者を確認する捜査手法で、これまでも多くの容疑者を検挙してきた実績があった。早速、当日から捜査が開始された。

見当たり捜査が始まって四日目の午後六時十五分、藤田義則と思われる男が同年代と思しき男と共に駒場キャンパスの裏門から出て、例のラーメン屋に入ったのを確認した。

二人が入って一分後、目黒署員の若手が一人でラーメン屋に入った。カウンター席にひと席空けて座ると迷うことなく「べらあめん」を注文した。水はセルフサービスであるため、また立ち上がり、アルミ製の水入れから自分でプラスチック製の無色のコップに水を入れて自席に座った。

間もなく藤田義則と思われる男たちにラーメンが二杯運ばれた。二人は何の会話もすることなく、藤田と思われる男は左肘をカウンターに付けて、ラーメンをすり始めた。

やがて捜査員にもラーメンがカウンター越しに手渡された。噂通りの不味さだったが、我慢して食べるほかない。捜査員が少しずつラーメンを口に運ぶ間に、藤田と思われる男ともう一人の男は、一杯のラーメンを一気に平らげていた。

「ごちそうさん。お代、置いていくよ」

二人は常連らしく小銭をカウンターの上に置いて席を立った。

二人が店を後にしたのを確認して、捜査員は藤田と思われる男が使っていたプラスチック製のコップをハンカチでくるむと、残っていた水をラーメン丼の中に捨てて、こっそり所持していた布製の袋の中に入れた。

店の親父はこの行為に全く気付いていなかった。

美味くないラーメンを半分弱食べて、捜査員も店を後にした。

指紋照合の結果、男は藤田義則に間違いないことが明らかになった。

「こんなにも早く結果が出るとは思いませんでした。逮捕後のガサが問題ですね」

公安一課の管理官が言うと、目黒署の警備課長が頷きながら答えた。

「ラーメン屋に一緒に入った男に関して、犯人隠避の問題も出てきますし、その他の共犯者の問題もあります。いたずらに一般の寮員や学生を刺激してもよくありませんので、ガサを行う時間も考慮に入れなければなりません。本来ならば、大学事務局にも予め連絡を入れておいた方がいいのかとも思いますが、漏れてしまっては元も子もありません」

「ガサ状を早めに請求しておいて、逮捕と同時に大学側に通告してガサを打つことが大事ですが、アジトに残っている連中全員の身柄の確保もしなければならないとなると、搬送用の車両も準備しなければなりません。一個小隊程度の機動隊の投入も必要かと思います」

「一網打尽にしないと意味がありませんからね。もう少し視察を続けて、確実にラーメン屋の前で身柄を取るタイミングを狙いましょう」

その後、一ヵ月間の視察が行われた。

「週に二回、しかも定休日の翌日は必ず来ますね。美味くはないが癖になる味なんでしょうか？」

視察結果の報告を受けていた管理官が笑いながら言ったため、和彦も笑って答えた。

「安いから……というのが第一なんでしょうが、もう長いことやっているわけで、都内でも不味いラーメンのワンツーとして有名になっていますからね。しかも、そのワンツーが駒場と千駄木《せんだぎ》にある。どちらも東大の学生が狙われているようで、決して東大生が味音痴というわけではないのですけどね」

「駒場に関して言えば、何かあれば裏門からキャンパス内に逃げ込めばいいわけですからね」

警備課長も笑いながら答えると、管理官が首を傾げながら言った。

「隣の弁当屋は美味いんですけど、やはりラーメンなんですね……数ある極左系のセクトの中でも金は潤沢な組織ですが……何かゲンを担いでいるのか、本当にあの味が好きなのか……でしょう。とにかく、来週の定休日明けをまずXデーにして準備を致しましょう。署長、いかがでしょうか？」

「結構です。管理者対策は私が行いましょう。教養学部長には私が連絡します」

Xデーの三日前、和彦は東大教養学部長に電話を入れ、Xデー当日夕方のアポイントメントを取った。

当日は容疑者等搬送車両のマイクロバス二台と大型ワンボックスカーに機動隊一個小隊二十二名、現場鑑識一個班五名、公安一課は管理官以下十五名、目黒署は警備課長以下十名の五十二名体制だった。目黒署の一般署員には一切知らされておらず、前日までに知らされていたのは副署長の他に、分散留置を担当する警務課長、留置係長だけだった。さらに当日午後三時に、当直幹部と、地域係が就勤する際にパトカー乗務員と交通課に内々に知らされた。

警察では一九九四年、警ら部が地域部に名称変更となり、これに合わせて警察署の警ら課も地域課に変更となっていた。

午後四時、和彦は警務係員の運転で東大駒場キャンパスに入った。

「教養学部長、着任以来のご挨拶になります」

「署長のご活躍は地域の方からも聞き及んでいます。アメフト選手時代のあなたを思い出しましたよ」

「ありがとうございます。ところで今日は駒場寮に巣食っている極左セクトの中に指名手配犯人が紛れ込んでいることがわかりましたので、本日、キャンパス外で身柄を取る予定です」

「なるほど……お気遣いありがとうございます」

「ただ、指名手配犯人の隠避を他の構成員が理解していたかどうかを確認するために、任意同行する必要があります。さらに、アジトの捜索差押も必要になります」

「そうでしょうね……その指名手配犯は本学の出身者ですか？」

「いえ、他大学です」

「そうでしたか……手配犯の確保は何時頃になる予定ですか？」

「これまでの行動確認によると、午後六時前後になるかと思います。これを受けて、捜査員を裏門から学内に入れる予定です」

「何人くらいですか？」

「中に入るのは五十人弱になるかと思いますが、全員私服で、危害防止用に小型の盾と特殊警棒は所持しております」

「承知しました」

午後六時十分、東大駒場キャンパスの裏門に藤田といつもの男が姿を現した。二人が裏門を出てすぐ左手にあるラーメン屋に向かった時、裏門の周辺で待機していた四人の警察官が速足で二人に近づくと、一人が藤田に声を掛けた。藤田は一瞬驚いた様子だったが、すぐに二人共山手通り方向に走り出した。しかし、そこには既に十数人の警察官と思われる者たちが周囲を固めており、寸分の隙もないことが藤田には理解できたようだった。藤田らの後ろから来た四人の警察官が二人の両手をガッチリ掴むと、一人が小声で藤田になにやら伝えた。藤田が周囲を見回すと正面にいた大柄の男が背広の内ポケットから逮捕令状を取り出して藤田の面前に示した。そのタイミングを計ったかのように大型ワンボックスカーが山手通りの交差点内で停まると中から扉が開いた。藤田は声を出す暇もなかったようで、ほぼ強制的にワンボックスカーの中に押し込められると、その車内で藤田らに逮捕状の読み聞かせが行われ、そのまま目黒署に向かってパトカーの先導で発車した。

これと同時に約五十人の警察官がバラバラになって裏門からキャンパス内に入り、

一般学生に目立たないように左回りに建物の裏を通って駒場寮の裏手から正面に回った。

公安一課の管理官と目黒署の警備課長が寮の正面に着いて部隊を集結させると、そこに目黒署長の和彦と大学関係者が待っていた。

「管理官。こちらが教養学部長です」

「お世話になります」

「以後は現場指揮官の目黒署警備課長が対応いたします」

「寮長は不在のようですので副寮長に立ち会いをする旨伝えております」

「副寮長の神林《かんばやし》と申します。早速ですが捜索差押許可状を拝見できますでしょうか」

警備課長がカバンの中から捜索差押許可状を取り出して神林に手渡した。その場面を現場鑑識の捜査員が撮影をしていた。副寮長はカメラをちらりと見たが、何も反応することなく捜索差押許可状に目を通して言った。

「北寮二階の奥にある二部屋だけでよろしいのですね」

「記載の場所だけです」

「何人入られますか？」

「三十五人は入ります」

「そんなに入る必要があるのですか？」

「行けばわかります。十人は窓からの逃走防止のために外周に配置します」

神林は極左アジトの中を知らないだけに、警察の捜査に学問的に興味があっただけのようだった。

「では現場までご案内します。一緒に参りましょう。職員の方もお一人ご同行下さい」

アジトの前に着くと神林がバリケードの中に入ろうとしたため、これを警備課長が制して言った。

「副寮長さんはここまでにしておいて下さい。ここから先はセクトの代表者が立会人になりますので、後は我々の手法で捜索差押を行います」

そういうと警備課長が機動隊の小隊長に目で合図を送った。

小隊長が右手を開いてバリケードを示すと、大柄の隊員が静かにバリケードを動かし始めた。まだ、セクトの者は警察の侵入に全く気付いていない様子だった。バリケードの半分が動かされた時、小隊長が今度は右手を拳にして部屋を示した。すると、小型の盾を持った巨漢の八人組が二組、部屋の二つの入り口にそれぞれ配置された。八人組のリーダーと思われる二人が小隊長の方向を見て頷くと、小隊長が一言呟くように言った。

「GO」

それまで隠密のように静かに動いていた一団が、今度は全員で扉や壁をぶち破って室内に突入した。これには神林だけでなく、大学職員も飛び上がるように驚いた様子で、神林が声を震わせながら警備課長に訊ねた。

「どうしてこんなひどいやり方をするのですか？」

「証拠隠滅を防ぐためです」

警備課長は頼もしそうに機動隊員を見ながら答えた。八人組が完全に突入を終えると、今度は公安部員がなだれ込むように二手に分かれて室内に入った。

これを後ろで見ていた教養学部長が和彦に言った。

「まだ警察はよく訓練されているのですね。安田講堂事件当時を思い出しますよ」

「今のスピードだったら、証拠隠滅を図る時間もなかったでしょう。ここが敵の本拠地ならば、金属製の扉や間仕切りがありますからこうはいかないでしょうが、証拠物の数はそう変わりません。警察としてもこれから彼らに対して波状攻撃をかけていくことになると思います」

「なるほど……ここで得た証拠品が活用されるのですね……ところで、彼らの証拠隠滅とはどういうやり方をするのですか？」

「彼らはすでに一九八〇年代後半から携帯電話を使用しています。特に最近はこれがどんどん小型化し、一昨年から携帯電話機の売り切り制が開始されました。それまではレンタルで携帯端末を契約していたでしょう？」

「まだ庶民には手が届きませんからね」

「去年、一斉に逮捕したオウム真理教もほとんどが携帯電話を持っていましたからね。ただ、極左の連中は通信手段として携帯電話を使っていても、文書の多くは水溶紙に記載しているのです。ここのアジトにも奥に大きな風呂桶があって、それに水を張っているのです。そして、敵の襲撃や警察の捜索差押が入った時には重要な文書を風呂桶に投げ込んでかき混ぜてしまうんです」

「そんなことをしているのですか？」

「はい。今回逮捕した犯人のように非公然部隊に潜った連中は常にウエストポーチの中に水を入れたビニール袋をしのばせていて、職務質問にあったと同時にビニール袋を潰して文書を溶かすんです」

そこに寮の外周に配置していた部隊から無線が入った。

「三分隊長から小隊長宛、現在飛び降りた二名確保。証拠物は無事に押収。どうぞ」

これを聞いた和彦が教養学部長に言った。

「外に逃げたのは幹部クラスですね。これは間違いなく逮捕です」

約二時間にわたる捜索差押で、さらに三名を逮捕し、四人を任意同行、段ボール箱五箱と携帯電話二台、パソコン三台を押収した。

「これからはパソコンが犯罪の主流になるでしょうね」

和彦が言うと教養学部長は二、三度頷いた後、自嘲的な笑みを浮かべて答えた。

「老兵は去り行くのみ……ですな」

この捜査は当時の警視庁公安部が「大学の自治」を理由として、手を出すことができなかった学生の聖域にメスを入れる結果となった。この検挙により、逮捕された活動家が所属する極左暴力集団のセクトから彼らの機関紙に和彦は名指しで批判されたため、警備部警護課から担当SPを付けることも打診されたが、警察署長にSPを付けることを是としない和彦はこれを断っていた。

神奈川県警と目黒署で捜査指揮をした和彦について、警察庁内では、「よくやっている」「目立ちすぎ」という両極端の評価が立っていた。中でも警備警察の中では、これまで同じポストに着任していながら、何も手を出すことができなかった不出来のキャリアからは根強い反感を持たれる原因になっていた。

また、この年三十歳になったこともあり、上司や公安委員らから将来の伴侶について、見合いや紹介の話も多く持ち込まれたが、和彦自身、まだ積極的にはなれなかった。

第四章　幼馴染

一年半の目黒署長としての勤務が評価されたのか、和彦は警察庁や地方警察ではなく警視庁警務部教養課長に就任した。教養課長は警視庁の全ての分野の講習や海外派遣等を管理する部門で、組織の実質的な強化を図る分野である。このため、警視庁警察学校だけでなく、警視庁の昇任試験に合格した者が入る、警察大学校や関東管区警察学校との連携も図らなければならない、重要なポストである。

警視庁が他の県警と異なって、警察庁関東管区警察局の傘下に入らず、独立機関となっている理由は警視庁のトップが警視総監であるためである。警視総監は職名と階級を兼ねている。関東管区警察局のトップは警視監の階級であるため、警視監の下に警視総監が入ることは組織上許されないためである。こうなった理由は、明治維新以降、日本の警察制度を確立する際に最初にできたのが警視庁だからだ。このため、その後に設立された国家警察としての警察庁のトップは職名としての警察庁長官であり階級はなく、単なる行政庁の長ということになった。したがって、組織としての日本警察のトップは警察庁長官ではあるものの、階級のトップは警視総監なのである。

和彦は教養課長として、組織教養に関してこれまでに構築された様式を踏襲しながらも、公認会計士や通訳業務、サイバーテロ対策等の専門職を部外から積極的にヘッドハンティングや登用をし、現実に即した組織力のアップを図った。この諸策は捜査部門だけでなく、様々な防犯的分野においても大きな結果を残した。

この警視庁モデルが結果的に警察庁も動かすことになり、地方警察だけではできない予算面のバックアップを国が予算付けできるシステムを作り上げることになった。その結果、反社会的勢力や海外の対日有害組織による組織犯罪に対しても、先制的かつ積極的な捜査ができるようになっていた。


その年の秋、和彦の母親の敏恵が五十七歳の若さで他界した。

葬儀は品川《しながわ》区にある桐ヶ谷《きりがや》斎場で行われた。

子どもの頃から家族同然に育った高杉隆一、本城清四郎ももちろん通夜、告別式に出席した。

「和彦は教養課長か……生花の名前が凄いな……警察庁長官、警視総監、副総監、総務部長、警務部長か……」

清四郎が言うと、隆一も頷きながら答えた。

「何だか遠いところに行ってしまったような感じだな……」

焼香だけで帰るつもりだった隆一だったが、両親から精進落としに付き合うように言われ、清四郎もまた同様だった。献杯をして料理をつまんでいると、そこに和彦が現れた。

「隆一、清四郎も、今日はありがとう。久しぶりに会うことができて嬉しかったよ。これもおふくろが引き合わせてくれたのかもしれない」

和彦の言葉に隆一が答えた。

「子どもの頃のキャンプを思い出すよ。いつも和彦のお母さんのキャンプ料理が楽しみだった」

「そうだよな、小学校時代からダッチオーブンの料理なんて、贅沢というか、当時は珍しかったからな」

清四郎も目に涙を浮かべて言うと、和彦が笑顔を見せて言った。

「おふくろの実家がそういう家庭だったんだよ。ガールスカウトもやっていたらしいからな。ところで、こんな時にする話じゃないとは思うけど、これからも定期的に集まって飲まないか？」

「俺たちなんかと飲んでる暇があるのか？」

「仕事がらみの酒なんかどうでもいいんだ。同期はみんなライバルみたいな世界だし、僕はあまり出世なんて考えていないよ」

「実は今日、早退をしたんだが、うちの署長が和彦を『将来の総監、長官候補』と言っていたぜ」

隆一が言うと、和彦は顔の前で手を振りながら答えた。

「ないない。僕の同期は十年に一度……といわれるほど優秀な者が多いんだ。同期生で三人が海外留学したのは初めてのことらしい」

「留学？　社会人になって留学するのか？」

「社会人留学システムは大手企業にも多いようなんだが、霞が関の場合はだいたい各省庁から二、三人は入庁三年目くらいに実施されるんだ。僕の同期はオックスフォード、ハーヴァード、イエールの名門三大学にそれぞれ留学したからな」

「世界の一流大学か……キャリアはキャリアで大変なんだな……狭き門だけに競争も激しいんだな……」

「だから、僕はやりたいことをやるだけだな」

和彦の言葉に清四郎が訊ねた。

「キャリアのお前がやりたいことって、どんなことなんだ？」

「僕たちの仕事というのは、如何に現場が働きやすい環境を作るか……にかかっていると思うんだ。僕も麻布署で八ヵ月間、見習い勤務をしたけれど、まだまだ世界の主要警察からはシステムとして遅れているところがあるからな。例のオウム事件捜査だって現場でコンピュータを扱うことができる人材が極めて乏しいのを実感したんだ。あの時、僕は神奈川県警の公安一課長だったけど、警部以上でパソコンを扱うことができるのは一人もいない……という実態だった」

「それは警視庁でもあまり変わらないと思うけどな」

「いや、本部勤務をすればわかるさ。公安総務課や捜査一課の対応は実に早いものがある。ハイテク捜査官を採用して、あっという間に課内にハイテク部門を作ったからな。まあ、コンピュータ捜査を『ハイテク』なんて言っていること自体が遅れている証拠なんだけど……」

これを聞いて隆一が言った。

「捜査二課はさすがにパソコンの導入は早かったな。僕は夜学に行った時にパソコンの必要性を感じて、同級生に基本を習って、築地署の係長時代には管内の様々な情報をデータ化していたんだ。これを見た警部以上の幹部の中にはすぐにパソコンを始めた人もいたから、やる気がある人は行動も早いと思ったよ」

「そこが警視庁の面白いところで、伸びる人材が育ちやすいんだ。これは会計課にいた時によくわかったことなんだけど、確かに警察官が二千人以下の小県と、警視庁は格が違うとしても、五千人以上の県と比べても予算要求の内容が全く違うんだよ。人口が多いだけに犯罪も多いから、どうしてもデータ化が必要となるからね。警察官が二千人未満の県で採用される新卒は警視庁よりもはるかに優秀な人材なんだが、その後の経験の差が数年で表れて、これが階級が上がるごとに差が開いてくるんだ」

和彦が「階級」という言葉を口にした時、清四郎が言った。

「俺は階級なんてどうでもいいと思っていたんだけど、三鷹署の時に隆一が刑事課長代理で赴任してきて意識が変わったんだ。正直言って、隆一が高卒で警察官になったことを聞いた時、『なんてもったいない……』と思っていた。だけど、隆一には志があったんだな。俺は隆一の捜査官としての指揮ぶりを見て初めて自分を恥ずかしいと思った。隆一が来てくれたおかげで、俺はやっとやる気になったんだ。これは昇任だけじゃなくて、社会人として、仕事そのものに対する姿勢を変えなければならないと思ったんだよ。隆一にも初めていうことだけどな」

「何かあったのか？」

和彦の言葉に、清四郎が当時を回想するように続けた。

「隆一が俺がいた刑事課の課長代理になって来た時、正直『高卒だったのに……という思いと、お勉強はできても仕事ができるのか……？』という、今となっては恥ずかしい捻くれた感情が湧いてきたんだ。ところが、着任して半月の間に係長クラスが隆一の言いなりになっているんだ。そして刑事課課員のありとあらゆる業務上のデータを示して『捜査員の特性を理解していない』と言って内部異動を実行してしまった。しかも、『結果が出せない刑事はいらない』とまで言ったらしい。『内勤を外す』、これほど刑事にとって屈辱なことはないからな」

これを聞いて隆一が言った。

「警察庁に出向した最初に『高卒が来たのは初めてだ』と言われて、田舎警察出身の補佐に馬鹿にされた時、『高卒は警察を去るまで言われ続けるのか……』と思ったからな。しかし、この田舎警察の補佐はお勉強こそ少しはできたようだが、実務をほとんど経験していないばかりか、捜査手法の知識もなかったんだ。確かに地方では事件も警視庁に比べれば圧倒的に少ないし、パソコンの必要性もないからな」

「嫌味な補佐だな……」

「半年以上は完全なパワハラ状態だったんだが、次第に全国の事件データの解析と、捜査要領の指導を行うに当たって、補佐の無能ぶりが露呈してきたんだ」

「何かやったのか？」

「補佐の下の係長が見かねて、捜査要領に関して僕の意見を聞くようになったんだ。築地署の刑事課で十年分の事件データを徹底的に分析して、捜査結果も資料化していたからな。知識だけは豊富だったし、それを担当した捜査員の実力もわかっていた。調書の良し悪しも理解していたし、全ての事件の検面調書もデータ化していたから、何が重要で、何を一番に調べるかもわかっていた」

「そんなことをやっていたのか？」

「データ分析に専念できたのは、当時の署長と刑事課長からのご褒美だったんだ」

「そういう背景だったのか……苦労もしたんだな」

「警部補になるまで、一度の職質検挙もなかったからな」

「ほんとうか？」

「ああ。屈辱の『乗りボシ総監賞』だけだ」

「乗りボシか……。よくある話だけどな。それで、その補佐との関係はどうなったんだ？」

「係長に頼まれて、ある事件に関する捜査要領の素案を作ったんだが、僕が作ったことを知って、補佐は僕をデスクに呼び出して、面前でその素案を真っ二つに破ったんだ」

「何だって？　そこまでやるか？」

「今となって考えると、それはある種の男のジェラシーだったんだろうな」

これを聞いていた和彦が言った。

「警視庁嫌いの警察庁補佐は案外多いんだよ。本当の競争をしてきていない地方警察では警視の質が圧倒的に低いのが特徴なんだ」

「そうなんだ……」

清四郎が呆れた顔つきで呟くと、隆一も頷きながら言った。

「中には本当に立派な人もいるんだけどね。変な人が多かったのも確かだし、地方から警察庁に永久出向してきた人には、何と言うか、自分が偉くなったと勘違いしている人も多かったな」

「その制度を是正するためにⅡ種試験制度ができたんだ」

「なるほど……」

清四郎は話の内容が理解できていなかったようだったが、補佐と隆一のその後を聞きたかったようだった。

「書類を破られた後はどうなったんだ？」

「たまたま、この案件を耳にした理事官が僕を自席に呼んで、破られた素案の内容を見て『よくできている。補佐を通さなくていいから』と言って、理事官自ら数ヵ所に赤ペンを入れて『これでいいと思います』と、決裁のサインをして、上にあげてくれたんだ」

「理事官も凄いな」

「現在の警視庁捜査二課長だよ」

これを聞いた和彦が「なるほど……」と頷いた。

「それにしても、よく半年も我慢できたな……」

「警察庁で警部補は、警視庁の卒配と同じ様な見方をされるんだよ。下には誰もいないからな」

「そうか……振り出しに戻ったような感覚なのか……。しかし、そんな苦労があったから、三鷹では警部補の係長は何も言えなくなっていたんだな……しかも、その後の実績の上がり方は半端じゃなかった。刑事課長が『高杉代理、高杉代理』と完全に頼り切っていたからな」

「署長は交通部、副署長は警備部出身で、課長も苦労していたんだよ。課長も人工衛星組だったから、捜査本部ができても、本部との交渉は僕がやるしかなかったしな」

警察で「人工衛星」というのは、警部以上になって、本部勤務をする機会に恵まれず、所轄をぐるぐる回される人のことを言った。

「あの殺しの事件はよく解決できたよな。一課出身の係長が『お宮《みや》かもしれない』と言っていたのを、隆一が捜査指揮したんだったな。一課の管理官も『あれが築地のエースだった男か』と感心していたそうだ」

お宮とは「お宮入り」つまり「迷宮入り」の隠語である。

『築地のエース』の意味もわからなかったが、隆一はちゃんと仕事してきたんだな……と思ったよ」

「築地では実質的な捜査は全くやっていないんだ。ただ、あの殺しの捜査は、現場から半径一キロ、駅を含めた防犯カメラ画像を全て集めて解析した、最初の事件だったと思う」

「ビックリしたよ。俺は毎日のように画像を捜査一課の特殊班に持ち込むのが仕事だったが、特殊班のキャップが『面白い捜査手法だ』と言っていたのを覚えている。俺たちにとって捜一特殊班といえば『プロの中のプロ』だからな……。隆一の頭の中を見てみたいと本気で思った瞬間だったし、『俺は警察官として何をしていたんだ』と愕然としたものだった」

「清四郎が捜査員として本気になってくれたのは、雰囲気だけでよくわかったよ。ただ、それ以前から、清四郎の評価は署内でダントツに高かったのは素直に嬉しかったけどな」

これを聞いた清四郎が自嘲気味に言った。

「あの時までの仕事の評価はゴルフだけだ」

「しかし、都議を含めた管内や近隣の有力者とのパイプを持っているのは清四郎だけだったからな。やはりそれは才能だと思ったよ。僕には一軒の檀家もないからな」

「長くいたからな……それだけだ」

清四郎の言葉を聞いて和彦が言った。

「まだ、僕たちは三十二歳。これからじゃないか。三人揃って同じ道、それも二代続く道を選んだんだ。これからも連絡を取り合おうよ」

通夜の精進落としの席だけに、和彦が二人の席に長居はできないことは隆一も清四郎もわかっていたため、和彦が落ち着いた段階で再会することを約束した。

和彦が弔問客に挨拶する姿を見て、清四郎が言った。

「『自警』の一月号に出ているような警視庁幹部が多い中、和彦は一番に俺たちのところに来てくれたんだな。本当はおばさんの葬儀という場所以外で会いたかったけど、おばさんが気遣ってくれたような気もする。もう一度焼香して帰ろう」

清四郎の優しさを隆一も子どもの頃からよく知っていた。精進落としの席を離れてもう一度、祭壇に戻り、棺の中を覗いた清四郎の目から再び涙がこぼれていた。


翌日の告別式にも参加した隆一と清四郎は二人だけで献杯目的で清四郎がチョイスした品川駅にあるオイスターバーに向かった。

「敏恵おばさんは岩牡蠣が好きだったよな」

清四郎が遠いところを見るように言った。

「敏恵おばさんの実家がある兵庫県の日本海側で採れる岩牡蠣はデカかったからな……おまけに、和彦の親父さんは牡蠣むきのプロのようだったから、バーベキューの時には牡蠣殻が山のようになっていたな」

隆一もまた、懐かしそうに答えていた。

「子どもの頃から生牡蠣の味を覚えられたのは実に贅沢だった。焼き牡蠣や蒸し牡蠣、川沿いで牡蠣フライもやってたよな。あの頃は本当に楽しかった」

「物心ついた頃から中学卒業まで三家族でやってたからな。非行に走るきっかけさえなかった」

「警察の子と教員の子に不良が多い……という話も実際に警官になるまでは冗談だとばかり思っていたが、その現実を知った時、考えてみれば俺たちには、いつも両親や友達が傍にいたから、悪に染まらなかったんだと思ったよ」

「そうだな……駐在の子の宿命のような環境の中で、三家族全員が兄弟姉妹のような不思議な関係になっていたからな。僕にとっては清四郎のお姉ちゃんが初恋の対象だったし……」

「多恵子に初恋？　知らなかったな……お前あまり趣味がよくないんじゃないか？」

「それは弟だから言えるセリフだ。高校に行ってからは会っていなかったから知らないけど、多恵子さんといつも一緒にいることができるお前が羨ましかった」

「ふーん。多恵子は今や三人の子どもの母親だからな。今、旦那の仕事の関係でスイスに行っているよ」

「そうだったのか……敏恵おばさんの葬儀で会えるかな……と密かに期待を持っていたんだが……スイスにいるのか……ハズバンドはエリートなんだろうな」

「エリートかどうか知らないが、スイスに本社がある会社の社員だから仕方がないんだろう。まあ頭はよさそうな人だけどな」

清四郎があまりに他人事のように言ったため、隆一が話題を変えた。

最近は生牡蠣を好むパリだけでなく、ニューヨークでも生牡蠣に日本酒や焼酎を合わせるブームが起こっている。ニューヨークのグランド・セントラル駅に本店を持つこのオイスターバーにも日本酒と焼酎は提供されていた。

二人は日本酒で献杯をすると、十種類以上ある生牡蠣の中から六種類の生牡蠣がセットになったオイスタープラッターをまず注文した。

清四郎が先に口を開いた。

「昨夜、和彦の前で言ったことは本当だ。お前に昇任試験の勉強法を習って、そのとおりにやったら、本当に受かったからな。しかも二桁の順位だぜ。署長もびっくりしていたよ」

「地頭はいいんだから、やる気の問題だけだ。警部試験まで全く同じ勉強法でいいんだ」

「そうなんだろうな……勉強したものと全く同じ問題が出てきたときには思わず笑いそうになった。一問を数秒で解答することができるだけでも、なんだか自信がついた気がしたよ」

「階級を上げることが最優先ではない社会だけど、やはり責任を持つ仕事をすることは意義深いと思う。現に、昨日、和彦と話をした時、階級が人を作る……という話を思い出したよ」

「本部の教養課長だもんな……来年は警視正になると、署長が言ってたぜ」

「警視正か……和彦がどこまで伸びるかも楽しみだな」

隆一が答えた時、大きなステンレス製の皿に載って、生牡蠣が運ばれてきた。

「おお、これは凄いな。清四郎はよくこの店に来るのか？」

「四、五回は来たかな。檀家に金持ちが多くて、いろんな店に連れて行ってもらっている。高校時代にゴルフ部に入ったことが警ら課では活かされたんだが、結果的にそれに甘んじてしまったんだな」

「署長から清四郎のことは聞いていたよ。議員や財界の他、地域の有力者とのパイプが凄かったそうじゃないか。そういう人と話ができるだけでも凄いことなのに、さらに反社会的勢力の情報まで入手していたんだろう」

「それはいい上司に恵まれたからな」

「そうか……それでも、情報を取ったのは清四郎の力であることは間違いないよな」

隆一の話を聞いて、清四郎が胸に溜まっていたものを絞り出すかのような声になって真顔で訊ねた。

「まあな。運がよかったんだな。それよりも、お前にどうしても聞きたかったことがあるんだ。隆一はいつから昇任試験を意識して勉強をやるようになったんだ？」

「その話か……初任科の時の世話係の先輩が立派な人だったんだ。その方は国立大学を卒業していて、昇任試験だけでなくあらゆる試験をトップ合格して、今でも上り詰めている最中の人なんだけど、その方が高卒の僕に『卒配したら夜学に行って勉強しろ』と言ってくれたんだ。そして、現補の授業ノートまで貸してくれた。そのおかげで、僕は高卒なのに現補で優等を取ることができたんだ」

「現補で優等か……すげえな。その人とは未だに付き合いがあるのか？」

「今、公安総務の係長で、今年管理職試験だと言っていたが、間違いなく合格だろうな。仕事もできるし人望もある。オウム事件の時は警察庁警備局でバリバリやっていたからな」

「いくら国立大学を出ていたと言っても、巡査からのスタートだからな……。でも、どうしてお前にそんなことを言ったんだろうな？」

「それはよくわからないが、仮入校の一週間で、教官、助教に僕のことを副場長に推薦してくれたんだ。学校内でも、たまに顔を合わせると『勉強してるか？』と聞いてくれて、その方が総監賞を取って卒業した日にも『絶対に優等賞を取って卒配しろ』と言ってくれた。卒配後にも僕の寮を訪ねてくれたり、さっき言った現補の授業ノートを貸してくれたりしたんだ。職場でできた出来のいい兄貴のような存在だな」

「ふーん。不思議な関係だな。まあ、お前は昔から上の人に可愛がられるところがあったからな。大石んちの敏恵おばさんだって、お前のことを可愛がっていたからな」

「それは僕に兄弟がいなかったからだよ。親父は堅物だったしな」

「確かに高杉のおじさんは剣道も強かったけど、何事にもきっちりした人だったような気がするな。それで夜学はいつから行くようになったんだ？」

「卒配して二年目だ。世田谷署の高卒の卒配の三分の一は夜学に通っていたからな。上司も理解があったんだ。それでマル機も同じ方面の三機に行くことになったんだ」

「そうか……確かにうちは夜学を希望する者に対しては面倒見てくれるからな……それで、四年で卒業できたのか？」

「僕が行った大学は夜学生でも昼の授業に出て、単位を取ることができたんだ。週休の時は昼夜大学に行って、学食喰って、いろんな仲間ができたよ。四年の時に巡査部長試験に合格したんだけど、それが大学のクラスの話題になるくらいだった。昼間の仲間のおかげでパソコンも覚えたし、僕は給料をもらっているから、たまに、本当の苦学生に飯を奢ったりして、いろんなことを教えてもらったよ。昼間の仲間は僕を夜学の学生と知っていたけど、分け隔てしない付き合いをしてくれたんだ。もちろん、警察官ということを知っていたからかもしれなかったけど、今でもいい付き合いをさせてもらっている」

「そうだったのか……俺はパソコンなんていまだによく使えない」

清四郎が自嘲気味に言った。これを聞いて隆一が言った。

「今からでも、パソコンだけは使えるようになった方がいい。次の給料で買うくらいじゃなきゃこれからの警察官はやっていけないぜ。今じゃ、ヤクザもんだってパソコンを使っている時代だからな」

「そうなのか……わかった。やってみるよ。三鷹でお前と再会して意識改革させてもらったけど、今日、再び意識改革させられたようだ」

「僕も清四郎が少しでもその気になってくれたのが嬉しかったよ」

「ちょっと遅かったけどな」

「そんなのは何とでもなるさ。警察官としていい仕事ができるかどうかだ。僕は本物の職人になってみせる。もちろん、昇任を捨てるわけではなくて、自分で納得できた段階で上に上がることができる準備だけはしておくつもりだ。清四郎はマル暴担当に進むのか？」

「できればそうしたい。善人を喰いものにしている連中を何とかしたい。今の世の中に『必要悪』なんてものはないことを知らしめたいんだ」

「そうか……清四郎ならできると思うよ。同じ刑事部の道を進むことができれば、また一緒に仕事をする機会もあるかもしれない」

「刑事部と一口に言っても、二課と四課は全く異質だろう」

「いや、そうでもない。政治家の裏に暴力団が存在したり、大掛かりな地面師等による詐欺事件の背後に暴力団があるのは常だからな」

「そうか……一緒に仕事ができるように、俺も勉強するよ。まずはパソコンかな」

清四郎が笑って答えた。

翌年、隆一は警察庁からFBIに一年間の研修に行くことになった。高校卒業後の旅行以来の、念願のアメリカだった。どうやら和彦が裏で推薦してくれていたようだった。隆一はFBIで日本とアメリカの司法制度、警察制度、捜査手法の違いを嫌というほど思い知らされた。大学で学問として学んだ英米法とドイツ法の違いが、そのまま実務に通じていたからだ。中でも司法取引はアメリカの捜査では極めて一般的であり、かつて日本の元首相が逮捕されたロッキード事件の裏側を初めて知ることができたのもこの時だった。

「肝心なところに捜査のメスを入れることはできなかった……ということか」

あのロッキード事件の本筋が闇から闇に葬られた事実を知った隆一は、一時期、無力感に苛まれそうになっていたが、司法取引に至る情報収集手法と、容疑者のあぶり出しのテクニックを学ぶことで、何とか研修の成果を得ていた。

帰国後、警察庁刑事局捜査第二課で日本全国で発生する知能犯の分析を行うことになった。

この年から三年間、和彦は在ロシア日本大使館に参事官として赴任した。

清四郎は三鷹署で十年目に巡査部長試験に合格して杉並署に昇任配置し、そこで地域課（旧警ら課）を経験することなくマル暴担当のデカ長として実力を付け、刑事部捜査第四課でも「杉並の本城」として名が通っており、本部の合同捜査本部へ招集されるようになっていた。その後、巡査部長のまま八王子《はちおうじ》署のマル暴担当に異動した。

帰国してからは、早く現場に出て、様々な捜査手法を実践したいと思うようになっていた隆一は、二年後、警視庁刑事部捜査第二課の第二知能犯捜査情報担当係長に就き、重要で特異な知能犯事件の情報収集及び管理の責任者となった。

捜査第二課に着任して二週目、隆一は突然、課長室に呼ばれた。中村《なかむら》二課長はキャリアの警視正で、和彦の三期先輩で隆一よりも二歳年上だった。二課長のデスク前ではなく、応接セットに座るよう指示され、隆一がソファーの前で立っていると、二課長が笑いながら着席を勧めて、自分も正面のソファーに座って口を開いた。

「高杉係長は大石和彦の同級生だったそうですね」

「幼稚園からの付き合いですが、高校以降は疎遠になっていました。和彦のお母様が亡くなって、再び連絡を取り合うようになりました」

「幼稚園からですか……本当の幼馴染ですね。ところでプライバシーに関することは、私としてはあまり関わりたくないのですが、高杉係長は今年で警部として六年目、来年は管理職試験に合格してもらわなければならない立場です。年齢も三十六歳。そろそろ身を固めてもよろしいのではないか……という相談なんです」

中村二課長の目は、部下の結婚に関する話題に、さすがに言いづらい雰囲気を宿していた。

確かに警部試験の最終面接の際にも、面接官から結婚に関して聞かれていた。独身の警部では部下の指導ができない……という理由からだった。警部試験を受験した時も捜査二課であり、当時の上司から「独身の受験者には最終面接で、必ず結婚相手のことは聞かれるから『相手がいない』という回答は避け『現在、結婚を前提に交際中である』と嘘でも答えるように」と指導されていた。

「仕事一本でやって参りまして、人事異動も多かったため、なかなか出会う機会がありませんでした」

隆一は卒配から十八年でＦＢＩ派遣を含めると十回の異動を経験していた。この間、一番長く勤務したのは第三機動隊の三年間で、後は一年、二年ごとに転勤をしてきたのだった。おまけに、転勤する先々は圧倒的に男性が多い職場ばかりだった。

「そうですね……人事記録を見ても、ご苦労されているのがよくわかりますし、勤務評定も素晴らしい。ただ、ご存じのとおり、これからは実務よりも管理部門が多くなってきます。うちの組織では、立場的にどうしても結婚を避けて通ることはできない状況にあることも事実です。大石もその点を気にしていたのですよ」

「しかし、和彦もまだ……」

「今回、婚約者と一緒に赴任していますよ」

中村二課長が笑って答えた。

「えっ。そうだったのですか……」

「もし、今、誰もお付き合いされている方がいないのなら、私に心当たりがあるのですが……」

「それは見合い……ですか？」

「今どき、見合いはないでしょう。単純なご紹介です。ダメだったからどうこうということはありません。私の知人のお嬢さんのお相手を、優秀な警察官の中からどなたか……と、頼まれていたものですから」

「課長のお知り合いならば、人物的な問題はない方でしょうが……何分にも急な話ですから……」

「写真見てみます？」

二課長があまりに軽く言ったため、隆一もつい答えた。

「よろしければ拝見したいです」

「案外可愛い子ですよ」

そう言って二課長は自分のデスクに戻ると、引き出しからどこかの企業の社用封筒を取り出してソファーに戻ると、封筒の中から二枚の写真を出して言った。

「ほら、一般的に見ても、可愛いでしょう」

テーブルに広げられた写真を一目見て、隆一も「可愛い」と思った。

「手に取ってじっくり見てよ」

和服姿とワンピース姿の二枚だったが、スタイルもよかった。

「失礼ですが、お幾つの方なんですか？」

「もう、二十七なんですよ」

「もう……って、僕はもう三十六ですから、十分に若いと思いますけど……」

「そうか……二十七でも九つ差なら、バランス的にはそう悪くないわけですよね」

「十分に若いです」

それを聞いて二課長が噴き出すように笑って言った。

「これは失礼。私の嫁が結婚した時二十四で、やはり九つ違いだったものですからそう言ったまでで、二十七歳をそんなに年だとは思っていません。彼女の父親は麹町で不動産業をやっていて、それなりの業績を上げています」

「そうなんですか……僕なんかでいいのでしょうか？」

「親父さんが警察が大好きで、麹町署の懇話会にも入っていて、剣道も署の道場でやっていらっしゃるんです。『警視庁の警察官で……』というのが条件のようなものなんです」

「麹町ですか……本当に僕でよろしいんでしょうか……」

「私がいいと思っているのですから、親御さんは問題ないと思いますよ。あとは男女の縁ですから、高杉係長の腕次第ですね」

「腕……ですか？」

「まあ、そんなところですね。結婚は私の方が先輩ですから。私の嫁に高杉係長の話をすると写真を見たがったので、高杉係長の着任時に撮った幹部集合写真を見せたら『カッコいい』と言っていましたよ」

隆一は呆れた顔をして二課長の笑顔を眺めながら言った。

「そうですか……それではお話を進めて頂いてよろしいでしょうか」

「ガッテン承知の助。実は大石からも言われていたのですよ。『仕事はできるが、そっちの方が心配だから頼む……』とね」


話は驚くほど速く進んだ。

二週間後の日曜日の昼、帝国ホテルのレストランの個室で米田《よねだ》克彦《かつひこ》夫妻とその娘の彩子《あやこ》の三人と中村二課長、隆一の五人で会食を行った。

彩子は写真よりもさらに綺麗に思えた。着物ではなく、春らしい薄ピンクのワンピース姿だった。

「最初は米田さんの地元の、麴町のグランドアークでどうかと思ったんですが、身内の目に晒されるのも嫌だろうと思って、皇居を挟んだ反対側を選んだんですよ」

中村二課長が場を和ませるように話を始めた。

一時間半の食事を終えると、隆一と彩子の二人が残された。

……これからの数時間で自分の運命が変わるかもしれない……。

隆一はこの二週間、仕事以上にこの時間の過ごし方を考えてきた。彩子の家族を含めたわずか二時間足らずの会話から、二人きりになった時の第一声を判断した。

「彩子さん、一つだけお伺いしたいのですが、今回のお話を聞かれて、正直なところ、どう思われましたか？」

「今まで、何度かお見合いのお話は頂いていたのですが、実際にお受けしたのはこれが初めてなんです」

「僕でよかったのですか？」

「はい。高杉さんの自筆の履歴書を拝見して、正直な方なんだな……と思いました。卒業大学だけお書きになればいいのに、高卒入庁って書かれていたから」

そう言って、彩子がクスッと笑った。その笑顔を隆一は可愛いと思った。

「事実、そのとおりだったものですから……。夜学も大学には違いありませんが、やはり昼間部の学生に比べると『遊びが少ない』と言われます」

「遊びって必要なんですか？」

「アルバイトや大学のサークルなどで社会勉強ができるでしょう？　彩子さんも学生時代にアルバイトはされたのですか？」

「小、中学生相手の家庭教師をしていました」

「家庭教師か……彩子さんのような方に習うと、成績を上げなきゃと思うだろうな」

「そんなプレッシャーは与えませんよ。受験用というよりも学校の授業を理解させるような指導でしたから。それよりも高杉さんは社会人になっても、ずっとお勉強をされたのでしょう？　偉いな……って思いました。だからお会いしてみたいなって思ったんです」

「そうでしたか……社会人になっても、がむしゃらに生きてきただけです」

「もう、試験はないと聞きましたが、そうなんですか？」

「はい、警部試験が昇任試験では最後ですから、あとは実務を磨くだけです」

「私は今のまま、父の会社の仕事を手伝っていてもいいのですか？」

彩子が結婚後のことを訊ねたので、隆一は少し驚いたが、笑顔で答えた。

「せっかくたくさんの資格を持っていらっしゃるんですから、使わなければもったいないと思います。僕の仕事を手伝ってもらうわけにはいきませんからね。仕事を家に持ち帰ることもありませんから」

隆一の言葉に彩子は自分が訊ねたことの意味にハッと気づいたのか、頬を染めて俯いた。これを見て隆一が話題を変えた。

「彩子さん、スロットカーサーキットってご存じですか？　子どもの頃はレーシングカーセットといわれていたものなのですが……」

銀座八丁目の玩具屋の四階にあるスロットカーサーキットが初デートとなった。

その後、二人は日の出桟橋から隅田川を上る水上バスで、船を追いかけるカモメにパンの餌を投げながら浅草に行き、天丼を食べて、午後八時に彩子を自宅に送り届けた。

交際は以降も順調に進んで、双方の両親との会食も和気あいあいと行われ、和彦の帰国を待って結婚する運びになった。

一方、仕事面では清四郎が思わぬ情報を伝えてくれた。清四郎は本部に空きがなかったため、巡査部長のまま杉並署から八王子署のマル暴担当に異動となっていたが、それは八王子管内で発生した、関東と関西の指定暴力団同士の抗争の捜査に専従させるためだった。関東のヤクザが関西に進出することはまずないが、関西ヤクザは未だに対立抗争を続けており、その中でも最大勢力を誇る岡広組は、虎視眈々と関東進出を目論んでいた。そしてついに、その口火が切られたのが八王子の事件だった。

清四郎と隆一は月に一度、地理上、二人の勤務地の中ほどに当たる吉祥寺で酒を飲んだ。

「隆一、彼女とはどうなんだ？」

「まあ、何とか喧嘩もせずにうまくやっている。清四郎はどうなんだ？」

「三鷹の大地主の分家が小金井にあって、そこの娘と付き合っている。はじめから周囲は結婚ムードなので、このまま行ってしまうだろうな」

「分家と言っても地主なんだろう？」

「まあな。二人娘の妹の方だから、気楽っちゃあ気楽なんだが、義理の兄に当たるのが気が弱くてな……先方の親父からも、俺が不動産屋の後を継いだ方がいいような言い方をされているんだが、俺は、その業界に入るつもりは全くなくて、サポートはする旨を伝えている。隆一の相手の家も不動産屋なんだろう？」

「こちらは義理の兄貴となる人が、まあしっかりしているんだが、その嫁さんが典型的なお嬢様育ちの浪費家で、周囲は困っているよ」

「どこも、いろんな問題を抱えているようだな……だから俺みたいな警察官でも、信頼だけはあるようなんだ」

「お前なら、僕だって信頼しているよ。ところで、仕事はどうなんだ？」

「今の事件は長引くだろうな……殺しだけで五件だからな……。関東の連中ならチャカを持ってホシが出頭してくるパターンなんだが、関西系はそれがない。組織立って『知らぬ存ぜぬ』を決め込んでやがる」

「なるほど……そういう違いもあるんだな……背景は大きいのか？」

「二つの宗教団体の霊園の土地問題と、片一方の教団内の分裂問題があって、捜査陣も二の足を踏んでいるところがあるんだ。おまけに、どちらにも政治家が関わっているしな」

「土地と宗教とヤクザと政治家か……昔ながらの構図だな……」

「昔もあったのか？」

「関西では多かったが、静岡、神奈川でも似た案件があった。宗教団体の分裂抗争で血で血を洗うようなことが平気で行われるんだから、嫌になる。おまけにその分裂の双方に与党と野党の組織内議員がいるんだから始末が悪いし、その片方に警察ＯＢのパチンコ利権がかかっていたりしてな……」

「当然、ヤクザもいたんだろう？」

「神奈川と静岡の大物がそれぞれのバックにいたよ」

「なるほど……その捜査はどうなったんだ？」

「最初は知能犯捜査だったものに、ヤクザが入って二課と四課の合同捜査になって、その後、公安が割り込んできて、いつの間にか手打ち……。結果的にヤクザもんも関東同士だったからホシの出し合いで片が付いたんだが……いまだにいつ何が起こっても不思議ではない状態だ。警視庁管内の事件じゃないので、刑事部は全く手を出していなかったんだが、公安が入るとなると、どうしても警視庁マターだろう？」

「公安か……うちにも公安総務の連中が情報取りにきているな……」

「二課ネタは何かないのか？」

「霊園の土地問題はまさに二課ネタだ。地面師が動いている。しかも、片方の政治家は元々素行が悪いので有名な奴なんだ」

地面師とは、土地の所有者になりすまして売却をもちかけ、多額の代金をだまし取る、不動産をめぐるいわゆる闇の詐欺集団のことである。この行為が詐欺だとわかりにくいのは、土地の所有者だけでなく、司法書士や不動産業者など専門家を装う人物も含めた組織的な犯行のためである。

「どうして八王子署の捜査本部は二課に連絡してこないんだ？」

「四課長が二課長と仲が悪いんだろう？　キャリア同士のいがみ合いらしいぜ」

「そういう噂が広がっているのか……二課と四課に深いつながりがある実態を知らない人は多いからな……」

日頃から二課長と接点がある隆一と、四課長を知らない清四郎とでは、キャリア同士の噂話についても、理解の仕方が違っていた。

「そうすると捜査本部では地面師の捜査はどうなっているんだ？」

「はっきり言って手つかずのままだ」

「しかし、事件の端緒なんじゃないのか？」

「それはそうなんだが、捜査員も人材も足りないのが実情だ。三多摩の所轄の知能犯捜査係なんて、どこも働かない刑事の集まりになっているからな」

「地面師の名前は幾つか挙がっているんだろう？」

「三人までわかっているが、前科前歴照会までで停まっている」

「前はあったのか？」

「そうらしいが、俺も詳しくは聞いていない。殺し専門になっているからな」

「地面師とヤクザもんは必ずつるんでいるだろうし、そこに政治家が絡むと、それはそれで二課事件としては大きいんだけどな」

「なるほど……それなら、地面師系はそっちで独自にやればいいじゃないか。ヤクザもんから殺しのホシが割れれば俺たちとしても助かるんだけどな」

清四郎の言いたいことはもっともだった。これだけの事件となれば刑事部長がトップになる事件のはずで、通常ならば捜査二課が介入していない方が不思議だった。

「何か裏があるな……」。隆一はFBIと警察庁で学んだ捜査手法を実験してみたくなった。

「清四郎、僕が独自に動いてもいいか?」

「お前ならいいぜ。むしろやってもらいたいくらいだ」

その日は居酒屋とジャズライブハウスの二軒で飲んで二人は別れた。

隆一の担当である情報係は係長以外の八人の主任が完全な独任官体制となっており、それぞれが独自に仕入れた情報を分析して、明らかな事件性と捜査の収支を考慮したうえで事件化が相当と判断された段階で、初めて係長に報告されるシステムだった。その後、毎週月曜日の朝会で各主任が係長に対して個別に進展状況の報告を行いながら、係長と担当チームとの間で捜査の準備を進めていた。当然ながら係長自身も独自に動くことができた。

　ちなみに警視庁本部内の各部で「情報」というセクションを持つのは公安部公安総務課、警備部警備第一課、そして隆一が属する刑事部捜査第二課の三部門だけで、いずれもキャリアのほぼ同世代が各々の課長に就いていた。

　隆一は清四郎に電話を入れて地面師の容疑者三人の個人情報を仕入れると、すぐに三人の前歴を情報管理課に確認した。

　三人には過去に二度の詐欺前歴があり、そのうち一回は服役していたが、いずれも十億単位の使途不明金が残されたままだった。さらに、彼らは一見個別に動いているように見えたが、背後に存在する反社会的勢力の大本は同じ指定暴力団だった。

　隆一は警察庁時代にデータ化していた過去の大型詐欺事件の中の地面師が絡んだ不動産詐欺、さらにその中の未解決部分の分析を行った。すると、三人に共通する四人の人物が浮かび上がった。この四人が共通する事件や相関図を調べるには、警視庁公安部公安総務課内にある相関図ソフトを活用するしかないことを警察庁時代に知っていた。隆一はすぐに公安部公安総務課の指導担当管理官に就いていた上原智章に電話を入れた。

「高杉君か、久しぶりだな。人事異動一覧で捜査二課に行ったことは知っていたよ」

隆一は直接挨拶に行っていなかったことを詫び、早速、用件を伝えると、上原は笑いながら答えた。

「捜査二課の情報担当係長が公安総務課のデータを見たいという話は初めて聞いたが、データというものは共有するために作っているのだから、信用できる相手にならいくらでも見せてあげるよ。そもそも、このソフトを開発したのはオウム事件当時の一警部補だからね」

早速、隆一は十四階の上原のデスクを訪問した。捜査二課はたとえ相手が刑事部の管理官であっても、決して二課の部屋には入れないのだが、公安部はその点、まだ融通が利いていた。

隆一が行くと、上原は早速、自席の脇にパイプ椅子を出して隆一を座らせて、自ら卓上のパソコンを操作した。

「これが相関図ソフトだよ。ここに該当する人物の名前を打ち込んでエンターキーを押すだけだ」

上原に替わって隆一が四人の名前を四つの枠に打ち込んでエンターキーを押した。十五秒ほどして、捜査本部を設置する際に作成するチャート図のような、十数人の個人の名前やいくつかの団体名が、入り組んだ線で繋がった画像が現れた。

身を乗り出してざっと全容を確認した隆一が「ウーン」と唸り声を上げて言った。

「このソフトは画期的ですね……」

「そうだな。これ以上の情報を一人の公安マンが持っていて、独自に相関図を作っていたのを、当時のチヨダの校長がソフトにするように指導した……と聞いている」

「チヨダの校長？」

「ああ、警察庁警備局警備企画課の第二理事官、通称『裏理事官』とも言われていて、日本中の公安情報を一手に握っている人だ」

「本当にそういう分野があるんですね」

「前の公総課長もそこ出身で、早くも地方警察の本部長になっているけどな」

「この相関図は確かに素晴らしいと思いますが、それぞれのつながりの背景はどうやって知ることができるのですか？」

「つながっている線をクリックすればいいんだ」

隆一がこれをすると、そこには関係する事件名と、その概要、登場人物が表になって現れた。

「こ、これは凄い」

「それをいくつか繰り返していると、さらに別の相関図が出てきて、人と人、人と組織の関係が別の相関図で現れるんだ。さらに、先ほどの四人の名前をＳｈｉｆｔ＋Ｃｔｒｌで連続してクリックすると、思いもかけないつながりが一目瞭然になる」

隆一は言われたとおりに操作した。

「これは……上原さん」

隆一は一瞬、言葉が出なかった。

「どうした？」

上原が笑いながら訊ねると、隆一は一度生唾を飲み込んで答えた。

「上原さん、これだけで事件が解明できてしまいそうです。現在、捜査中のある事件に登場する個人、団体とほぼ完璧につながってきます」

「ほう。それはよかったじゃない」

上原は他人事のように笑っていた。さすがに公安マンだけあって、他課の捜査員が扱うパソコンのディスプレイを覗くことだけはしなかった。隆一はディスプレイに表示された全ての画像をプリントアウトして自席に戻り、そのまま課長室に向かった。

「課長、八王子で四課が進めている殺人事件なのですが、その背景にこのような団体があることがわかりました」

「このデータはどこのものですか？」

「公安部の相関図ソフトによるものです」

「公安部……どうやって入手したのですか？」

「公安部の管理官のデスクから僕自身が操作して入手しました」

「なるほど……警視庁公安部はこんなソフトを作っていたのですか……さすが……としか言いようがないですね。ただ、この裏付けを取るのが刑事事件としては大変なんではないですか？」

「確かに、それは言えますが、警察庁の刑事局にあるデータで確認すればある程度は照合可能かと思います」

「刑事局はここまで詳細な記録をデータとして残してはいないのではないかと思いますが……」

「詳細は府県警のデータを調べれば可能かと思います。公安部とはいえ、違法収集証拠をデータ化しているとは思えません」

隆一の言葉に中村二課長が答えた。

「私も警備局の仕事は知りませんが、違法収集証拠を参考にして、新たな証拠を取るのが公安部の捜査手法であると聞いています。刑事警察にとって最も重要なことは違法収集証拠の排除です。このデータの整合性をきちんと整理しない限り、実質的な捜査はできないと考えます」

隆一は二課長の言うことは理解できたが、この時「やってみよう」という言葉が出なかったことに一抹の寂しさを感じていた。

「僕が裏取りをしてもいいかと思います。公安部がデータとして残している以上、虚偽の記載はないと思います」

「そうですか……私は、これまで何度か公安的手法というものに煮え湯を飲まされた経験があります。もちろんそれは警視庁公安部ではありませんが……」

「地方は地方だと思います。僕にこの相関図ソフトを見せてくれた方は、これからの警視庁公安部を支える方だと思っています。僕はその恩義にも応えたいと思います」

「そうですか……高杉君がそこまで言うのならやってみてはどうですか。ただ、私の想像では、この事件は三多摩の暴力団抗争の案件ではないかと思います。当然ながらうちの部長は知っているはずです。その部長が私に何も言ってこないとなると、部長なりのお考えがあるような気がします。捜査というのはあくまでも行政手続きの一つであることを理解しておいて下さい」

中村二課長が隆一のことを「係長」ではなく「君」と呼んだことに、隆一は、これまで課長に対して感じたことがない違和感を覚えていた。

「それは、法務大臣による指揮権発動の前段にあたる行政機関内の『忖度』ということを意味するのでしょうか？」

「高杉君、その言葉はあまり使わない方がいいですよ」

「それでは、捜査幹部自身の損得と言えばよろしいのですか？」

隆一の言葉に二課長の目がギラリと光ったように隆一は感じた。

「今の言葉は聞かなかったことにしましょう。ただ、今、高杉君が感じていることを私は全く理解していないわけではありません。二課事件に政治家が絡んできたとき、警察だけでなく検察でさえ手詰まり感を覚えるものなのです」

「それはロッキード事件の際の『P3C』導入がうやむやにされたことをおっしゃっているのですか？」

隆一の言葉に二課長は驚いた様子だった。

「君はどうしてそんなことを知っているんだ？」

「FBIで捜査資料を見せてもらいました。ロッキードのコーチャン証言が司法取引で日本の検察に伝えられなかったことも、当時の二十億円を超える、コーチャンサイドから支払われた不正な金の行き先が不明であることも知っています」

「そうでしたか……それでは言いましょう。日本の政治体制はあの頃と何の変わりもないのが実情なんです。特に海外からの金に関しては、日本の検察、警察は全く捜査のしようがないのです」

「そういうことでしたか……そうなると、本件には北朝鮮や中国からの金がどこかに流れている……ということなのですね」

隆一の言葉に初めて二課長が即答できなかった。やや間が空いて二課長が口を開いた。

「与党の政治家の中にも未だに親中派、親朝派、親ロ派がいるのも事実です。その背後にあるのは様々な利権であることは間違いありません。利権イコール金ですからね」

「その政治家の中に警察庁OBの存在がある……ということでしょうか？」

二課長は上目遣いにチラリと隆一を見て答えた。

「そこまで知っているのならば仕方がない。しかし、決して部長があの政治家とつながっている……というわけではないのです。ただ……」

「国政を目指している、警察庁の現職がいらっしゃる……ということですか？」

「そういうところですね。かつての御大と呼ばれた大先輩だって、政治家を辞めた後に天下のご意見番となった際に、似非同和のドンのようなろくでもない政治家に期待した時期があったくらいですから。政治家になると清濁併せ呑むということは難しいということですよ。彼が言った有名な言葉の中に『自分を含め政治家は、いつも（刑務所の）塀の上を歩いている。常に十分に注意しないと内側に落ちる』というのがあるくらいですからね」

「そういえば『政治家に徳目を求めるのは、八百屋で魚をくれというのに等しい』と言ったのも、警察OBの政治家だったと記憶していますが、それでも政治家になりたいものですか？」

「国会議員なんて、三回連続して当選して初めて議員たる要件を兼ね備えるものです。役人上がりの一、二回生なんざゴミのようなものです。しかし、そんな木っ端議員に『来い』と呼ばれれば行かざるを得ないのが役人です。頭もない癖にバッジだけで生きている議員が如何に多いか……そんな者を選んだ選挙民を恨んでも仕方ないのですが、中には選挙区ではない議員も多いですからね。特に衆議院では選挙区で勝ち上がった代議士でなければ意味がありませんが……」

「要は威張りたいだけなのですか？　それとも、本当にやりたいことを見つけたからなのですか？」

「中央省庁のトップである事務次官を務めた後に政界入りして、大臣になった人はそれなりの数いますが、首相まで上り詰めたのは、大蔵次官から四十九歳で政治家になった池田勇人《いけだはやと》と運輸次官から四十七歳で転身した佐藤栄作《えいさく》の二人だけです。四十代の事務次官なんて現在では考えられませんけどね。しかし、そこまで役所で上り詰めた人なら政治家としても大成するでしょうが、中途半端で去った人は、所詮、役所には向いていなかったか、先が見えていた人たちでしょう。別に何の評価もしませんし、本当にやりたいことがあったのなら起業していますよ。国会議員といえども所詮は公務員。国民に使われているのですからね」

「なるほど……そういう考え方もあるのですね……そうすると、課長にとって、現在、何らかの法を犯している可能性がある警察OBを塀の中に入れることは困難という判断でよろしいのでしょうか？」

「内容によりますね。しかも、二つの宗教団体が絡んでいるとなると、複雑な問題も発生してきます」

「やはり選挙ですね」

「そういうことになります。オウム事件で警察も、ようやく宗教からの呪縛が解かれたように思われますが、それはあくまでも政治に深く関与していない宗教団体に対してだけです。現在の日本政治の集票マシンは一部の労働組合を除けば宗教団体が最大規模を誇っていますからね」

「しかし、そこに反社会的勢力が深く関わっていても、捜査に着手もできないのですか？」

隆一の言葉に中村二課長は再び上目遣いに隆一を見て言った。

「もし、着手するとなれば相応の秘匿性を堅持しなければなりません。うちの課内にも上から下まで当該宗教団体の信者がいることを忘れてはなりません。鉄壁の情報管理ができるチームを作るには、相応の時間がかかります」

この時隆一は初めて二課長の思慮の深さに気付いた。

「公安部もそれを知っているのでしょうか？」

「もちろんです。公安部にも当該宗教団体の信者はいますが、その配置を全て知って管理できているのは総務課長一人です。高杉君に情報を提供してくれた人物は、おそらくそのあたりのことも熟知している逸材なのでしょう」

「私も人事管理には十分気を付けておりますし、私の係……といっても、極めて少数のチームですが、その中には当該宗教団体の関係者はおりません」

「もちろんです。しかし、前にはいたのですよ。そして警察組織よりも宗教団体を優先して情報を流していたことがありました。もちろん、それを理由に更迭はしませんでしたが、公安総務課長と捜査二課長は警察庁人事企画官の命の下、常に連携を取る関係にあるのです」

「そうだったのですか……」

「高杉君は私が理不尽なことを言っているように思われたかもしれませんが、警察は組織を守ることが第一なのです。そしてその組織とは決して一時的なものではなく、将来に禍根を残さないようにする強い組織を守ることなのです」

隆一は中村二課長の意図するところをはっきりと理解した。その雰囲気を確認したためか、二課長が続けて言った。

「遊軍の五人を高杉係長に預けます。綿密に調べ上げて下さい。そして、先ほどのようなペーパーでの情報は全て破棄して、全てプロテクトをかけた仮想ファイルに画像データとして保存しておいて下さい」

隆一はまたしても自分の情報管理の甘さに気付かされた。

隆一は忙しかった。本来業務に加え、新たな五人のチーム用の個室を本部内に設置し、パソコンやサーバは外線とはつながず、さらに六台の携帯を購入し、警察電話の有線回線も秘匿にした。そしてこれらの予算は中村二課長が独自に持つ予備費で処理した。

二課の遊軍はさすがに仕事ができる人材だった。隆一はまず、霊園詐欺を働いた地面師の捜査から始めた。

霊園詐欺には様々な手口があるが、都営、市営墓地など公営墓地を除き、墓地や霊園の経営を許されているのは都道府県知事から「経営許可」を受けた宗教法人や公益法人のみで、一般企業の営利法人は携わることができない旨が法律で定められている。

しかし、霊園の開発や造成には、多額の費用が必要で、宗教法人や公益法人だけでは資金がまかなえず、複数の業者の援助を受けて開発する場合がほとんどである。また、完成した霊園にも様々な利権があり、「指定石材店制度」という取り決めもその一つである。

いくら巨大宗教団体であっても、日本全国に影響力を持っているとは限らない。特に土地の買収、造成に関しては複数の地権者がいる場合もあり、多くが山林であるため登記上の山林の広さも実に曖昧な場合が多い。

霊園開発に関わる地面師はもっぱら地方銀行に情報網を持っている。

これは大手ゼネコンが道路や鉄道、橋梁等の建設が予定されている情報を様々なルートから収集し、その予定地の土地を事前に購入しておくのに似ている。ここによく出てくるのが政治家と監督官庁、地方自治体の役人である。

八王子署が扱っている事件もまさにそれだった。場所は八王子市内でなく、神奈川県との都県境に近い場所だった。この土地に最初に喰いついた宗教団体は静岡県に本拠地を置いている、いわゆる新興宗教だったが、教団の分裂により、墓地から墓を移すための新たな墓地を探していた。他方、もう一つの宗教団体は新興宗教の中でも一、二を争う勢力と強い結束を持つ団体で、信者の拡大に伴い、恒常的に新たな墓地を探していた。

前者に付いたのは、やはり静岡県内に本拠地を構える、指定暴力団の中でも武闘派としてその名を馳せていた団体だった。しかも、この団体は後者の宗教団体が喧嘩別れして飛び出した古巣の宗教団体とも近く、後者の宗教団体が霊園獲得に後から参画してきたことに対して異常なまでの攻撃姿勢で臨んでいた。他方、後者の宗教団体に付いたのは都内に勢力を置く指定暴力団の本家で、組織の面子を懸けても地方都市の一つの組に負けるわけにはいかない状況にあった。

地面師は前者の指定暴力団の系列にあったものの、武闘派の組とは疎遠の組の傘下で、多くの企業舎弟を抱える頭脳派集団の一員だった。

応援に来ている遊軍の捜査員が隆一に調査報告をした。

「霊園の元の土地は十二人の地権者で構成されていましたが、そのうち三人は行方が全くわからないのです」

「その三人の土地を合わせると、霊園の何パーセント位を占めるんですか？」

「十五から十七パーセントというところですが、これが絶妙に分散していて、バブル期に赤坂や六本木の地上げを経験しているだけあって、普通の地上げ屋では、とても一つの土地に収めることは難しいような配置なんです」

「三人の戸籍から親族は全く出てきませんか？」

「今、十数ヵ所の役所の市民課に問い合わせをしているのですが、役所の中には警察に対して非協力的なところも多いですからね」

「それは今に始まったことじゃないです。特に反警察系労働組合の全国組織がジリ貧ですからね。彼らの支持政党も間もなく政党要件をなくしてしまいそうな現状です」

「反警察の労組というのは、革命政党系、もしくは、第二次大戦後、ソ連による日本人のシベリア抑留に賛同した政党の残党ですよね。いつまでそんな政治感覚でいるつもりなのか……そろそろ国内の政治から淘汰されようとしているのに、未だに反権力なんて言っているのですからね」

「そうなんですよね……江戸の敵を長崎で……という感じですね。ただ、未だに限られた地域や職域では支持者が残っているのも事実です。それでも、もし、こちらが関係事項照会ではなく、捜索差押許可状を送ったら、首長が飛び上がってしまう事態になってしまいます。捜査は司法ではなく行政の一環ですから、下手、下手に行きましょう」

隆一が笑顔で言ったため、遊軍の捜査員も落ち着きを取り戻した様子だった。

約一週間で地方公共団体に照会していた戸籍謄本や住民票の回答が届いた。三ヵ所のうち一ヵ所だけは完全に後継者が断絶していた。この事実だけでも明らかに地面師の詐欺罪が成立するのだが、残りの二ヵ所に対する捜査と、その他の実存している土地所有者に対する当該土地の売買契約に関する事実確認も進められた。

地面師たちが法務局に提出した偽造された書面の中から複数の遺留指紋も発見され、その中から前歴がある地面師の指紋が二個発見された。

「案外、こういうところでミスを犯すものなんですよ。さらに、もっと多いのは収入印紙の裏から、唾液によるＤＮＡが検出されることです」

この頃には遊軍の捜査員も隆一の捜査能力を高く評価するようになっていた。

「地面師を捕りますか？」

「そうですね、三人割れていますから、そこから奴らの銀行口座や航空機を使用していた状況等が判明すれば、もっと面白いのですけどね」

「航空機の利用……ですか？」

「前歴がある詐欺師というのは、必ず隠し金を持っているんです。その多くの場合、必ず地方や海外にそれを隠し、そこにはそれを管理している愛人等がいるのも常なんです。特に海外の場合は東南アジアが最も多いのです。海外出張もできますしね」

「なるほど……係長はそこまで考えていらっしゃったんですか？」

「たまには公費で海外に行くのもいいじゃないですか？　しかもグリーンパスポート（公用旅券）の取得はいい記念になりますよ。パクった後では金の隠し場所を語ることはないでしょう。予め、そこを調べておくべきだと思います」

「そう聞くと、がぜん、やる気が湧いてきますね。しかし、どうやって金の隠し場所を探し当てるのですか？」

「前歴をもう少し調べておく必要があるかと思います。当時の出入国記録も入管から取り寄せてみましょう。地面師たちも、まだ金を手にしていないうちは飛べませんからね」

「ヤクザもんの殺し合いが片付くまでは金は地面師の手に入らない……ということですか？」

「宗教団体の背後には政治家がいます。そしてまた、その背後には今回の対立抗争に関連したヤクザもんの存在もあるのです。政治家もまさかヤクザもん同士の対立抗争に発展するとは思わなかったでしょうが、政治家はその金を当てにしているのです。今回のような案件の金は、宗教団体からヤクザもん経由で成功報酬として地面師に渡るのが常です。そうしないとヤクザもんの組織が黙っていませんからね」

「対立抗争になった背景に、地面師が両睨みした……ということはないのですか？」

「組織力が違います。地面師の替えなんていくらでもいますからね。仮にそんな勝手なことを地面師がやってしまったら、今頃は東京湾に沈んでいますよ」

捜査員は地面師グループの過去の捜査記録と渡航歴を徹底して調べた。

「係長、二人はそれぞれフィリピンとタイ、もう一人は沖縄に頻繁に行っています」

「まず、フィリピン、タイの大使館に調査してもらいましょう。どちらにも日本の犯罪組織とはつながっていない、独自の女性紹介ルートがありますから」

「そんなのがあるのですか？」

「欧米人向けもあるのですが、日本人とは現地人に対する好みが全く違うんです。中でもアメリカ人とオーストラリア人相手の現地人紹介ルートはほぼ特定できていますが、日本人向けのそれは現地の大使館ならばある程度調べることができると思います」

「係長、そういう情報は警察庁で学んだのですか？」

「専らＦＢＩですね。彼らは様々な交渉術を使いますから」

「ネゴシエーターがいるのですか？」

「その専門官がいますよ」

隆一が笑って答えた。

大使館からの情報は一週間もかからずに届いた。

「フィリピンに三人、タイに二人、即刻出張して現地調査を行ってください。できれば、現地の警察に小金を摑ませて地元の銀行を極秘で調べて下さい」

「警察に小金を摑ませる……買収ですか？」

「途上国では当たり前のことですよ。警察とタクシーでその国の民度がわかります。その目で見ておくのも大事ですよ」

「小金……というと、どのくらいの額を渡せばいいのですか？」

「一人三千円も渡せば、ホイホイ動いてくれますよ。もちろん、成功報酬も匂わせておいて下さい。格段に秘密が守れるようになりますから」

「警察が警察を買収するのは気が引けますが、それも仕方ないのですね？」

捜査員の言葉に隆一が答えた。

「日本だって、平気で賄賂を貰う者もいますし、渡す法務大臣もいるのですから、途上国ばかりを悪くは言えないのが日本の実情です」

隆一は直ちに課長の了承を得て五人分のグリーンパスポートを手配すると、自分は沖縄への出張手続きを行った。

五人を朝一番に成田《なりた》空港で見送った隆一は、その足で成田から沖縄に向かった。沖縄県警には連絡することなく、那覇《なは》空港で乗り換えて、昼前にはある離島に着いた。予約していたレンタカーで目的地に向かうと、そこには、周囲の風景とは場違いな雰囲気の、あたかもハワイのカハラ地区にあるような、門構えも整った広い敷地の邸宅があった。門柱に名前はなかったが、郵便ポストの中にクレジットカード会社からの利用代金明細書が入った封筒が届いていた。隆一は躊躇することなくその封筒を抜き取るとその場を離れた。その後、那覇地方法務局の支局を訪れて不動産登記状況を確認した。当該不動産の所有者はこの十年で七社の手を経て、現在は同地に本店所在地がある「株式会社　エメラルドファーム」という社名になっており、ターゲットの地面師の名前は前代表取締役社長になっていた。この会社の法人登記を確認すると、主な業務内容に不動産売買、観光、海産物養殖等二十一もの業務が「その他これに関連する業務」として記載されていた。隆一はクレジットカードの利用代金明細書と登記内容を警視庁本部にデータで送り、内容の裏付けを依頼した。

夕刻、隆一は現地付近の居酒屋で情報収集をすると「五、六年前までは町でも有数の高額納税者が持っていたが、その後、何度も持ち主が変わったと聞いている。ただ、今でもスタッフが常時五、六人はいる様子で、たまにこの先にあるスナックで飲んでいる」というものだった。

「この辺りの土地は、坪どれくらいの値段なのですか？」

「坪？　こちらではエーカーが単位だからね」

「エーカー……まさにアメリカですね。確か、一エーカーが〇・四ヘクタールですよね」

「そんなもんだったな」

「すると、一エーカーは約千二百坪か……」

一エーカーは、一辺が六十三・六メートルの正方形である。面積を表すときによく使われる「東京ドーム○個分」のイメージでいうと、東京ドームは四万六千七百五十五平方メートル、およそ十一・五エーカーになる。

「一エーカーの値段ではどうですか？」

「まあ、三千万くらいじゃないかい。島の観光スポットはバブルでだいぶ上がったからね。それまではいわゆる二束三文の地域だったよ」

実質的に地面師が所有している土地は、おおよそ一エーカーだったが、最初の購入者が買った当時はおそらく二束三文のものだったに違いなかった。

隆一は、もののついでに現在の居住者たちがよく使っているという、スナックに顔を出して、ママと従業員の女性とのツーショット写真を撮り警視庁本部にデータで送ると、翌日スナックの登記簿を確認して帰京した。

警視庁本部に戻った隆一の元に、沖縄から送ったデータに関して回答が届いていた。さらに中村二課長に帰庁後速報するようにとのメモも一緒だった。回答を確認して二課長に電話を入れると十分後に課長室に入るよう指示された。時間を見計らって隆一が席を立とうとした時自席の電話が鳴った。フィリピンに飛んでいる主任からだった。

「ヤマを掘り当てました。援軍もしくはフィリピン国家警察の投入が必要ですが、地元の市長がなかなか面白い人で、国家警察よりもむしろこちらを使う手も有効かと思います」

「場所はどこですか？」

「国の南部、ミンダナオ島のダバオという都市です」

「わかった。今から課長室に入るので、詳細はメールで送ってもらいたいんだが、そういう環境がそこにあるかい？」

「ダバオはその点に関しては東京よりも進んでいます」

これを聞いて隆一は課長室に向かった。

「遅れて申し訳ありません。出がけにフィリピンに投入している捜査員から報告が入ったものですから」

「ほう、フィリピンはどうですか？」

「ヤマを掘り当てた旨の報告でしたが、地元警察の協力を得るのは難しいようです」

「そりゃあそうだろうな……だからといって国家警察も今のお嬢様大統領では動いてくれるかどうか……ですね……」

「詳細な報告はメールで届きます。何でもダバオという都市はネット環境等で東京よりも進んでいるとか……」

「ダバオか……マッドドッグ市長の近代化都市ですね……日本企業も多く進出していきます」

「市長はマッドドッグなのですか……現地からの報告では面白い人物のようでしたが……」

「確かに面白いと言えば面白いんですが、市長個人の軍隊を持っていて、自ら敵に拳銃をぶっ放すような男です」

この話を聞いて、すでに課長室に入っていた事件担当管理官が驚いた顔をして訊ねた。

「市長が軍隊を持っても、国は何も言わないのですか？」

「ミンダナオ島には未だにイスラム過激派組織のアブ・サヤフ・グループや共産主義反政府武装組織等の革命分子が多いんですよ。これらと闘うためには軍隊を投入しなければならないのですが、現政権では、そこが上手くいっていないのです。ダバオはフィリピンのシリコンバレーを目指していて、日本からも多くの企業が進出して日本人学校までできている手前、野心家の市長にとっても治安の確保には必死なんですよ」

「課長はどうしてフィリピン情勢にそこまでお詳しいのですか？」

「三年先輩が在フィリピン日本大使館の一等書記官でいた時に現地の女性と問題を起こして、その後始末に行かされたんですよ。その行き先がダバオで、当時の検事の元上司が今の市長なんです」

「マッドドッグは検事だったんですか……」

「検事を十年やった後に市長になって二期目で、やることはハチャメチャでしたが、ダバオの最悪の犯罪発生率を劇的に軽減させて『東南アジアで最も平和な都市』にした功績は見事としか言いようがなかったのは事実です。この結果、彼はダバオに記録的な好況をもたらしました。また私財を投じて日比友好を唱えるほど親日派でした。彼は日本の治安の良さにある種の憧れがあったようで、これに加えて、日本人の勤勉さと、現地の日本人が人種差別をしなかったことがよかったと聞いています」

「そういう背景があったのですね……」

「国家警察よりも市長に直談判した方が、情報の洩れがなくてよさそうですね。ところで高杉係長が沖縄で収集してくれた情報が実に的確だったので早急に事件化を図りたくて、管理官と話をしたのですが、私としては、この案件に公安部を絡めた方がいいと思っています」

中村二課長の言葉に隆一が驚いた。

「公安……ですか？」

「公安総務課長は私の同期で、気心もよく知れています。この事件をうちだけで進めていくと、うちの部長がストップをかけてくるのが目に見えているのです」

二課長の苦渋の判断というよりも、決意に近い思いが隆一に伝わってきた。

「現場にも公安総務が情報を取りに来ている旨の話はありました」

「ほう……それはいつのことですか？」

「この事件情報を入手した時のことです」

「そうでしたか……」

二課長はその場で公総課長に電話を入れた。

「武井《たけい》？　俺だ。ちょっと聞きたいことがあるんだが、今いいか？　実は八王子の霊園問題に着手しているんだが、公総も情報を取っているらしいな……そうか……やる気はあるのか？　なるほど……うちと組んでもいいぞ。なかなか面白い構図が見えてきたんだ……四課？　それは別枠でやってもらって、最終的には地検と取り引きしなければならない。地検公安部の検事の出来次第だな。刑事部の検事は特捜上がりで、結構できる奴だ。そうか……至急、時間を取ってくれ。連絡を待っている」

電話を切ると二課長が事件担当管理官に言った。

「公総はまだ本格的な着手はしていないようです。彼らはあくまでも政治家狙いですから、地検の公安部と特捜部の動きを気にしているみたいですね。公総課長は乗り気のようだから、それを踏まえて、早急に体制を組んでもらいたいと思います。事件班は何人くらい投入できますか？」

「二十人は投入できます」

「そこに高杉係長の遊軍を入れて、所轄から有能な人材を吸い上げる準備をしておいて下さい」

「署は九方面を中心でよろしいですか？」

「いえ、九方面に限らず、宗教団体の本拠地がある署からも投入を考えておいて下さい。今後の捜査に活かすことができるでしょう」

「そうすると立川と新宿の両署ですね……三多摩最大と二十三区最大の署ですから、要員の確保も他署よりも融通が利くと思います」

公安部との連携は武井公総課長と中村捜査二課長の間で密かに進められ、これを公安部長が黙認する形で体制が組まれた。沖縄とフィリピンルートは捜査二課、タイルートを公安総務課が捜査した。捜査情報の洩れは一切なかった。これは二課と公総の係員に共通して精神的に宿っている、エリート集団同士の暗黙の了解があったからである。

捜査が最終段階を迎えた時、武井公総課長と中村二課長の同期生コンビが話し合っていた。

「国際捜査の立場から、形式的にもＩＣＰＯへの連絡が必要となるが、公安部長から警察庁に依頼することでいいかな？」

「こちらとしては、所轄と本部の警部補クラスの功労さえ認められれば構わない」

「吉田《よしだ》刑事部長対策はどうするつもりなんだ？」

「公安部長の方が年次が二期上だ。公安部長判断ということにすれば刑事部長は飲まざるを得ないだろう」

「うちの部長は京大卒だが、あれで案外、政治力もあるからな」

「あの年次の中で警備公安畑は公安部長だけだし、同期にも恵まれているから、間違いなく将来の総監候補筆頭だな」

「同期に恵まれて……か、俺たちの同期は優秀な奴が多いから、その意味では同期に恵まれていない……ということかな」

公総課長が笑って言うと、二課長も笑いながら答えた。

「俺なんか、直属の上司を裏切っているんだから、当面、先はないな。いっそのこと早めに組織に見切りを付けて、親の後を継いで実業家にでもなるかな」

「逃げ道がある奴は羨ましいよ。いつでも上場企業の社長になれる奴だからな。しかし、その分、いつでも勝負できるんだからな。それよりも、今回ラッキーなのは総監も京大だから、うちの部長とは親分子分の関係だ。総監はヨット部、部長はアメリカンフットボール部で吉田寮でも先輩後輩関係だからな。いくら刑事部長でも逆らえないだろう」

「俺の防波堤にはならないけどな」

「そんなことはない。警視庁の捜査二課長は日本の知能犯捜査の実質的なトップだ。無下に扱われることはないさ。何といっても情報の坩堝の中にいるんだ」

「それは公総課長も同じだろう？」

「いや、公安の世界では警察庁警備企画課裏理事官を経験していないと全国の情報は集まらない。たまに公安部の情報マンの中には公安部長や公総課長を素っ飛ばしてその裏理事官経由で警備局長と繋がっているような奴がいるから気を付けなきゃならないんだ」

「公安というのはそういう世界なのか……」

「ああ。そういう忍者のような野郎を使いこなす警備局長も実に怖い存在だけどな。おそらく今でもＩＣＰＯとのパイプを持っているはずだ。ＩＣＰＯに連絡と同時に現地で強制捜査できるだけの下地を作っていなければならないんだが、どうもタイ警察はその点が弱そうなんだ」

公安総務課長が腕組みをして言ったのをみて二課長が首を傾げながら訊ねた。

「王室を動かしてはならないのか？」

「王室を動かす？　そんなルートがあるのか？」

「日本国内ではあまり知られていないんだが、タイの飲料水の七割を生産しているのは日本の企業で、そのトップは俺の親父の親友なんだ。国王からも深い信頼を寄せられていて、在バンコクの日本大使館もよく知っているはずだ。もちろん俺も子どもの頃から可愛がられている」

「しかし、王室がそんなことに口出ししてくれるものなのか？」

「日本国の名誉がかかっている……といえば、王室同士の天皇家のルートでなくても、話を聞いてくれるような気がする。タイの国王は親日派と聞いているからな」

「そうか……頼めるかな？」

「頼むだけ頼んでみるさ。親父には事後報告で済むだろう。何といっても国家機密だからな」

その後、タイ警察は驚くほど迅速に準備を整えてくれた。

警察庁刑事局の捜査共助担当がＩＣＰＯに連絡と同時にフィリピン、タイ両国での強制捜査が始まり、関係者の身柄拘束と資金の凍結が実施された。これと並行して国内でも沖縄と大阪、都内で強制捜査が行われ、三人の地面師とその周辺者の身柄が拘束された。

これを聞いた吉田警視庁刑事部長は激怒して中村捜査二課長を呼んだ。

「俺に黙って公安部と合同捜査とはどういう了見なんだ」

「警視総監命です」

「総監？　ふざけるな。俺は絶対にお前を許さんからな」

そこへタイミングを見計らったかのように部長室のドアをノックもせずに人が現れた。部長が怒りの顔つきのまま振り返りざまに怒鳴った。

「誰が通せと言った」

しかし、間もなくその表情が固まった。そこに立っていたのは副総監だった。

「勝手に入って悪いな。ところで吉田、お前、誰を絶対に許さんと言ったんだ？」

「いえ、副総監にはまったく関係ない問題でございまして……」

「そこにいるのは、捜査二課長の中村じゃないか。中村を許さんと言っていたのか？」

「はあ、まあ、何の報告もなく勝手に捜査を進めたわけでありまして……」

「その指示を出したのは私と総監だが、それも許さん……というわけか？」

「いえ、それは……」

「この案件は捜査一課の殺しから始まって、反社会的勢力同士の対立抗争から捜査四課に担当替えしたんだろう。八王子署からお前が部長電を打ったのは承知している。しかし、その背後に地面師による不動産詐欺、ひいては新興宗教団体同士の霊園問題につながっていたのではないのか？」

「は、はい」

「大掛かりな詐欺事件であるのに、なぜ担当の捜査二課を投入しなかった？　公安総務がこの事件を察知していなければ、お前が事件をうやむやにしてしまうところじゃなかったのか？　どうなんだ？」

「うやむやではなく、宗教団体の背後に大きな勢力が見え隠れしておりまして、慎重に捜査を進めようと考えておりました次第で……」

「お前一人が考えただけか？　他に誰かに相談でもしたのか？」

「いえ、私一人の判断です」

「お前、いつからそんなに偉くなったんだ？　官房長官秘書官を長くやって、上司を間違うようになったとでもいうのか？　お前が度々深川の料亭で政治家と会っているのを私や総監が知らないとでも思っているのか？　これは内調や公安部だけでなく、一部のマスコミの知るところになっていることをお前は知らんのだろう。明日付で一旦、病休として長官官房付にする。追って沙汰を待て。もう中村には用事はないだろう？」

「御意」

「中村、出るぞ」

中村捜査二課長は刑事部長に一礼して副総監と共に部長室を出た。

「公安部長から速報が入ったんで、おそらくこんなことだろうと思って来てみたら、案の定だった。嫌な思いをさせて悪かったな。ところで、この事件を拾い上げた情報担当の警部は高杉君か？」

「はい。ＦＢＩ研修と警察庁出向が役に立ったようです」

「彼の父上は私が見習いの時の指導巡査だ。今でも時折酒を酌み交わしているが立派な方だ」

「そうだったのですか……」

「彼は仕事もできるのか？」

「はい。人物的にも優れたものを持っております。蛇足ながら、現在ロシアに行っております大石とも同学年の幼馴染のようです」

「大石和彦か？　次のチヨダの校長だ。これからの公安警察を背負って立つ男になるだろうが……そうか、幼馴染か……」

「はい。ただ、もう一人、本件を高杉に伝えた者がおりまして、彼がいなければ、果たして事件化できたかどうか……」

「何者だ？」

「現在は所轄の巡査部長ですが、これもまた大石、高杉の幼馴染なのです」

「所轄の巡査部長？」

「捜査四課への異動待機のような存在と聞いております」

「四課長はそのことを知っているのか？」

「そこまでは存じません」

「そうか……第一の功労者……ということか……後でその者の人定を知らせてくれ。この事件は閣僚だけでなく、野党の重要ポストにある人物もぶっ飛ぶとてつもない事件になるぞ」

「与野党痛み分け……ということですか……。ところで、吉田刑事部長はどうなるのですか？」

「今頃は警察病院の精神科に向かっていることだろう。首席監察官の話では強制入院になるだろうな」

「通謀防止措置……ですか？」

「いや、単純に医学的立場からの予防措置だ」

そう答えた副総監の口元が僅かに笑ったのを二課長は見落とさなかった。

三人の地面師の逮捕令状を請求するに際して、隆一が作成した綿密なチャートが警察庁でも話題になっていた。刑事企画課に他県から出向している警視同士が話し合っていた。

「このチャート図のような人物相関図は誰が作ったものなのですか？」

「これを作ったのは去年まで警察庁に出向していた警視庁捜査二課情報担当係長らし

いですが、その原型は警視庁公安部が独自に保有しているデータで、公安部が自ら作成した相関図ソフトで作ったものということです」

「やはり公安部は金のかけ方が違いますよね。バックに官房機密費があるからでしょうが、刑事局ではとてもそんな予算は下りてきません」

「金もそうかもしれませんが、公安部は人を育てる能力にも優れていると思います。このソフトを作ったのも叩き上げの一警部補だったと聞いています。相関図というものが事件の全容を解明するのにどれだけ大事なものかを、よくわかっているのです。ただ、うちが同じ様なものを作っても意味がないわけで、今ある、公安部のデータを拝借して、さらに新たな情報を教えてあげれば共存関係になるでしょう？　そのために公安総務課と捜査二課の課長にはキャリアが就いているわけですからね」

「私はこれまで、公安と情報を共有するなどという発想を全く持っていませんでした。可能なんですね？」

「同じ警察官じゃないですか。補佐だって同期に公安はいるでしょう？　案外、補佐の方から公安を拒絶していたのではないですか？」

「そういわれると面目ないですが、おっしゃるとおりです」

「同じ志を持ってこの道に入ったのです。内部抗争なんて馬鹿げているでしょう？

それを最も感じているのが都道府県警にいるキャリア課長クラスだと思いますよ。上は結構、横の連絡を取っているようですから」

「確かに、うちの県の捜査二課長は当時の警視庁公総課長と同期だと聞いたことがあります。そうか……我々ももっと心を開いたほうがいい……ということですね」

「まあ、どこの世界もそうですが、相手を選んで……ということに変わりはありませんけどね。それにしても、叩き上げの警部がここまで政治、経済、宗教、反社を明確に理解できる凄さですよね。さらに、東南アジアの二ヵ国でも同時捜査を行ったわけでしょう？　地方警察では考えられないことですし、東京地検特捜部を無視して捜査したのも驚きですね」

「すべてが集まる東京ならでは……の捜査ですね。そして、人材を育てる警視庁の底力を感じます。というよりもキャリアとの仕事上の付き合い方が違いますからね。地方警察ではキャリアは大阪、神奈川でも五、六人。その他は二、三人という、まさに殿上人ですが、警視庁には三十人近くいるわけでしょう。それも公安部、刑事部はそれぞれ、五、六人いて、情報担当には日頃からキャリアと対等に付き合う連中がいるそうです」

「一つの部に五、六人もキャリアがいれば、階級こそ違えど、キャリア同士の争いもあるでしょうね……。そんな中で日頃からキャリアとの接点があれば、当然、キャリアに対する考え方も変わってきますよね……おまけに、キャリアが全て優秀か……といえば、決してそうでもないですから。そんなキャリアを見下す連中が出てきてもおかしくはないのが警視庁の実態なんでしょう」

「今回、警視庁刑事部長が更迭されたのも、そういう背景もあるのでしょうが、警視庁以外の地方警察には全く理解できない世界……ということです」

そこまで言って再び相関図を眺めながら呟いた。

「毎日が政治と直結している世界か……そうじゃなければいくら捜査二課の情報担当係長と言っても、これだけの相関図の内容は到底理解できるものではないですよ」

「そうですね、私だって半分も理解できません。刑事企画課長でようやく『一所属だけで、ようここまで調べたもんだ。局を挙げて徹底捜査に協力せんといかんし、これも今後しっかりとデータ化しておかなければならんな』とおっしゃったそうです」

「データ化ですか……一番不得意の分野ですが、刑事局にもそういうセクションができるのかもしれないですね」

捜査状況は連日マスコミを賑わした。

地面師詐欺に関しては八王子署、国会議員等による贈収賄は立川署の副署長が連日午後二時から会見を行った。これは新聞の夕刊に間に合わせるためだ。社会部と政治部の記者は記者会見以外に夜討ち朝駆けで公安部、捜査二課の幹部の自宅にも押し寄せた。

「公安総務係長の自宅がマスコミに割れているのは前代未聞だ。どういうことですか？」

武井公安総務課長が事件担当管理官を自席に呼んでいた。

「原因を現在、本人から聴取中です」

「まさか公安マンが現場からマスコミに追尾された……ということはないでしょうね？」

「そこも聴取中なのですが……実は、国会議員を送致した日に、幹部数人で『中間慰労』と称して外で飲んだようなのです。マスコミが張り付いたのは、その翌朝からだという話が出ております」

「バカな……捜査員を差し替えて下さい。それから、その幹部たちの人定をすぐに知らせて下さい。これは公安部として由々しき問題です」

武井公総課長は事件担当管理官を帰すと、指導担当管理官の上原警視を呼んだ。

「上原管理官、捜査二課情報担当係長の高杉隆一警部をご存じなのですね？」

「はい、警察学校初任科の後輩になります」

「大卒と高卒でも交流があるのですか？」

「彼が仮入校時に私が世話係として一週間、寝食を共にいたしました」

「その一週間だけの付き合いですか？」

「いえ、その後もいろいろとアドバイスは致しました」

「例えば？」

「卒配後、夜学に通うことを勧めましたし、昇任試験の勉強法に関しても助言しました」

「彼だけですか？」

「初任科時代の後輩は彼だけです」

「ほう。彼のどこがよかったのですか？」

「最初は目です。そして自然体でも統率力があり、同期の大卒とほぼ同等の常識を持っていました」

「それで目をかけた……ということですか？」

「その後、彼は全て実践して成果を出してきました。おそらく同期では一番、大卒を含む同年次の入校生でもトップクラスに昇ってきていると思います。そういう、彼の真摯な姿勢を後輩ながら立派だと思っています。おまけに剣道も四段ですから」

「公安部に欲しい人材ですね」

「もう少し遊び心が欲しいところなのですが、今回、初めて情報という部門に入って、またひと皮むけるのではないかと期待しています」

「なるほど……それで公安部の相関図データを渡したわけですね」

上原はようやく課長が自分を呼んだ理由がわかった気がした様子だった。

「はい。私の責任に於いて、宝の持ち腐れにならないよう有効活用してもらえると判断いたしました」

「宝の持ち腐れか……確かに、そうかもしれませんね……捜査二課でも同様のシステムを組みたいという相談が私のところに来ましたよ」

「独自に開発すればいいのではないかと思います。あのシステムができて既に七年、ハイテク犯罪対策総合センターもできて、ハイテクを扱える人材も増えていますから、新たなシステムを組むのは容易かと思います。ただし、人物の相関関係を理解できる人材がいれば……という条件が付きますが……」

「確かにそうですよね。いくらシステムを作っても、データを入力するのは人だからね……」

上原の説明は実に端的で「やれるもんならやってみな……」とでも言いたげな姿勢を公総課長は頼もしく感じた様子で上原に言った。

「あのシステムは公安部でもうまく活用されていると思いますか？」

「指導担当の主任以上には、事件がある度に時々テストをしていますから、活用はされていると思います。他部門ではＩＳ担当は使っているのではないかと思いますが、データ管理をしているはずの管理部門が、その存在をどれくらい知っているかは疑問です。なにぶんにも管理部門が上から下まで現場を知らない人ばかりのような気がします」

「鋭いな……実は、その調査をさせたのですが、データ管理の仕方も知らなかったのが実情です。今、管理担当理事官に厳しく言ったところだったんですよ。そうですか……上原管理官はそこまで見ていたのですか……。上原管理官が副署長になるのは再来年ですか？」

「順調にいけば……というところですが、こればかりは人事ですから」

「そうか……上原管理官には理事官で戻ってきてもらいたいものですね。わかりました。ありがとう。あなたの判断のおかげでいい事件に着手することができました」

武井公総課長は笑顔で上原と握手をして帰すと、すぐに公安部長室に向かった。

「部長、刑事部の動きは如何ですか？」

「新任部長が驚くほど二課も四課も強烈な捜査を進めているようだ。特に二課は掘り下げが素晴らしいようで、事件に関係した銀行まで叩いているらしい」

「詐欺と贈収賄の関連事件など、滅多にある事件ではないでしょうから……」

「中村二課長もできるらしいな。お前と同期だろう？」

「万事に余裕を持っている者は強いです」

「奴の親父さんは元内務省官僚で、戦後独立して起業したそうだな」

「内務省官僚……そうだったのですか……その人脈の広さを彼も受け継いでいるのかもしれません。面白い奴です」

「ところで、警視庁で事件を扱う刑事、公安、生安、交通の四部門の筆頭課長である総務課長のうち、どうして刑事部の刑事総務課長だけがキャリアではないか、その理由を知っているか？」

「いえ、存じません」

「二課と四課がキャリアの警視正だからだ。来年、組対部《そたいぶ》（組織犯罪対策部）ができて捜査四課がなくなっても、おそらく刑事総務課長はノンキャリのままだろう。それだけ刑事部のトップは捜査二課長ということなんだ」

「そういう背景なのですか……」

「だから今、捜査二課は捜査員のエースを集めている。ノンキャリにとって捜査と言えば『花の一課』といわれているようだが、捜査一課が扱う犯人なんて、所詮、粗暴犯だ。世の中から消えても何の障害もない。ただし、奴らは人の生命、身体を奪う連中だから、社会的には大きく取り上げられるが、捜査一課のホシが集団殺人を行ったというのは聞いたことがない。オウム事件は本来、公安部の事件だ。だから、当時の公安部長、総務課長は即座に更迭されただろう。その点、捜査二課のホシは社会的というよりも、世界が見ている事件なんだ。今回のように地検特捜部を出し抜くような事件こそ本来の二課事件ということになる。公安部がこの事件を扱ったのは、たまたま刑事部長がダメだったからだが、事件の全面解決の背景に公安部の資料があったことは警察庁も理解しているようだから、それでよかったと思っている。何とか言っても、事件捜査は刑事部の方が一枚上だろう。公安部は事件にする前に潰すのが本来の仕事だからな」

公安部長にしては珍しく多弁だった。武井公総課長が訊ねた。

「今回の捜査は、公安部としてこれでよかったのでしょうか？」

「俺は、これが公安捜査だと思っているよ。大手の新興宗教団体二つを徹底的に調べることができ、その財務がわかっただけで、多くの政治家が身動きが取れなくなる。政教分離の精神を政治家どもに、もう一度理解させる絶好の機会になったわけだからな。そこに小粒になったとはいえ、反社会的勢力との関係も新たな相関図に残されたわけだろう」

「そういう理解でよろしいのですね」

「公安は事件に深入りしなくていい。その代わりに、事件を契機に組織の中に深く入り込むことが大事なんだ。そして、それが不要な組織であるならば内部瓦解をさせてやるのが使命だ」

「なるほど……」

「それができるのは、警視庁公安部しかないんだよ。日本国家の中で唯一無二の存在なんだ」

公総課長は改めて公安警察の奥深さを知った気がしたようだった。すると公安部長が思い出したかのように言った。

「そういえば、来年の組織改革に向けて、お前を警視庁の警務部参事官兼人事第一課長に推しておいたからな。総監もわかってくれたようだった。年次的にはちょっと早いが、長期政権で警視庁を立て直してくれ」

「私の後任は決まっているのですか？」

「チヨダの理事官を持ってくる。その後釜は前にも言ったが、大石和彦だ」

「部長はどうなさるのですか？」

「俺か？　申し訳ないが、またお前の上の副総監になりそうだ。これからも助けてくれよ」

公安部長が笑って言った。

第五章　再会

翌年四月上旬、和彦が帰国し、一緒に赴任していた女性と挙式した。隆一、清四郎も友人として式と披露宴に出席し、新郎の親族席近くのテーブルで祝った。

和彦夫妻の仲人は、帰国後に和彦が第二理事官〝チヨダの校長〟として入った警察庁警備局警備企画課の課長で、和彦を「将来の警備警察を担う存在」と紹介した。和彦の妻は元ＣＡで英語が堪能ということだった。両親は揃って中学校の教員で、兄も妹も教員という教員一家の中で、彼女は唯一違った方向に進んだ才媛だった。

披露宴が終わると和彦が隆一と清四郎を二次会に誘った。隆一は出席者がハイレベルな警察関係者やアメフト仲間たちばかりだろうと考えていたが、和彦が学生時代から組んでいたバンド仲間やファンも集まった、ライブハウスを借り切った会だった。

会場の入り口にはバンドの写真や和彦と新婦の写真がたくさん飾られていた。

「アメラグ一筋の男だと思っていたが……ロックバンドか……それも和彦がリードギ

ターとはな……実に似合わない気がするが、楽しそうな仲間たちだな……」

「和彦は中学時代からエレキはやっていたんだ。まあ上手かった方だな」

「それは知らなかった。一芸に秀でたものは二芸も三芸もできる……ということか？」

「まあ、駐在の若大将だな」

清四郎が笑って周囲を見回しながら、ため息をついて続けた。

「それにしても、花嫁の友人はやはり美人揃いだ」

これを聞いて隆一が清四郎に訊ねた。

「そういえばお前の結婚はどうなったんだ？」

「今秋にするつもりだ。お前はいつまで独身貴族を続ける気なんだ？」

「僕も、今年中には結婚するよ。三十七ともなれば、もはや年貢の納め時だからな」

二次会が始まって二十分ほど経った時、和彦が隆一と清四郎のところにやってきた。

「ここにいる仲間は仕事とは全く関係ない人ばかりだ。警察の同期生でさえ一人もいない。楽しんで行ってほしいよ。ところで隆一も結婚が決まりそうなんだって？」

「年内かな」

そう言って隆一が清四郎に目をやって促すと、清四郎が笑いながら言った。

「俺は今秋の予定だ。これだけは隆一より早そうだ」

「そうか……それは嬉しいな。三人揃って三十七歳が忘れられない年になるんだな」

これを聞いて清四郎が和彦に訊ねた。

「ところで披露宴では暴露がなかったが、ＣＡの彼女とどうやって知り合ったんだ？」

「ああ、そのことか……実は彼女の幼馴染がうちのバンドのキーボードの嫁さんなんだ。うちのキーボード、あれで東京芸大ピアノ科卒で、現在は大手芸能プロダクションの役員なんだ。その縁で、うちらのバンドのライブに来てくれたのが出会いのきっかけだ」

「なるほど……音楽と幼馴染が縁だったのか……それでこの二次会になったわけだな。演奏も楽しみにしているよ」

「幼馴染つながりで、彼らとも近々一緒に飲もう。芸能界の裏側を知るのも面白いもんだぜ。その時は二人とも彼女を連れて来いよ。末永い付き合いにしよう」

そういうと和彦は演奏の準備に向かった。

その後ろ姿を見ながら清四郎が言った。

「警察の同期生はなし……か……。和彦らしいと言えばそうだが、そういうことなら俺たちも和彦の結婚を祝して楽しむか」

二次会で隆一、清四郎は和彦たちのバンドのレベルの高さに驚くと共に、多くの出席者と話をして楽しんだ。

新婚の和彦は国内出張が多かった。東北、中部、近畿、中国、四国、九州の各管区警察局と北海道警に年三回ずつの定期出張に加え、突発事案が発生した際には道府県警に直接出向くこともあった。それでも、月に一度は三人もしくは、それぞれのパートナーを含めた六人で集まっていた。女性三人も仲が良くなり、独自に女子会を開くことも増えていたようだった。

和彦の結婚後初の「三人の会」で清四郎が訊ねた。

「和彦の東京勤務はいつまでなんだ？」

「二、三年がいいところだろうな。ロシアに三年いたからな、通常は二年で帰されるんだが、着任二年目の九月十一日に発生した『アメリカ同時多発テロ事件』に続く世界情勢、そしてその翌年の『アメリカ合衆国とロシア連邦との間の戦略的攻撃能力の削減に関する条約』の実効性がどうなるか……が問題となった時期だったからな……」

質問に答えた和彦に隆一が頷きながら言った。

「そういうことも人事に影響するんだな……そういえば、公安部に外事第三課ができたのも去年だった」

「二〇〇一年の同時多発テロは世界中の資本主義国家だけでなく、国連安保理の常任理事国にも大きな影響を与えたからな。特にアフガニスタン問題の最大の当事者であるロシアとアメリカはなおさらだったし、ロシアのプーチンも『次は……』と考えたかもしれない」

「大変な世界で仕事をしているんだな……ところで、ロシアはもう昔のソ連とは違うのか？」

隆一の質問に和彦が答えた。

「あまり変わっちゃいないような気がするね。一九九一年のソ連邦崩壊を残念に思う国民が増加しているのも事実なんだ。ソ連時代のような不自由でモノ不足の生活に戻りたいとは思っていないのだろうけどね」

「意味がわからないな……」

「例えば、ロシアではソ連最後の最高指導者であるゴルバチョフ氏が蔑まれているんだ」

「そうなのか？」

「ショッピングセンターでの買物や外車に乗ったり、外国を自由に旅行できるライフスタイルを失いたくはないはずなんだが、多くのロシア国民は心の底では『偉大なる超大国ソ連の崩壊』が悔しくて仕方ないのだろう」

「矛盾だよな」

「そう、その矛盾に気付いていないロシア国民への教育をさらに偏向させているのがプーチンなんだ。奴はかつてのノーメンクラツーラ仲間たちを経済のトップに置いて、政治は独裁主義にしただけの話だ。おまけに奴は質の悪いスパイ上《あ》がりだからな。人を裏切るのを良しとする人物だ。あいつを信用するのは間違いであることを日本の外務省は全くわかっていない。多くの国会議員も同様だな。ロシア人が北方領土を返還するなど毛頭ないことを、これっぽっちも理解していないんだ」

「そうか……そんな中で三年も我慢したんだ……」

「失敗するのが金の亡者たちだけならいいんだが、余計な税金をドブに捨てている光景を間近で見ていると嫌になってくるものだよ」

「何かいいことはなかったのか？」

「エルミタージュ美術館とバイカル湖くらいかな。他にはロシアでは何もなかったな。ただ、ロシア国民同様、自由に国外に出ることができたので、短期間の新婚旅行、いや、婚前旅行を何度かできたことかな」

「そうか……外交官といえども休みもあるわけだからな」

「それよりも今日はちょっと美味いものでも食べにいかないか？　ロシアから帰って和食ばかり食べていたから、がらりと趣を変えて懐かしいアメリカ料理がいいんだけど」

「アメリカ料理か……やはり肉系か？」

「そうだな、三番町にあるスペアリブの店はどうだろう？」

和彦の提案に清四郎が飛びついた。

「おう、豚の骨しゃぶりか……久しく行っていないな」

「オニオンローフもたまには食べたくなるな。僕の高校入学祝いで親父が連れて行ってくれた店なんだ」

隆一も笑顔で答えた。

店に入り席に案内されると、三人がオーダーしようとしたメニューはほとんど同じだった。ビールはバドワイザーだった。注文が済むと清四郎が言った。

「やっぱりアメリカだな……ここは。実は俺も学生時代にマイアミの創業店に行ったんだけど、同じ味だったよ、ボリュームは倍近かったけどな」

「僕もFBI研修の時に行ったたよ。どうしても、アメリカの料理や酒で行きたかった店の一つで、もう一つはカリフォルニア州オークランドのトレーダーヴィックスだったんだ」

「本拠地巡りか……トレーダーヴィックスは『マイタイ』の元祖だからな」

「さすがに清四郎は何でもよく知っているな。僕はマイタイはてっきりハワイの飲み物だと勘違いしていたよ」

「学生時代はバイトで儲けていたからな、ハワイのホノルルにあるピンクのホテル……そう、ロイヤルハワイアンだ。そこの『マイタイバー』に行った時にマイタイの元祖を聞いてびっくりしたものだ」

「清四郎みたいに学生時代の夏休みの多くをハワイで過ごした経験はないからな」

「バブルの走り時期だったからな。ちょっとゴルフができるだけで、金持ちから大モテだったんだ。『大学生でゴルフをやっている』というだけで、ゴルフ部と勘違いされたんだよ。高校選手権に出ていたからなおさらだったんだろうけど……」

「芸が身を助けたいい例だよな。その点、下級公務員にはバブルなんて迷惑以外の何ものでもなかった。金を持ち慣れていない人が突然思いがけない収入を得ると、突然、加害者にも被害者にもなり得る時期だったからな。僕が築地署勤務になった時は、ちょうどバブルが崩壊した時だったから、銀座が悲惨な状況になっていて、夜逃げする弁護士まで出ていたからな」

そこにバドワイザーがピッチャーで、そしてサラダが運ばれてきた。コブサラダだった。サラダを見て和彦が最初に口を開いた。

「最初にコブサラダと聞いた時、昆布が入った海藻サラダかと思ったよ」

「それはタコスを酢蛸と思うのとあまり変わらないな」

清四郎が笑った。これに隆一も笑いながら言った。

「小学四年のバーベキューの時に和彦のお母さんが作ってくれたのがコブサラダじゃないか？」

「えっ？　そうだった？　家では食べた記憶がないな。それにしても隆一の記憶力には参るよ」

「僕の親父がおふくろにコブサラダのレシピを聞くように言って、それから我が家ではコブサラダが最高のサラダになっていたんだ」

「そうだったのか……うちは親父がケンタのコールスローが死ぬほど好きで、サラダの八割はケンタ風のコールスローだった。たまに妹の陽子《ようこ》がシーザーサラダを作ることはあったが、親父は葉っぱの形が残ったサラダが好きじゃなかったことが後でわかったくらいだ」

話をしているうちにオリジナルベイビーバックリブのフルラックが二皿とコールスロー、大量のフライドポテトが運ばれてきた。

「久しぶりにフルラックを見た。男三人なら、やっぱりこれだよな」

和彦が嬉々とした顔で言うと、清四郎も笑いながら言った。

「ここのコールスローはおまけで付いてくるが、親父さんは、これじゃあダメだったのか？」

「親父はケンタ一筋だ。だがバックリブはここ一筋だったな」

バックリブは骨を手で持って食べるのが普通だ。フルラックには十二本のあばら骨がついている。まさに「骨しゃぶり」だったが、あっという間に一皿を平らげた。そこに、この店の名物でもあるオニオンローフが運ばれた。オニオンローフは型に入れて揚げたフライドオニオンの塊である。ケチャップや塩をつけて食する。

「おお、これこれ」

和彦が再び嬉しそうな声を上げた。バドワイザーのピッチャーとバックリブをお代わりすると、さすがにウェイトレスが笑いながらオーダーを再確認した。

食事が進む中、和彦が二人に訊ねた。

「実は、ちょっと相談なんだが、この会に、たまにでいいんだが、僕の仲人のような存在の男を加えてもらえないだろうか？」

「バンドのキーボードの人か？」

「そう。彼は前にも言ったように芸大出でありながら、今は大手芸能プロダクションの役員になっている。音楽関係の仕事ばかりだと思っていたら、経営企画も担当しているんだ」

「芸能プロダクションか……有名な芸能人に会えるかな？」

「それもあるだろうが、政治家から財界人まで付き合いも多いらしい」

「その反面、興行関係者との付き合いも出てくるわけだな」

「そう、だから、二人にとっても面白い情報があるかもしれないと思っているんだ」

「そうか……たまには他の世界の話を聞くのもいいかな」

清四郎が言うと、隆一もこれに同意した。

その後、ほぼ満腹状態になった三人は、二軒目にホテルのバーに行ってのんびりと二杯ずつ飲んで別れた。

七月、定例会に和彦のバンドのキーボード担当である北野《きたの》裕一郎《ゆういちろう》と妻もメンバーに加わり、話題の幅が広がった。この日は珍しく八人で集まった後、女性陣と男性陣が別々に二次会に向かった。二次会が始まってすぐに、北野が口を開いた。

「実は皆さんに相談があって、別行動にしてもらったんです」

「仕事の件ですか？」

「はい。芸能業界というのは様々なしがらみがありましてね」

「反社会的勢力ですか？」

「それもありますが、海外との問題もありますでしょう？　中国や北朝鮮の国籍を持つ人も多いですし、ロシアに近い旧ソ連の共和国の人、さらには在日や同和問題を抱えている人もいるんですよ」

「権利義務問題でトラブルも多いでしょうね」

「そうなんです」

「いわゆる特殊暴力……というものですか？」

「そうですね。警視庁の特殊暴力防止対策連合会という団体には加入しているのですが、その特殊暴力の定義というか、はっきりしたものがないようなんです」

「警視庁管内特殊暴力防止対策連合会のことですね。しかしこれは社団法人のはずですから、設立時にその目的として、特殊暴力の定義は規定されていると思うのですが……ああ、そうか……反社会的勢力は手を替え品を替えて犯罪を行っているので、あえて定義を規定しなかったのかもしれません」

「なるほど……確かにオレオレ詐欺なんていうのは当時はなかったようですからね」

そこで隆一がその場で警視庁本部の組対三課の総合当直に電話で確認した。

「現時点で、特殊暴力とは、『暴力団、総会屋等反社会的勢力による、企業に対する寄附金、賛助金、出版物の購読料等の名目のいかんを問わない金品その他の財産上の利益の供与を強要する等の不当要求及び面会の強要、強談威迫、暴力的不法行為その他の迷惑行為をいう』と規定していますね」

「なるほど……ある程度は具体的になっているようですね。ただ、芸能人を売り出すためには、広告代理店やテレビをはじめとした放送、出版社、大手企業への強力な窓口が必要です。その全ての分野に入り込もうとしているのが反社会的勢力なんです」

「そういうことか……対価を支払うにしても、その要求が不当かどうかは、その後の本人次第……ということですね」

「そのとおりです。そして、その芸能人が売れ始めると、政財界の様々な人たちが彼らに会いたがるのです。特に若くプロポーションのいい美しい女性や健康的な美少年に対しては高額な金銭を提示されることもよくあります」

「それを芸能人は受け入れるのですか？」

「全ては本人に任せているのです。会社は一切ノータッチです。ですから本人と相手との交渉次第ですね。しかし、その情報がどういうわけか反社会的勢力に流れてしまうんです」

「その後は脅迫、恐喝が来るわけではないのですか？」

「そうなった場合の対応は弊社の場合は法務担当常務が行うのですが、そこで支払う金銭は社長の交際費として処理されてしまうのです」

「社長の交際費というのは莫大な金額なのですか？」

「ほんの数億です」

「ほんの？　数億がほんの……なのですか？」

「純資産が五百億円の会社ですよ。それも社長が一代で築いた会社です」

「そんなに大きな会社だったのですか……。ちなみに昨年の純利益はどれくらいあったのですか？」

「五十五億円と記憶しています」

「なるほど……」

隆一が納得した顔つきで言うと、清四郎が訊ねた。

「もしかして、それは先週発覚したフラワーエンジェル事件と何か関連があるのではないですか？」

フラワーエンジェル事件とは家出した小学生や中学生や、誘拐されたとされる少女が監禁された事件で、語源はその少女たちを使って、被疑者が経営していた児童買春デートクラブでの名称である。しかし、店の顧客リストの存在がわかるとともに、被疑者が自殺していたこともあり、突然、捜査そのものが打ち切られた。

清四郎の言葉に北野の顔が一瞬引きつった。これを見た清四郎がため息をついて続けた。

「この事件を捜査一課にやらせたのがそもそも間違いなんですよ。これは本来ならば少年の捜査を行う生安部がやるべき事件だったはずです」

これに和彦が訊ねた。

「清四郎、フラワーエンジェル事件は被疑者が自殺して捜査は終結したのではなかったか？」

「これは将来に禍根を残すであろう、トップの捜査指揮案件だと思うよ」

「警視庁公安部からは何も情報が届いていないが……」

「公安部はヤクザもんには弱いから、情報が取れないだけさ。この事件の背景には当然ながら暴力団と奴らがケツ持ちをしている暴走族上がりの連中が複雑に絡んでいるんだ。そして、この連中が大手芸能プロダクションのトップのボディーガードになっているんだ」

「ボディーガードか……それだけでは対外的な影響力はないだろうが……」

「ボディーガードだけならいいんだが、この連中が芸能人の獲得に走り始めたんだ。しかも、若い女の子専門にキャッチするんだ」

「それが、あのフラワーエンジェルの被害者……ということなのか？」

「少年法の中では確かに被害者なのかもしれないが、相応の対価を得ているからな。しかも、彼女たち自身が仲間を集めている部分もあるんだ」

「なるほど……」

「そして、そこからが奴らの悪賢さなんだが、ボディーガードを体力的に卒業すると六本木や渋谷のキャバクラを任されるようになるんだ。それが上手く回るようになると、今度は自分の店を持つようになる。当然そのキャバクラでは裏稼業が出てくるし、さらにその中で人気が出た者を芸能界に送り込んでいるんだ。そして、少し有名になった芸能人は要人に対して接待要員として利用される」

「まさか……」

「フラワーエンジェル事件で死亡した被疑者の所有物からは、児童買春デートクラブの顧客リストが発見され、このリストには政府関係者、裁判官、警察官、医者など、地位ある富裕層の名が千人以上連なっていたそうだ。しかも、捜査段階で、この顧客リストが紛失したという笑えない話まで起きたうえ、最終的には自殺したとされる享年二十九歳の被疑者の単独犯行だとして、ただの誘拐・監禁事件で捜査を終わらせてしまった。これを和彦はどう思う？」

清四郎は一度、北野の表情を確認したうえで話を和彦に振った。

「被疑者は二十九歳だったのか……」

「そう、しかもフェラーリを二台所有した時期や、億単位の預金まであったというんだぜ」

「それは本当なのか？」

「それは北野さんもご存じだと思うけどな」

今度は清四郎が北野の顔を見ながら言った。北野はしばらく俯いていたが、大きく息を吐いて二、三度頷きながら答えた。

「それは事実のようです。うちの社長を彼に引き合わせたのは大手企業の御曹司だったのです。孤独な若手経営者が癒しと刺激を求めながらストレス発散できる非日常空間が、自殺した被疑者の店にあったようです」

「北野さんはその店に行ったことはあるのですか？」

「私が行ったのは児童買春デートクラブの方ではなく、歌舞伎役者や有名タレントが集まる、麻布や六本木にあった、いわゆるクラブです」

「なるほど……いわゆる半グレの巣ですね……」

清四郎の言葉に北野が訊ねた。

「半グレ……というのですか？」

「かつては手形のパクリ屋や事件屋、さらには素人衆に因縁を付けて金を脅し取る、組織には属していない中途半端なワルを、ヤクザもんの世界ではそう呼んでいたんです」

清四郎の説明に頷きながら和彦が訊ねた。

「清四郎の情報は正確なのだろうと思う。そしてかなり幅広い情報網から分析ができているんだろう？」

「情報は裏が取れて初めて情報になるんだ。あまりに多い与太話の中にも真実が隠されている場合もあるからな。今回のフラワーエンジェル事件はその最たるものだ。捜査機関が紛失したデートクラブの顧客リストが一つとは限らないだろうし、そもそも、一つのはずがないんだ。もっと大きな組織がこれを持っていて、今後も裏社会で活用されることになるのだろうな。だから先ほど、俺は将来に禍根を残す……と言ったんだ」

「そういうわけか……第二、第三の自殺者が出ないことを祈るばかりだな」

「自殺者？　本当に奴が自殺したと思っているのか？　闇から闇……は警察の捜査だけじゃない。それこそ奴らの本業なんだよ」

清四郎の話を聞いて北野が生唾をゴクリと飲み込んで訊ねた。

「うちの社長は大丈夫でしょうか？」

「今後も和彦と仲良くしておくことですね。そして気になることがあれば早めに相談した方がいい。特に御社に所属する芸能人のスキャンダルを耳にした時は早い方がいいですし、薬物対策は会社として医療機関と連携して定期的に検査した方がいいですよ」

「薬物……ですか？」

「はい。西麻布を拠点にしている半グレは北朝鮮から独自ルートで覚せい剤を密輸しています。普段はこれをイラン人やアフリカ系の外国人を使って渋谷の路地等で売りさばいているのですが、芸能人等にターゲットを絞った際にはクラブ内の個室に連れ込んで使うんです」

「それは無理矢理に……ですか？」

「そういう場合もあります。現に、一時期コマーシャルにも出ていた若手女優がパッタリ姿を消したことが、何度かあります。彼女等は奴らの餌食になったそうです」

「そんな……」

「まあ、こんな物騒な話を続けても仕方ありませんが、フラワーエンジェル事件で死んだ被疑者と反社会的勢力の幹部が共同経営者であったことは裏社会では常識なんです。奴らは第二、第三のフラワーエンジェルを既に作っていると思います。なぜなら、需要と供給があってこそ商売は成り立ちますし、供給過多くらいでなければこの手の商売は長続きしないのです」

北野は啞然とした顔つきのままだったが、和彦がその場を巧く取り纏めて二次会を解散した。

その帰り道、隆一が清四郎に言った。

「清四郎、お前の情報は凄いものだな……僕なんて全く話について行くことができなかった」

「隆一は表社会、俺は裏社会の不正を叩けばいいだけだ。ただし、裏社会の者が表に出て行くのは稀だが、表から裏に落ちていくのは想像以上に多いからな。そして、その時に何らかの犯罪が行われているんだ。かつてのバブル期には日本の大手銀行のトップが次々に悪の手先や詐欺のターゲットにされたことがあっただろう？　そしてその次には霞が関、そして企業と政治家がはまっていったんだが、その不正の大半はうやむやになったままだ。それは検察、警察等の捜査当局の事実上の敗北なんだが、そんな中でも俺たちはおめおめと生きながらえることができる。一方で勝った裏社会の連中は利益の分捕り合戦を始める……というわけだ」

「そういうことか……しかし、フラワーエンジェル事件のような児童買春はなくならないものなのかな……」

「決してなくならないな。なぜなら『買春』という用語を使った、平成十一年制定の『児童買春、児童ポルノに係る行為等の規制及び処罰並びに児童の保護等に関する法律』という長ったらしい名前の法律は、議員立法だったからできたようなものなんだが、その法律を作る際にタイの実態を調査に行った議員の中に、現場で実際に児童買春をしてきた馬鹿野郎がいるくらいだからな」

「なんだって？」

「マスコミでは暗黙の了解となっている、極めて女癖の悪い野郎なんだが、実は、そんな連中は日本では高学歴、高地位に多いのだそうだ。その性癖を反社会的勢力に突っ込まれて自殺した企業トップもいたからな」

「そうなのか？」

「オウム事件のどさくさに紛れてあまり話題にはならなかったが、流出した写真を見たことがある。ただ、一口に性癖といっても、ロリータコンプレックスと、性犯罪に直結する精神疾患と位置付けられたペドフィリアは根本的に違うんだ」

「ペドフィリア？　初めて聞く言葉だが……、それは病名なのか？」

隆一は興味深そうに訊ねた。

「ペドフィリア（pedophilia）自体は古くからある言葉なんだが、幼児・小児（通常十三歳以下）を対象とした性愛・性的嗜好のことだ。アメリカ精神医学会によって出版された『Diagnostic and Statistical Manual of Mental Disorders』という本があって、日本語に直すと『精神疾患の診断と統計マニュアル』という名前になる」

「そんな洋書のことまで知っているのか？」

「まあ、英語だけは昔から得意だったからな。それにペドフィリアに関するデータがあるんだが、その中に一九七五年のキンゼイ報告での調査及び、他の研究が示す数字では、成人男性の少なくとも二十五パーセントが小児に対し性的魅力を感じている……と、述べているそうだ」

「四人に一人か……日本はどうなんだろう？」

「日本では、ちょうど去年のＮＨＫによる調査が唯一だ。詳しい数字は覚えていないけど、年齢別に十代、五十代が六から八パーセントで高く、それ以外は五パーセント未満だったと記憶している。フラワーエンジェル事件の顧客リストの中にアメリカの政府関係者の名前があったのでは……とも推測されている」

「そういう背景まで出てくるのか……怖い世界だな」

「そう、実は、今回のフラワーエンジェル事件を取材していたフリーライターは東京湾に潜水士が使うおもりを巻き付けられて沈められ、遺体となって発見されたんだ」

「そうなのか……お前も気を付けろよ」

「気を付けるもなにも、俺は捜査機関としての仕事だからな。決して逃げるわけにはいかない。ただし、上から捜査ストップがかかってしまったら仕方がない。去年刑事部長が飛ばされたと聞いた時は、まだ警視庁に正義が残っていると思ったよ」

数日後、和彦から隆一に電話が入った。

「先日の北野の件なんだが、やはり社長が脅されているようなんだ。それも、プロダクション内でも稼ぎ頭のミュージシャンがターゲットにされているらしいんだ」

「ターゲットというと、すでに相当食い込まれている……ということなんだろうな。詐欺や収賄の話ではなさそうだから、動くとすれば捜一になるんだろうが、捜一はフラワーエンジェル事件のトラウマが残っているから、手を出しにくいだろうな」

「そうか……まだ警視庁内には半グレと言われている連中を取り締まるセクションはないのか？」

「半グレの実態について一番詳しいのは少年事件課だろうが、犯人たちが全員成人になってしまっているだろうから、手を出しにくいのは事実だろうな。要は北野さんの会社の社長がどこまで協力してくれて、ターゲットになっているミュージシャンが何をされているか……にかかってくる。仮に、ミュージシャン自身が薬物等に手を染めていれば協力をしてもらうことは難しいのだろうな」

半グレ集団の主な役割は、芸能人同士の出会いの場の提供と、これに参加したいIT長者を始めとした富豪や政官財とのパイプ役だった。その背景にあったのがノーパンしゃぶしゃぶ事件やフラワーエンジェル事件のような、政官財と女性の間を猥褻な関係でつないで儲ける図式だった。「相手をする女性が一般人ではなく芸能人だったら爆発的に儲かる……」。これを実行に移すことができたのが半グレ集団だった。

「警視庁も組対部はできたばかりで、組対四課が連携を取ってくれればいいんだが……」

和彦も思案中とみえて悩ましい声を出していた。隆一が言った。

「和彦は今警備企画課にいるのなら、警視庁公安部の情報部門を動かしてみてはどうだろう」

「公安部か……」

「僕の指導巡査だった上原さんが今、公安総務課で指導担当の管理官をしているんだ。お前は知らないだろうが、去年、大掛かりな詐欺と贈収賄事件を立件したんだが、その大本のデータを僕に渡してくれた人だ」

「ほう。公安部が資料をくれたのか……珍しいことだな。僕だったら処分したかもしれないが……」

「しかし、結果的に公安部もいい仕事をしたんだぜ」

「そうか……武井公総課長に相談してみよう」

「公総課長はいい人なんだろう？」

「二年先輩だが、僕が目標とする人の一人だな」

「誰も担当するところがないのを俯瞰して情報化するのが公安部だという話を聞いたことがある。今後、半グレは恐ろしい組織になってしまう可能性があるからな」

「なるほど……すると生活安全部少年事件課の協力が必要ということなんだな」

「そうだ。こういう新しい分野や、本気で国家転覆を考える連中には警視庁を挙げての組織プレーが必要なんだ」

「国家転覆か……隆一、お前、まるで公安警察のようだな」

「警察の立場、本来のことを言っただけだ。国家がなくなれば元も子もなくなるからな。それを根本で理解できなきゃ警察幹部の器じゃないだろう」

「そうなんだけどな……それもわからない警察の大幹部もいるから困っているんだ。それも警備局にな」

「そうなのか……お前、もしかして苦しい立場なのか？」

「まだ、そこまではいっていないんだけど、まあ、ネチネチ嫌な上司がいることは間違いないな」

そういう和彦の口調には、彼らしくない苦痛が混じっているようだった。

「キャリアは逆転できないから大変だな」

「下剋上か……できれば面白いんだろうな。その点でいうと隆一なんて大逆転人生なんじゃないか？」

「僕の警察学校のサブ教官に当たる助教は、まだ警部補だからな……結構、気まずい面もあるんだ」

「そうか……クラス会ができないな……」

「ああ、幹事役に迷惑をかけているかもしれないな。そんなことより、北野さんの件は早く動いた方がいいな。あの社長の周辺には、芸能界の相関図をみただけでも魑魅魍魎が多すぎる」

「そういう相関図もあるのか？」

「前に清四郎がフラワーエンジェル事件の顚末を教えてくれた後、僕なりに調べてみたんだが、二課的には事件に直結する事案こそなかったが、今後の政財界の動きに関しては、実に興味深いものがあった。そして、その中心に見え隠れしていたのが北野さんの会社の社長だったんだ。もし、僕が彼の直接的な友人だったら、早めに抜けることを勧めるな。彼の社内的立場から考えると、今後、かなり危ないことになりそうな気がするんだ」

「スケープゴートか？」

隆一は頷いて言った。

「そうだ。和彦の友達を助けるためだけではなくて、今後、問題となる可能性があるところを事前に調べておく……という大義名分があれば公安は動きやすいんじゃないかと思う。僕としては、早めに手を打っておいた方がいいと思うけどな」

「わかった。ありがとう。公安部でも情報に強いチームに当たってもらうことにするよ」

和彦はすぐに動いた。武井公総課長の了承を得て上原との接触を図った。

「警視庁公総指導担当管理官の上原と申します。理事官はご在席でしょうか」

「はい、このままお待ち下さい」

理事官担当の警部が電話を取りついだ。

「理事官の大石です。急な連絡で申し訳なかったのですが、上原管理官はチヨダに来られたことはありますか？」

「いえ、情報担当をしたことがありませんので、SRの席でしかチヨダの校長、先生とお会いしたことはありません」

「そうですか。それではこれから一担の管理官に場所を聞いてこちらにご足労いただきたいのですが」

「承知いたしました」

上原は第一担当管理官に、チヨダの新校長である和彦からの伝言を告げて、チヨダの場所を聞いた。

チヨダとは警察庁警備局警備企画課内にある全国の公安情報収集分析の総本山の別名で、そのトップである警備企画課第二理事官の通称を全国公安警察の情報担当は「校長」と呼び、警備警察を取材するマスコミの世界では「裏理事官」と呼んでいた。校長の秘書的役割の警部は「先生」と呼ばれていた。「SR」はseason reportの略称で、情報担当者が協力者の運営状況等を年に四回チヨダに報告する場のことである。

上原は緊張の面持ちで警察庁に向かった。これまで、その存在は知っていたが、組織を見るのは初めてのことだった。

「こんな隠れた場所にあったのか……」

上原は第一担当管理官に教わった、極秘の場所を訪れて、思わず呟いた。警備局には元々各課の入り口に「○○課」という表示はされていないのだが、ここは警備局のフロアでもない庶務倉庫の脇で、通常よりもやや広めの扉の内側に、さらに内廊下がある構造で、内部が一目でわからないよう、一般の廊下と部屋の間の壁よりも厚い壁で仕切られていた。四番目の扉をノックすると、中から「どうぞ」と声がした。扉の周囲を注視すると、扉の上部の反射ガラスの向こうに監視カメラがあるのが確認できた。

部屋に入ると、前回のＳＲで挨拶をした先生が笑顔で上原を迎えた。

「上原管理官、お忙しいところ申し訳ありません。校長がお待ちです。どうぞ」

と、言って、デスクの斜め奥の向かい側にある扉をノックして言った。

「上原管理官がお見えです」

「お通し下さい」

上原は改めて扉を自らノックして入室した。先生も後ろから一緒に入った。三畳ほどの狭い部屋だった。新しい校長はデスクではなく、小さな応接セットの前で上原を出迎えた。

「上原さん、申し訳ない。電話では話せないことでしたので、ご足労いただきました。狭いところで申し訳ありません」

「とんでもありません。ここが総本山ですか……」

「公安警察と言っても、日本ではこんなものなんですよ。ところで警視庁捜査二課の高杉隆一が初任科時代からお世話になっているようで、ありがとうございます」

校長の最初の挨拶に上原は驚いて訊ねた。

「高杉君をご存じなんですか？」

「隆一とは幼稚園からの幼馴染なんです。今でも毎月酒を飲みながら情報交換をしています」

「幼稚園から……ですか？」

「隆一のお父さんも、僕の親父も同じ所属の駐在なんですよ」

「そうだったのですか……」

上原はポカンとした顔つきで校長の顔を眺めてしまっていた。

「隆一がよく上原さんの話をしていましたし、事件捜査にもご尽力を賜った旨も聞き及んでおります」

「組織情報を個人的判断で外部に出したことは申し訳ないと思いましたが、宝の持ち腐れになるよりは、世のために使うことを考えました」

「まあ、結果オーライだったのでしょう。捜査二課には手の内を見せてしまいましたけどね。二課も真似をして特別捜査官を五人も登用しましたよ。隆一が入力担当になるかもしれませんが……」

そう言って校長が笑って、ようやく上原をソファーに座らせて、自分も後から腰を下ろした。

「さて、今回、お呼びしたのは、お願い事なんです」

そう言って、和彦は芸能界と、これに巣食う反社会的勢力、半グレ、さらに政官財のつながりの解明を依頼して言った。

「麻布署、渋谷署で、その道の情報を詳細に集めることができる者に下命していただきたい。さらに本部員でも階級を問わず、幅広い情報を集めることができる人材を投入していただきたいのです」

「半グレは確かに野放し状態のようで、私も生活安全部の少年事件課庶務担当と情報交換していたところなのです」

「さすがですね。そこが、今後の治安維持に関してキーになるところだと思っています」

「一ヵ月みていただいてよろしいでしょうか？」

「結構です。よろしくお願いします」

チヨダの校長は隆一の幼馴染で、未だに付き合いが続いている……というだけあって、実に腰の低いキャリアだと上原は驚きよりも寧ろ感激に近い感情を抱いた。

公安部は各情報担当の中からエースを投入した。さらに麻布、渋谷両署の公安係からも同様だった。

逐次上がってくる情報は、チヨダも注目する内容だった。和彦は武井公安総務課長に連絡を取った。

「上原管理官、明日朝一で武井公総課長に面談に参ります。同席していただけますか？」

翌朝午前九時ちょうどに警視庁本部十四階の公安部別室にある公安総務課長室に和彦と上原が入った。

「おう、大石、少しは慣れたか？」

「毎日奮闘中です」

「そうだろうな。俺の後任なんだ、面白さもあるだろう？　ところで、お前が指示した案件の報告書は俺も目を通している。久しぶりに気合が入った。五年前の『大蔵省接待汚職事件』では懲りず、その後の向島料亭遊びで叩かれても飽きもせず、財務省の馬鹿野郎どもはまだこんなことをやっているのか……自称『エリートの中のエリート』としての競争心が彼らを狂わせているんだな。『他の省庁とは違う』という強力なプライドが他人に負けることを許さないのだろう」

「彼らはすでに公務員の本分である『全体の奉仕者』の立場を忘却して、仕事よりも目先の自分のためをひたすら追っているんですね」

「そして今度はいよいよ、自ら本物の猥褻の舞台に立ってしまったのか……」

大蔵省接待汚職事件とは一九九八年に発覚した大蔵省を舞台とした汚職事件である。ここで有名になったのが「ノーパンしゃぶしゃぶ」で、大蔵省、証券取引等監視委員会委員、日本銀行、大蔵省OBの公団理事等七人の逮捕・起訴に発展した。この責任を取り大蔵大臣と日本銀行総裁が引責辞任し、財金分離と大蔵省解体の一つの要因となった。

さらに彼らがはまっていた向島料亭遊びは、正式な芸者でも半玉でもない「かもめ」と呼ばれるアルバイトの女性たちが、カネさえ出せば、裸踊りでもきわどいエッチな遊びでも何でもやるというものだった。このアルバイトが金次第でマスコミに情報を流したため、政治家、官僚、MOF担の実名が芋づる式に表に出てしまった。MOF担とは、都市銀行や証券会社などの大手金融機関に所属し、大蔵省と癒着し様々な情報を官僚から聞き出していた「対大蔵省折衝担当者」のことである。

和彦が公安総務課長に言った。

「この案件ですが、東京地検を絡ませないで警視庁独自でやっても面白いのではないかと考えています」

「公安部だけではなく、警視庁の総力を結集する……ということか？」

「はい。幸い今年から組対部ができて、反社会的勢力の犯罪に関して一元化して捜査ができる体制だけはできていますが、まだ実戦では活用されておりません。公安部主導で、刑事部、組対部、生安部を巻き込んでみてはいかがかと思います」

「なるほど……面白いことを考えるな。警視庁にいると、どうしても自分の部だけを考えてしまうが、日本警察全体のことを考えると、確かにこれはリーディングケースになるかもしれないな。それには、餅は餅屋として捜査の振り分けを考えなければならないな」

「その件ですが、すでに上原管理官が配分を行ってくれています」

「なに？　どういうことだ？」

「公安部が持っている相関図ソフトで分析すると、実に簡単に犯罪構成要件ごとに分担できることが判明したのです」

　和彦が上原に向かって頷くと、上原は所持していたバインダーから事件チャートと立件可能犯罪一覧表を公総課長に提示した。

「ほう、上原管理官、あのソフトはこういうことにも使えたのか？」

「はい。ソフトのリレーションシップを分析しているうちに、適用罪名欄があることがわかったため、これを独自に関連付けてみますと、警視庁各部各課の専門分野の振り分けができることがわかったのです」

「そこまで考えたのか？」

「これは偶然で、自分自身がデータを追加する際に、法令上わからないことを各部各課の専門家に聞くために付けただけのことだったのですが、大石理事官がアドバイスをして下さったため、こういう形になりました」

「大石は元々理系のセンスがあったからな……なるほど実にわかりやすい。よし、このまま部長室に行くか」

武井公総課長はその場から隣室の部長室に電話を入れた。

公安部長室では話が一気に進んだ。

「武井、俺が各部長に根回しをするわけだな」

「最終的には総監のご判断になるかと思いますが、先のフラワーエンジェル事件がうやむやになったまま前総監はお辞めになりました。今回、新総監の下で警視庁の面目躍如を果たしてはどうかと思います」

「幸い、この四部長が全員身内で、俺が一番上だからな。面白い」

新任の山下《やました》公安部長が口にした「身内」はキャリアを意味することが上原にはすぐに理解できた。

三日後、総監応接室に総監、副総監、総務部長と四部長が揃った。総監が概要を聞いて口を開いた。

「東京地検への事件連絡はしないのだな？」

「ホシを挙げてからで構わないと思います」

「警視庁が組織を挙げて行う捜査に、東京地検も対応する部署が必要だろう？」

「最終的には特捜部が出てくると思います。彼らは彼らで次の一手を打つと考えます」

「そうか……考えてみればここにいる全員が司法試験にも受かっているんだったな。こちらとて相応の実戦を積んできているんだ。法的知識でも彼らには負けない自負がある。ところで、この合同捜査の発案は誰だ」

「六十四年組のチヨダの理事官の大石です」

「大石？　十八年も下になるとわからんな。まあいいか、よし、山下、お前が仕切って捜査を勧めろ」

山下公安部長が総括指揮官となり、公安部から公安総務課、刑事部から捜査第二課、生安部から保安課と少年事件課、組対部から組対三課の合同チームが、麻布署と渋谷署に分かれて特別捜査本部を開設した。その中でも中核となったのが公安総務課、捜査二課、組対三課の情報担当係長だった。この中で公安部と捜査二課はもっぱら情報収集が中心で、特に捜査二課は贈収賄罪の容疑が濃厚になった段階での捜査着手だった。

第一弾として行うのは組対三課と保安課による公然わいせつ罪と通称、風営法、正式には風俗営業等の規制及び業務の適正化等に関する法律違反の二つだった。特に風営法違反の中でも風俗営業の無許可営業には、「二年以下の懲役又は二百万円以下の罰金」が設けられており、経営者が逮捕されるケースもある。

ターゲットとなったのは半グレグループのリーダー格が経営している二軒のハプニングバーだった。ハプニングバーは、その日店に居合わせた様々な性的嗜好や目的等を持った人たちがハプニングを装いながら相互に楽しむ場所である。そこでは酒だけでなく各種薬物が用いられることも多いという潜入捜査による報告もなされていた。

組対三課の捜査員の中には、八王子署の組対係員の清四郎も加わっていた。清四郎はこの手の情報にも滅法詳しく、次期組対三課要員として現場の指導を行っていた。

Xデー当日、総勢八十人体制の捜査員と、外周警備と被疑者搬送用に機動隊一個中隊も投入して、二個班に分かれ、午前零時に二ヵ所同時に着手した。

着手寸前に、予め確認していた店側の監視カメラのケーブルは機動隊員によって切断されていた。

店内には両店とも五十人近い客が入っており、六本木店には財務省関係者、渋谷店には金融庁関係者が含まれていた。客の約半数は全裸で、公然わいせつの罪は明らかだった。捜査の様子は警視庁本部十七階にある総合指揮所内のモニターにも中継されていた。

「阿呆かこいつらは……」

四人の部長が呆れた顔つきで様子を見ていた時、組対部長が思わず呻くように言った。

「こいつ大学のゼミの同期生です。馬鹿な野郎だ。予算折衝の時はふんぞり返っていやがったくせして、なんだこのザマは……」

「奴らは予算権限を持っているからな。奴らのサジ加減一つで予算配分がまったく違ってくる。だから各省庁の役人は最終的には奴らに従わざるを得ない。それが大きな勘違いを起こさせてしまうんだよ」

「ノーパンしゃぶしゃぶの時に『欲望に学歴は関係ない』と言ったジャーナリストがいたが、変わっていないな……」

「こいつ、総務省の野郎じゃないか？」

「あ、そうだ、その横は博通エージェンシーの役員で審査会のメンバーだ」

「警察庁関係者はいないだろうな……」

部長四人がまじまじとモニターを眺めながら囁き合っているころ、現場では続々と逮捕者が出ていた。店の金庫からは大麻、コカインも押収されていた。

総合指揮所に第一報が入った。

「現時点で逮捕者は五十三名、さらに、現場にいた全員の身元を確認中。なお、Z関連は四人を確認し逮捕」

現場ではあらかじめ決めていた暗号が使われていた。そこに警視総監と副総監もやって来た。

「どうだ、成果はあがりそうか？」

「大漁旗です。霞が関が大騒ぎになりそうです。捜査本部では分散留置の手続きで大変な状況です」

「小物は送致前釈放でいいだろう。半グレというのはどういう状況なんだ？」

「店の経営者を現在、自宅で拘束したようです。こちらも芸能プロダクション、広告代理店、総合映像プロダクション関係者も含まれています」

「政治家はいないのか？」

「知った顔は今のところおりませんが、三回生以下の顔はほとんど知りませんから、追って連絡も入るかと思われます」

詳細がデータ化されたのは午前六時過ぎだった。

六本木の現場総責任者だった組対三課の管理官が総合指揮所で報告を行った。

「六本木店の捜査結果はお手元の資料のとおり、逮捕者三十名、うち役人については八名、この関連者が十二人、店舗関係者五人、また、反社会的勢力構成員二名の覚せい剤所持の現行犯人も含まれており、その他三人です。全員の人定を確認しております。なお、役人につきましては現在公安総務と捜査二課が取り調べ中、店関係者は保安課と当課が調べております」

「大変でした。送致まで、まずは全力を尽くしてください」

「了解」

三十分後、渋谷の現場総責任者だった保安課の管理官が報告した。

「渋谷店の捜査結果はお手元の資料のとおり、逮捕者二十三名、うち役人が四名、この関連者が八名です。この他に店の経営者一名を逮捕。この経営者は半グレのナンバースリーと目されており、彼が西麻布に持つ別店舗では個室付きのハプニングバーがある旨の情報を得まして内偵に入ります」

「余罪につながれば面白いが、今回の摘発で厳しくなったんじゃないか？」

「著名な芸能人も多く出入りしている店らしく、続ける可能性が高いとの情報でした」

保安課の管理官が帰ったのを見届けると、総監と副総監も席を立った。トップツーが総合指揮所を出たのを確認したところで山下公安部長が口を開いた。

「それにしても組対三課の捜査員は優秀だな。各種犯罪てんこ盛りだ」

「新しい課で、まだまだ意思の疎通ができていない面もあるんだが、人材は徐々に揃ってきている。特に今回は組対部のその道のプロフェッショナルで、本城清四郎といったかな。彼がいたことで助かったのは事実だ。しかしそれも、公安部が作ってくれた相関図データがあってのことだけどな」

組対部長が公安部長に答えると、公安部長は頭を掻きながら言った。

「うちの上原管理官が作った相関図データが有名になったが、これを一番活用したのは実は彼の後輩で捜査二課の情報担当係長の高杉隆一なんだよ。危うく宝の持ち腐れになるところを救ってもらった感がある」

「捜査二課といえば、前刑事部長を追放した張本人だからな。今の強い警視庁立て直しの大功労者だ」

組対部長の言葉に刑事部長が小声で答えた。

「いや、俺もいい部下に助けられているんだよ。つくづく警視庁警察官の進化を目の当たりにしている。その高杉の幼馴染が、今回の事件捜査のシナリオを描いたチヨダの理事官ときている。人のつながりは面白いもんだ」

刑事部長の説明に組対部長が頷きながら言った。

「チヨダの理事官と言えば大石だろう？　さっき言ったうちのプロフェッショナルというのも大石の幼馴染だという話だった」

「そうなると、大石の幼馴染軍団が今回の大事件捜査の立役者……ということか……。これはまた三つ巴の緊密な関係ができたようだな」

山下公安部長の言葉に四人の笑い声が総合指揮所に響いた。

一方、総監室では副総監が総監に進言していた。

「昨年、国会を揺るがせた霊園地面師事件の詐欺部門の端緒情報も捜査二課の情報担当係長が仕入れたものでした。彼のような人材は早めに警察庁の指導担当として全国の捜査責任者に捜査手法を伝授してもらいたいものです」

副総監の言葉に総監が首を傾げながら訊ねた。

「君は公安部長だったのに、どうして二課の係長を知っているんだ？」

「当時の刑事部長が、あの事件を握りつぶそうとしていたのです。忖度というよりも自らの損得勘定だけで動こうとしたふしがありました」

「それであいつは飛ばされた……というか、心を病んで辞職したのか……。そして忖度というと、あの当時の経産相か？」

「はい。大臣が官房長官当時の秘書官をやっておりましたから、案外、政治家にでもなろうとしていたのかもしれません」

「それで、どこから情報が公安に伝わったんだ？」

「中村二課長と武井公総課長が同期で、公総課長から相談されたのです。そこで前総監にご相談致しまして、徹底した事件化に踏み切った次第です」

「ほう……そういう背景は警察庁次長には全く届いてこないものなんだな。そうだったのか……そうすると、その二課の係長の功績は勲一等に値するではないか……」

「はい、警察庁長官賞の授与も考えたのですが、本人が『警部にもなって賞はいらない。部下にやってくれ』と言うものですから、そのようにしたまでです」

「なるほど……なかなかの男だな。一度会ってみたいものだな」

「人事記録を確認したところ、彼の父親は今でも現職で駐在をされているようです」

「駐在？　それはまたご苦労なさっているのだな……名前は何という方なんだ？」

「高杉さんです」

「高杉さん……剣道の達人の高杉さんだろうか？　私が教養課長当時の剣道の警視庁代表選手でなかなかの人格者だった。剣道指導官室の誘いを蹴って捜査一課に行かれたことまでは知っていたが……そうか……駐在の息子か……」

「チヨダの大石の幼馴染でもあるようで、今でも付き合いがあるそうです」

これを聞いた総監は卓上のメモ帳に独特の小さな文字で「捜査二課警部　高杉」と記して二重丸を付けた。

エピローグ

西麻布の店舗が保安課によって急襲されたのは、その翌月だった。

二十数名の客が逮捕されたが、その中には和彦の友人である北野が役員を務める芸能プロダクションに所属する芸能人が七人含まれていた。しかも、そのうち三人が覚せい剤、二人がコカインと大麻を所持、使用していた。この七人は、いずれも現社長が見出し、育てた、同社の稼ぎ頭のミュージシャンのバックボーカルやバックダンサーだった。七人の逮捕後の事情聴取を経て、直ちに保安課は稼ぎ頭のミュージシャンの自宅に捜索差押許可状を取って踏み込むと、そこにはコカイン及び大麻とその吸引器が散乱していたため、現行犯逮捕していた。

この情報を受けた和彦は直ちに北野に連絡を取った。

「稼ぎ頭が現行犯で逮捕ではどうしようもないな。会社としてちゃんとした対応を取らなければならない」

「俺も覚悟はしていたが、やはりこういう結末になるしかなかったのだろうな。社長には何度も言っていたんだが、俺よりもミュージシャンの方が優先だった」

「そうだったのか……今後のことは考えているのか？」

「今の会社は辞めようと思っている。ただ、この世界が好きだし、夢を売る商売を続けたいと思っている。新たな会社を設立することになると思う」

「そうか……お前ならいいスポンサーもつくだろう。応援するぜ」

この年、清四郎と隆一もそれぞれ結婚した。二人の式には和彦の父、二人の両親も顔をそろえた。

清四郎の結婚式後の披露宴では、二家族は親族席の中でも新郎の両親と同じ席だった。和彦の父親が清四郎、隆一の両親に頭を下げて言った。

「和彦の式の際には皆に声がけできなくて申し訳なかった。死んだ女房の親族の出席があまりに多くて、うちの身内も減らしたくらいだったんだ」

これに清四郎の父親が答えた。

「いやいや、息子が『まるで親族扱いだった』と喜んでいたよ。披露宴はお偉いさんだらけだったそうだが、二次会には警察関係者は清四郎と隆一だけだったそうで、幼馴染のありがたさを感じていたようだ。だから今日は親戚というよりも家族という形で同じ席にしたんだ」

「ありがとう。そう言ってもらえて少し気が楽になったよ。和彦も常々二人を心からの親友と言っている。今でも毎月会っているそうだな。まあ、俺たちもかれこれ三十年以上、同じ所属だからな……署長曰く『おそらく警視庁管内の駐在で三人揃って長期同所属というのは他にないだろう』とさ。仕方ないと言ってはいかんのだろうが、地域住民の方が『退職まで置いてくれ』と言ってくれているそうだから、いいんじゃないか？　それよりも、卒業したあとの住居地をそろそろ決めておかなければならんが……」

和彦の父親が近い将来のことを言うと、隆一の父親が言った。

「清四郎君のお嫁さんの実家も、隆一の将来の嫁さんの実家も不動産業で、『物件はいくらでもある』と署長は笑っておられるそうだ。これも息子三人の仲を知って、驚きと喜びが重なったような思いだともおっしゃっていたよ」

「五人一緒に老人ホームに入るには早すぎるし、これからは再就職も含め、本気で老後を考えなきゃならんが、駐在をしていたおかげで住宅費が全くいらなかったのは大きいな」

清四郎の父親が笑っていうと、清四郎の母親が夫の太ももを軽くたたいて、小声で言った。

「こんなおめでたい席で話すことじゃないでしょう。しかも、お嫁さんのご実家の方もご一緒の場で……」

「なに、向こうの親族はこの広い会場の真反対だ。聞こえはせんわ」

「そういう問題じゃなくて……もう仕方ないわね」

清四郎の母親が呆れた顔をすると、隆一の父親が言った。

「まだまだ息子の世話にはなりたくないのが本音だが、彼らが帰る家がないのも可哀想な気がする」

「そうだな……駐在に帰るわけにはいかないからな。ただ、地域の皆さんにとっても、うちの子たちは子供のような存在といわれているからな。この席にも地域の方だけで十組は来てもらっている。これでも相当頭を下げてお断りしたんだ」

すると隆一の父親がやや遠くを見るような眼差しで言った。

「息子たちにとって帰る家はなくても帰る街があるというのは、将来的にも本人のためにはなるんじゃないかな」

これを聞いた和彦の父親が言った。

「帰る街か……いい言葉だな。駐在冥利に尽きるというところか。特に高杉さんのところは、よほどの金持ちでも住むことができない、日本国内でも有数の場所だからな……昔、漫才の『田園調布に家が建つ』というフレーズで、日本中の人が知った最高級住宅街だからな」

「まあ、うちも住民票上は住人には違いないが、生活面でのあまりの格差には三十年以上、未だに驚かされることばかりだよ」

「そうなんだろうな……隆一君の結婚式の時も大変かもしれないぞ」

「まあ、地域住民との生活の格差は本人も子どもの頃から理解していたようだったな。ただ、幸い……というか、地域のお子さん方は私立の学校に行く子がほとんどだったから、区立小学校から都立高校に行った隆一とは、学校での子ども同士の接点はほとんどなかったんだが、町内の催しでは自然と子ども同士のリーダー格になっているのが面白かったな」

「それを聞くと、今更ながらに思うが、同じ田園調布署管内でも、そっちは人づきあいも大変だっただろうな」

和彦の父親の言葉に隆一の父親が笑いながら答えた。

「しかし、盆暮れだけでなく、日頃から挨拶にいただく物は、警務係も黙認するほどいいもんばかりだったよ。おかげで隆一も口ばかり肥えて仕方がなかった」

「そういえばバーベキューの時の差し入れも凄かったな」

「あの肉の塊には、料理好きだったうちの女房も頭を抱えていたからな。何といっても河原のバーベキューだからフライパンもなかったからな。肉をアルミホイルで巻いて焚火の中に入れた時にはさすがの私も驚いたが、後々考えると、結果的にはローストビーフのようなものだったんだな。そういうのを物心ついた頃から見て、手伝いをするのが当たり前と思って実践していた子どもたちは、結果的に子ども同士の中では大人に近い存在になったのだろうな」

「そうか……隆一君はそうやってリーダーへの道を掴んでいった……ということか」

「小学校から高校まで学級委員になったことはなかったけどな」

隆一の父親が笑った。


その年の師走に入る直前、隆一もまた華燭の典を挙げた。

翌年、隆一は管理職警部として丸の内署刑事課長に、清四郎は初めて本部勤務で組対第三課にそれぞれ異動した。和彦はチヨダの校長二年目に入った。

三人の警察人生が大きく動き出した。

この作品は完全なるフィクションであり、
登場する人物や団体名などは、
実在のものといっさい関係ありません。

|著者| 濱 嘉之　1957年、福岡県生まれ。中央大学法学部法律学科卒業後、警視庁入庁。警備部警備第一課、公安部公安総務課、警察庁警備局警備企画課、内閣官房内閣情報調査室、再び公安部公安総務課を経て、生活安全部少年事件課に勤務。警視総監賞、警察庁警備局長賞など受賞多数。2004年、警視庁警視で辞職。衆議院議員政策担当秘書を経て、2007年『警視庁情報官』で作家デビュー。主な著書に「警視庁情報官」「ヒトイチ 警視庁人事一課監察係」「院内刑事《デカ》」シリーズ（以上、講談社文庫）、「警視庁公安部・片野坂彰」シリーズ（文春文庫）など。現在は、危機管理コンサルティングに従事するかたわら、TVや紙誌などでコメンテーターとしても活躍中。

プライド　警官《けいかん》の宿命《しゅくめい》

濱《はま》 嘉之《よしゆき》

講談社文庫
定価はカバーに
表示してあります

2022年９月15日第１刷発行

KODANSHA

発行者――鈴木章一
発行所――株式会社　講談社
東京都文京区音羽2-12-21　〒112-8001
電話　出版（03）5395-3814
　　　販売（03）5395-5817
　　　業務（03）5395-3615

デザイン―菊地信義
本文データ制作―講談社デジタル製作
印刷―――大日本印刷株式会社
製本―――大日本印刷株式会社

Printed in Japan

ISBN978-4-06-529363-8

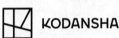

講談社文庫刊行の辞

二十一世紀の到来を目睫に望みながら、われわれはいま、人類史上かつて例を見ない巨大な転換期をむかえようとしている。

世界も、日本も、激動の予兆に対する期待とおののきを内に蔵して、未知の時代に歩み入ろうとしている。このときにあたり、創業の人野間清治の「ナショナル・エデュケイター」への志を現代に甦らせようと意図して、われわれはここに古今の文芸作品はいうまでもなく、ひろく人文・社会・自然の諸科学から東西の名著を網羅する、新しい綜合文庫の発刊を決意した。

激動の転換期はまた断絶の時代である。われわれは戦後二十五年間の出版文化のありかたへの深い反省をこめて、この断絶の時代にあえて人間的な持続を求めようとする。いたずらに浮薄な商業主義のあだ花を追い求めることなく、長期にわたって良書に生命をあたえようとつとめるところにしか、今後の出版文化の真の繁栄はあり得ないと信じるからである。

同時にわれわれはこの綜合文庫の刊行を通じて、人文・社会・自然の諸科学が、結局人間の学にほかならないことを立証しようと願っている。かつて知識とは、「汝自身を知る」ことにつきていた。現代社会の瑣末な情報の氾濫のなかから、力強い知識の源泉を掘り起し、技術文明のただなかに、生きた人間の姿を復活させること。それこそわれわれの切なる希求である。

われわれは権威に盲従せず、俗流に媚びることなく、渾然一体となって日本の「草の根」をかたちづくる若く新しい世代の人々に、心をこめてこの新しい綜合文庫をおくり届けたい。それは知識の泉であるとともに感受性のふるさとであり、もっとも有機的に組織され、社会に開かれた万人のための大学をめざしている。大方の支援と協力を衷心より切望してやまない。

一九七一年七月

野間省一